GOLDMANN

D1656377

Im Goldmann Verlag liegen bereits folgende Taschenbücher zu »Indiana Jones« vor:

Rob MacGregor:
Indiana Jones und der letzte Kreuzzug · 9678

Campbell Black/James Kahn:
Jäger des verlorenen Schatzes/
Indiana Jones und der Tempel des Todes (Sammelband) · 9653

Wolfgang Hohlbein:
Indiana Jones und die Gefiederte Schlange · 9722

Wolfgang Hohlbein:
Indiana Jones und das Schiff der Götter · 9723

Wolfgang Hohlbein:
Indiana Jones und das Gold von El Dorado · 9725

Wolfgang Hohlbein:
Indiana Jones und das Schwert des Dschingis Khan · 9726

Wolfgang Hohlbein:
Indiana Jones und das verschwundene Volk · 41028

Wolfgang Hohlbein:
Indiana Jones und das Geheimnis der Osterinseln · 41052

Indiana Jones und der Letzte Kreuzzug

Roman
von Rob Mac Gregor

Aus dem Amerikanischen
von W. M. Riegel

GOLDMANN VERLAG

Deutsche Erstveröffentlichung
Die amerikanische Originalausgabe erschien unter dem Titel
»Indiana Jones and the last Crusade« bei Ballantine Books,
New York

Der Goldmann Verlag
ist ein Unternehmen der Verlagsgruppe Bertelsmann

Made in Germany · 8/92 · 3. Auflage

Umschlaggestaltung: Design Team München
Photos im Innenteil: Copyright © 1989 by Lucasfilm Ltd.
Umschlagphoto: Lucasfilm Ltd.
Satz: IBV Satz- und Datentechnik GmbH, Berlin
Druck: Presse-Druck Augsburg
Verlagsnummer: 9678
Lektorat: SN
Herstellung: Peter Papenbrok/sc
ISBN 3-442-09678-2

INDIANA JONES

»Das Problem des Helden, der auf dem Weg zu einer Begegnung mit seinem Vater ist, besteht darin, ihm furchtlos seine Seele so weit zu offenbaren, daß dieser verstehen kann, wie die krankmachenden und irrsinnigen Tragödien seines weiten und rücksichtslosen Kosmos sich ganz und gar in der Majestät des Seins bestätigen. Der Held überschreitet die Grenzen des Lebens und dessen seltsamen Blinden Fleck und erhascht so einen Moment lang einen Blick auf die Ursprünge. Er sieht das Gesicht des Vaters, begreift – und beide werden eins.«

Joseph Campbell
THE HERO WITH A THOUSAND FACES

»Es ist nicht schwer sich vorzustellen, wie ich mich fühlte: in einer modernen Stadt, in der dicksten Rush-hour am Mittag, einen Kreuzfahrer auf mich zukommen zu sehen.«

Carl Jung
MEMORIES, DREAMS, REFLECTIONS

Utah 1912

Jagd in der Wüste

Der Trupp jagte über die Wüste hin. Die Hufe ihrer Pferde donnerten unter ihnen. Eine Staubwolke stieg hinter ihnen auf. Sie ritten schnell und ausdauernd, als wollten sie der Sonne entkommen, die über einen Berg hervorlugte und schon harte Schatten über die karge Landschaft warf. Bald würde die Wüste wieder glühen.

Direkt vor ihnen lag eine Felsenformation mit einem Labyrinth von Höhlen darin. Die uniformierten Reiter zügelten ihre Pferde, als sie ihren Anführer vorne die Hand heben sahen.

»Ab-sitzen!« rief er.

Einer der ersten Reiter, die vom Pferd stiegen, war einer mit einem strohfarbenen Haarschopf. Er blickte sich unter den anderen um. Aus der Entfernung, dachte er, könnte man uns wahrscheinlich für eine Kavalleriebrigade halten. Aus der Nähe sah das allerdings anders aus. Selbst wenn er sich anstrengte, sie sich als Soldaten vorzustellen, gelang es ihm nicht. Sie waren ziemlich eindeutig einfach nur ein Trupp Pfadfinder. Mit Ausnahme von Mr. Havelock war nicht einer von ihnen über dreizehn.

Einer der Jungen, ein kleiner Pummel, ging gerade von seinem Pferd weg. Der Blonde wußte, daß er Herman hieß, aber er kannte ihn nicht weiter. Er hatte von anderen gehört, daß Herman zu Hause Ärger hatte. Was für Ärger, wußte er nicht, aber unverkennbar hatte er auch hier Probleme. Herman beugte sich vor, schwankte hin und her, und sah aus, als fiele er gleich vornüber. Schließlich blieb er stehen, stützte sich mit den Händen auf seinen Knien, würgte und erbrach sich.

Großes Hallo um ihn herum. Alle stießen sich an und deuteten auf den leidenden Pfadfinder.

»Herman ist pferdekrank«, schrie einer.

»Und er hat auch schon auf seinen Sattel geschifft«, prustete ein anderer.

Der blonde Pfadfinder, der zu seiner Uniform einen Hopi-Gürtel trug, ging zu Herman hinüber und fragte ihn, ob alles okay sei. Er sah ganz ernst und besorgt aus und nicht annähernd nach Spott und Lustigmachen. Er war ganz offensichtlich reifer als die anderen. Keiner wagte auch nur ein Wort zu sagen, als er Herman beiseite führte.

Mr. Havelock rief die Jungen zusammen, damit sie ihm mit den Pferden folgten. Sie führten sie bis zu den Felsen und ließen sie dort im Schatten eines großen Hügels zurück. Dann versammelten sie sich um ihren Scoutmaster, der ihnen die Höhlen erklärte. Die ursprünglichen Höhlen waren natürlichen Ursprungs und früher von primitiven Völkern bewohnt worden. Es gab auch eine Legende, daß spanische Konquistadoren die Höhlen erforscht hätten. Außerdem wußte man, daß im vorigen Jahrhundert auf der Suche nach Gold von ihnen aus neue Stollen in den Fels getrieben worden waren. »Daß mir keiner auf eigene Faust loszieht. Manche Stollen erstrecken sich über Meilen hin!«

Sie formierten sich in einer Schlangenlinie hinter ihrem Anführer, und einige murmelten etwas in sich hinein. »Hoffentlich ist das was Gescheites«, sagte einer.

»Genau«, antwortete ihm ein anderer, »wo heute der Zirkus ankommt. Wir hätten zuschauen können, wie sie das Zelt aufbauen.«

Sie folgten dem Pfad die Felsen hinauf. Es war heiß, staubig und steil. Alle waren bei dieser Anstrengung zu sehr mit sich selbst beschäftigt, um noch auf Herman und den Blonden zu achten, die das Schlußlicht bildeten.

Bald waren sie am Eingang der Höhle angekommen. Drinnen war es kühl und dunkel. Die Jungen beklagten sich, daß man gar nichts sähe. Mr. Havelock zündete seine Laterne an und meinte, ihre Augen würden sich in kurzer Zeit an das Halbdunkel gewöhnen. Sie gingen weiter. Es gab einen ausgetretenen, deutlichen Wanderpfad.

Obwohl er am Schluß ging, war der blonde Junge der Interessierteste von allen. Er schien fast zu riechen oder zu spüren, wie das einst war, als hier noch Leute lebten. An einer Biegung des Pfades faßte er plötzlich Herman am Arm.

»Pst. Hör mal!«

Herman hielt den Atem an. Er sah sich unsicher um und wußte nicht, was sein neuer Freund meinte.

Von ihrem Pfad bog ein anderer ab, und von diesem waren, in weiter Entfernung, Stimmen zu hören. Ganz schwach, aber doch deutlich vernehmbar.

Der Blonde winkte Herman, mit ihm zu kommen.

»Komm. Sehen wir mal nach.«

Herman warf einen Blick zurück zur Gruppe, die bereits nicht mehr zu sehen war. Er schien sich nicht sicher zu sein, was er tun sollte, entschloß sich dann aber und folgte dem Blonden.

»Also gut, Junior. Ich komme.«

Immer wieder kamen ihnen Spinnweben in die Haare. Dieser Gang hier war noch kühler und dunkler als der andere und schien auch nicht oft begangen zu werden.

»Wo wollen wir denn hin?« fragte Herman.

Der Blonde – Junior – wandte sich um und legte den Zeigefinger auf den Mund. Die Stimmen waren inzwischen lauter geworden. An den Wänden vor ihnen sah man plötzlich den Widerschein von Licht. Geisterhafte Schatten tanzten wie Schemen auf ihnen. Die beiden Jungen drückten sich an die Wand und hielten den Atem an, während sie sich vorsichtig und lautlos weiterarbeiteten.

Dann sah Junior sie. Vier Gestalten, die mit Schaufeln und Pickeln gruben. Es war ihm sofort klar, daß es sich nicht um Geister handelte. Er war sich dessen sicher: Diebe. Und er glaubte auch zu wissen, was sie taten. Alten Legenden zufolge hatten die Spanier hier drinnen Schätze vergraben.

Sein Vater war Gelehrter. Mittelalter. Er lehrte an der Universität. Er wußte alles über diese alten Geschichten und auch noch eine Menge anderer Dinge. Junior hatte sogar versucht, ihn heute hierher mitzunehmen, damit er den anderen Pfadfindern die Geschichte der Höhlen und der Leute, die einst in ihnen gelebt hatten, erzählte. Doch wie üblich hatte er keine Zeit gehabt, sich mit einer Horde Jungen abzugeben. Außerdem, hatte er erklärt, war die Archäologie Nordamerikas auch gar nicht sein Fachgebiet.

Junior beobachtete die vier Männer, so gut es von ihrem Platz aus ging. Einer von ihnen war kleiner als die anderen, und dann erkannte er auch, daß er gar kein Mann war, sondern ein Junge, sicher nicht viel älter als sie selbst. Er sah aber bereits wie ein harter, zäher Bursche aus.

»Halt die Laterne hoch, Roscoe«, fuhr ihn einer der Männer gerade an.

Dieser Mann trug eine Lederjacke mit Fransen. Die Krempe seines Huts war auf einer Seite aufgebogen, und er sah ein wenig wie ein *Rough Rider* aus. Neben ihm stand einer mit dichten, schwarzen Haaren bis über die Schulter. Ein Indianer. Nein. Ein Halbblut.

Der letzte der Männer stand den drei anderen gegenüber im Schatten. Von ihm waren nur seine kurze Lederjacke und ein brauner Filzhut zu erkennen.

Junior schlich sich noch einige Schritte nach vorne, um mehr zu sehen. Er winkte Herman zu sich. Er hörte ihn laut atmen und warf ihm einen warnenden Blick zu. Hermans Mund stand offen, und von seiner Stirn perlte der Schweiß.

Hoffentlich kotzt er nicht schon wieder.

Herman rutschte auf einem losen Stein aus. Es verursachte ein leises Geräusch. Er stützte sich an die Wand, um die Balance wiederzuerlangen.

Junior duckte sich, um sich so klein wie möglich zu machen und unbemerkt im Schatten zu bleiben. Herman machte es ebenso.

»Entschuldigung«, flüsterte er.

Junior gab ein Stöhnen von sich und bedeutete Herman noch einmal, still zu sein.

Der Mann mit dem Filzhut drehte sich langsam um, hob die Laterne hoch und sah in ihre Richtung. Sein Gesicht war jetzt zum erstenmal zu erkennen. »Ich dachte, ich hätte was gehört«, murmelte er und ging wieder an die Arbeit.

Die beiden Jungen hatten ziemliche Angst, waren aber auch wie hypnotisiert. Sie sahen mit atemloser Aufmerksamkeit zu, wie der mit dem Filzhut aus seiner Feldflasche Wasser über einen mit Erde verkrusteten Gegenstand goß. Im Schein seiner Laterne konnte Junior erkennen, was es war: ein goldenes, mit wertvollen Edelsteinen besetztes Kreuz.

Die Kumpane des Filzhuts beugten sich näher. »Schaut euch das an!« rief Roscoe. »Wir sind reich, Leute!«

»Nicht so laut! Sei doch leise!« mahnte ihn das Halbblut.

»Das hat Zeit. Kommt noch früh genug«, sagte auch der *Rough Rider* mit heiserem Flüstern. »Aber dann bringt uns das hübsche Dings da wirklich einen Haufen Dollar.«

Der Filzhut drehte das Kreuz in seiner Hand herum und bewunderte seine Schönheit und seinen Wert. Er schien irgendwie anders zu sein als die anderen – überlegener.

Junior tippte Herman auf die Schulter. Er konnte seine Aufmerksamkeit nicht mehr zurückhalten. »Das ist das Kreuz von Coronado!« flüsterte er. »Hernando Cortes gab es ihm 1520! Das ist der Beweis, daß Cortes damals Francisco Coronado auf die Suche nach den Sieben Goldenen Städten geschickt hat!«

Herman war platt. »Sag mal, Junior, woher weißt du diese Sachen alle?«

Junior blickte wieder zu den Schatzgräbern hinüber und beobachtete sie noch eine Weile. »Dieses Kreuz ist ein sehr bedeutendes

Kunstwerk! Es gehört in ein Museum! Und übrigens, sag bitte nicht immer Junior zu mir.«

»Mr. Havelock nennt dich auch immer so.«

»Ich heiße Indy.«

Er haßte es, Junior gerufen zu werden. Er kam sich dann immer vor wie ein Kind in kurzen Hosen. Doch sein Vater ignorierte es einfach, wenn er dieses Thema zur Sprache brachte.

Sie beobachteten die Männer schweigend weiter. Indys Blick wurde immer entschlossener, als er sich einmal entschieden hatte. Er sagte: »Hör zu, Herman. Du läufst jetzt zurück und suchst die anderen. Und dann sagst du Mr. Havelock, daß hier Männer sind, die den spanischen Schatz stehlen. Er soll den Sheriff holen lassen.«

Herman sah nicht so aus, als hörte er zu. Sein Mund bewegte sich, aber es kam nichts heraus. Mit aufgerissenen Augen und gelähmt vor Angst starrte er hinunter auf seinen Schoß, über den eben eine Schlange kroch.

»Ist doch nur eine Schlange«, sagte Indy ganz sachlich, faßte sie und schleuderte sie weg. »Hast du gehört, was ich gesagt habe, Herman? Es ist wichtig!«

»Ja, ja. Zurück... und Mr. Havelock. Der Sheriff.« Er nickte und sah noch einmal hinüber zu den Männern. »Was willst du denn machen, Jun... Indy?«

»Weiß ich noch nicht. Ich denke mir aber etwas aus. Geh jetzt, los!«

Herman ging auf dem Weg, den sie gekommen waren, zurück, während Indy sich wieder den Schatzdieben zuwandte. Sie hatten inzwischen das Kreuz beiseite gelegt und suchten eifrig nach weiteren Kunstgegenständen. Langsam schob er sich die Wand entlang weiter vor, bis er auf Armeslänge bei dem Kreuz war. Selbst in dessen jetzigem verschmutzten Zustand blitzten die Edelsteine im Licht der Laterne und ließen ihn nicht mehr los.

Er griff nach vorne, bekam es zu fassen und sah im gleichen

Moment, daß ein Skorpion darauf saß. Er versuchte ihn abzuschütteln, doch das tödliche Vieh schien wie angeklebt zu sein. Er fluchte unterdrückt und schüttelte weiter. Endlich fiel der Skorpion herunter. Doch die vier Schatzsucher hatten ihn inzwischen entdeckt.

»He«, rief Roscoe, »das ist unseres. Der hat unser Ding!«

»Schnapp ihn dir!« schrie das Halbblut.

Indy hastete bereits blindlings den Gang zurück, das Kreuz fest umklammernd. Sein Herz klopfte wie verrückt. Einmal sah er sich um. Einer der Männer stolperte und fiel, die beiden anderen hinter ihm ebenfalls, als sie in ihn rannten. Einen Augenblick stoppte er, als er einen Schacht erreichte, den die Goldgräber in die Decke geschlagen hatten. Von oben fiel schwaches Licht herein, und ein Seil hing bis knapp über seinen Kopf herab. Er sah noch einmal zurück, ob sie die Verfolgung vielleicht aufgegeben hätten. Natürlich nicht. Der Filzhut sah seine Kumpane vorwurfsvoll an und hatte sich schon wieder hochgerappelt, um weiter hinter ihm herzurennen.

Mist.

Er steckte sich das Kreuz in den Hosenbund und sprang hoch, um das Seil zu fassen, erreichte es nicht, versuchte es noch einmal, schaffte es mit einer Hand, dann auch mit der anderen. Er hangelte sich den Schacht hoch, Hand über Hand am Seil und von einem angestützten Fuß zum nächsten. Filzhut und die anderen rannten zu seiner Erleichterung unten vorbei. Er konnte sich also mehr Zeit lassen. Doch auch dies war ein Irrtum. Gleich danach spürte er einen Ruck am Seil. Filzhut war bereits wieder da und kam eilig ebenfalls am Seil den Schacht hochgeklettert.

Wenn nur sein Vater hier wäre! Er strengte sich heftig an, nach oben zu kommen. Dad würde mit den Kerlen schon fertig werden. Er konnte sich seinen Vater richtig vorstellen, wie er mit anklagendem Zeigefinger auf die furchtsam zurückweichenden Diebe wies. Genau. Ja, so in dieser Art würde er es machen.

Das Licht wurde bereits heller, und er kam schließlich oben heraus. Er schnappte nach Luft, während er aus dem Schacht in das helle Tageslicht hinauskroch. Er verharrte, blinzelte geblendet und legte sich abschirmend die Hand über die Augen, während er wieder zu Atem zu kommen versuchte. Er sah sich in alle Richtungen um. Er befand sich auf einem Hügel nicht weit von der Stelle, wo sie in die Höhle gegangen waren.

»Herman! Mr. Havelock! Ist irgendwer da? Wo seid ihr?« Er schüttelte ärgerlich den Kopf. »Verdammt. Außer mir alle verirrt!«

»Wir sind doch da, Junge!«

Er fuhr herum. Der *Rough Rider,* das Halbblut und Roscoe kamen eben auf einem steinigen Pfad auf ihn zu. Er rannte bis zur Felskante. Dort fand er eine angelehnte Leiter. Doch statt auf ihr hinunterzusteigen, schätzte er rasch die Entfernung bis zum nächsten Felsen. Er stieg auf die Leiter und stieß sich mit ihr ab.

Die drei Räuber kamen bereits hinter ihm her und blieben wütend an der Felskante stehen. Sie blickten sich verwirrt nach einer Möglichkeit um, den Jungen zu kriegen.

Indy war bereits drüben auf der anderen Seite der Felsspalte, wußte aber nicht recht, was er nun machen sollte. Hier war keine Leiter mehr, und es ging immerhin fast sieben Meter nach unten. Dann erblickte er die im Schatten wartenden Pferde. Er nahm die Finger in den Mund und pfiff seines heran. Es schüttelte die Mähne und kam herbeigetrottet.

Ein Blick nach hinten zeigte ihm, daß Filzhut inzwischen an seinen Kumpeln vorbei Anlauf nahm und über den Felsspalt hinübersprang. Von dort sah er dann mißbilligend zu den anderen hinüber und stieß ihnen die Leiter zu.

Indy duckte sich, um sich auf den Sattel des Pferdes hinunterfallen zu lassen, doch der Gaul wollte nicht still stehen. Er zögerte, doch da waren schon die Schritte zu hören. »Halt still, Mann!« schrie er. »Bleib doch stehen, verdammt! Sei ein braver Junge!«

Dann sprang er, im gleichen Moment aber machte das Pferd einen Satz nach vorne, und er verfehlte den Sattel. Er landete auf den Beinen, rollte sich aber sofort ab, um den Sturz zu dämpfen. Der Aufprall war noch immer so heftig, daß es ihm von Kopf bis Fuß jeden einzelnen Knochen durchrüttelte. Aus seinem Hosenbund fiel das goldene Kreuz in den Sand. Er hob es eilends auf, schob es in die Satteltasche und schwang sich auf das Pferd.

Im Davongaloppieren blickte er nach hinten. Filzhut stand oben an der Felsenkante und sah ihm nach. Indy grinste, drückte dem Pferd die Weichen und trieb es an. Er mußte so schnell wie möglich zum Sheriff, damit die Räuber nicht entkamen.

Filzhut steckte zwei Finger in den Mund und pfiff. Doch kein Pferd erschien, statt dessen schossen plötzlich zwei Autos hinter dem nächsten Felsen hervor. Eines, ein Kabrio, fuhr einen Bogen und stoppte quietschend direkt unter Filzhut, der sofort herabsprang und eine Staubwolke aufwirbelte, als er unten auftrat. Als sie sich gesetzt hatte, fuhr das Auto los. Filzhut stand auf dem Rücksitz.

Er rückte sich mit einem Ausdruck der Zufriedenheit seinen Hut zurecht und brüllte: »Na los doch, fahr zu!«

Der Fahrer stieg aufs Gaspedal, der Wagen schoß förmlich nach vorne. Das zweite Auto blieb noch zurück, bis Roscoe, *Rough Rider* und das Halbblut ebenfalls da waren.

Indy galoppierte quer über die Wüste und schnitt durch die trockene Luft wie ein Messer durch Butter. Die Sonne brannte gnadenlos herunter, dörrte die ganze Erde aus und buk ihn fast in den Sattel. Hinter ihm verringerten die beiden Wagen den Abstand zusehends.

Der einsame Berg vor ihm wollte und wollte nicht näherkommen. Es war fast, als galoppierte das Pferd nur auf der Stelle. Sie kamen von beiden Seiten heran und nahmen ihn in die Zange. Er hatte das Gefühl, zusammen mit dem Pferd der Belag in einem Sandwich zu sein.

Bei einem raschen Blick nach rechts sah er einen Mann mit einem Panamahut am Steuer eines beigefarbenen, luxuriösen Wagens. Er trug einen teuren weißen Leinenanzug. Sein Gesicht war von der breiten Krempe seines Hutes überschattet. Aus dem Rückfenster grimassierte Roscoe und schüttelte die Fäuste. Als der Fahrer sein Bein zu fassen versuchte, spornte Indy sein Pferd an und bekam kurz wieder etwas Vorsprung.

Trotzdem waren alle seine Anstrengungen umsonst. Sofort hatten die beiden Autos wieder aufgeholt und hielten jetzt nicht nur Schritt mit ihm, sondern begannen, wie ein Riesenschraubstock auf Rädern ihn immer enger zwischen sich einzuzwängen. Außer der heißen Luft und dem Staub, den die rasenden Autos aufwirbelten, war nichts mehr zwischen ihm und ihnen. Indy duckte sich tief in den Sattel und versuchte, davonzukommen. Sein Herz klopfte heftig. Sein Adrenalinspiegel schoß hoch, und weiter ging die Flucht.

Links begann Filzhut über die Seitenwand des Kabrios zu klettern und sich auf das Trittbrett zu stellen. Indy sah ihm direkt ins Gesicht. Der Mann grinste siegessicher zu ihm herauf, als wollte er sagen, die Jagd mache ihm Spaß. Und mit einem eleganten Satz war er dann plötzlich hinter ihm auf dem Pferd.

Doch Indy war nicht weniger flink und waghalsig. Ehe Filzhut ihn noch greifen konnte, hatte er sich selbst bereits nach rechts auf das Dach der Limousine hinunterfallen lassen. Er landete auf den Knien und krallte sich an der Dachseite fest. Von unten beugten sich *Rough Rider* und Roscoe sogleich aus dem Fenster, um ihn zu fassen zu kriegen. Inzwischen war Indy zu seinem Entsetzen eingefallen, daß er ja nun das Kreuz nicht mehr hatte. Sein Kopf fuhr zur Satteltasche des Pferdes hinüber. Aus ihr hing es halb heraus.

Zum Glück sah Filzhut nicht, daß er es buchstäblich in Griffweite hatte. Er sah vielmehr gereizt aus und sprang seinerseits herüber auf das Autodach, um ihn zu fassen. Indy aber war bereits wieder zurück auf dem Pferd und entkam Filzhuts ausgestrecktem

Arm. Und den Armen von *Rough Rider* und Roscoe, die sich, als sie nach ihm fuchtelten, nur die Köpfe anschlugen.

Indy stieg heftig in die Zügel und bremste das Pferd. Die beiden Autos schossen nach vorne vorbei. Während noch alles durch die aufgewirbelte Staubwolke verhüllt war, riß er das Pferd am Zügel herum und galoppierte jetzt zur Seite, auf die Bahnlinie zu, auf der sich eben ein Zug rasch näherte. Hinter ihm fuhren die beiden Autos bereits wieder weite Kurven, um erneut hinter ihm her zu kommen.

Am Bahndamm begann er neben dem mittlerweile herangekommenen Zug herzureiten. Ein ungewöhnlicher Zug, fand er. Statt dem üblichen Braun und Grau von Eisenbahnwagen schillerten diese hier in allen Regenbogenfarben. Doch er hatte keine Zeit, groß darüber nachzudenken. Die Verfolgerautos waren schon wieder ziemlich nahe. Er hatte nur eine einzige Wahl.

Er steckte sich das Goldkreuz wieder in den Hosenbund, stellte sich im Sattel auf und griff nach der Leiter am nächsten Zugwaggon. Er kletterte an ihr hinauf. Als er ein offenes Fenster entdeckte, besann er sich aber. Er klammerte sich wie eine Spinne an den Waggon und arbeitete sich auf das Fenster zu. Mit einem Blick über die Schulter erkannte er, daß unten auch die beiden Autos schon da waren.

Er griff in das offene Fenster, hievte sich hinein und landete auf etwas Weichem und Voluminösem. Es war wie ein Bett aus Marshmallows. Ein menschlicher Marshmallow, stellte sich heraus. Er versank geradezu in wabbelndem und weichem Fleisch. Als er sich freigekämpft hatte, sah er, was es war: der gewaltig wogende Busen einer enorm übergewichtigen Frau.

Erstaunt und verlegen sprang er auf. Die füllige Frau saß auf einer breiten Bank und brauchte mehr als zwei Sitzplätze für ihre mindestens vierhundert Pfund Lebendgewicht. Er trat zurück und versuchte ein entschuldigendes Lächeln. Irgend jemand lachte. Er fuhr herum, und der Mund blieb ihm offen.

Hier war die seltsamste Menschenansammlung, die er in seinem dreizehnjährigen Leben gesehen hatte. Die dumme Auguste, eine Frau mit Bart, Zwerge, ein Gummimensch und ein Junge mit Schwimmhautfüßen.

Natürlich. Der Zirkus, der heute in der Stadt ankam.

»Ah... Hallo! Ich hoffe, Sie nehmen es mir nicht übel, daß ich hier so einfach hereingeturnt bin.« Er drehte sich während des Sprechens fortwährend herum. »Es ging leider nicht anders. Ich hatte ein Pferd, wissen Sie, aber...«

Er unterbrach sich mitten im Satz, als einer der Liliputaner auf ihn zukam. »Willst du damit sagen, du bist von einem Pferd in den Zug gesprungen – wie eine Zirkusnummer?« Die dünne Stimme des Mannes entsprach seiner Größe.

Indy sagte lächelnd: »Genau.«

»Ich habe kein Pferd gesehen.«

»Er lügt nur«, meldete sich ein anderer.

»Wetten, du möchtest zum Zirkus?« sagte der Zwerg vor ihm und stupste ihn in den Bauch.

»Sieht ja viel zu normal aus«, gab der Gummimensch zu bedenken.

»Laßt den Jungen doch in Ruhe«, sagte die bärtige Frau, während sie sich mit den Fingern durch ihren Bart strich.

Der Zwerg, der Indy gerade bis zum Hosenbund ging, beugte sich vor und besah sich das Goldkreuz.

»Was ist das denn?« fragte er mit leichtem Stirnrunzeln.

»Ach nichts.«

»Kann ich es mal haben?«

»Nein!« Er sagte es zu rasch und zu laut. »Das bringe ich in ein Museum. Wo es hingehört.«

»Ein Museum, he?« meinte der Zwerg. »So, so, ein Museum.«

Indy setzte ich auf eine Schachtel am Boden, damit der Zwerg nicht weiter auf das Kreuz starren konnte.

Am besten war es, wenn er in der Nähe von zu Hause vom Zug

absprang. Wenn er erst einmal wieder in der Stadt war, wagten die Räuber es bestimmt nicht, sich weiter an ihn heranzumachen. Sie wollten sich gewiß nicht schnappen lassen. Und wenn sie es doch versuchen sollten, würde er einfach um Hilfe schreien. Sobald er zu Hause war, konnte er seinem Vater alles erzählen.

Alles würde gut enden; er war überzeugt davon. Und sein Vater konnte dann stolz auf ihn sein. Er beklagte sich ja auch immer, daß von archäologischen Fundorten so viel gestohlen werde. Jetzt aber hatte sein Sohn, Junior – *Indy, ich bin Indy!* – vier von solchen Räubern auf frischer Tat ertappt!

Jemand tippte ihm auf die Schulter. Er wandte sich um. Der Zwerg stand wieder vor ihm. »Ich hätte da noch eine Frage.«

»Ja?«

Der Zwerg deutete über die Schulter nach hinten. »Ist der da auch zu Pferd gekommen?«

Indy fuhr herum. Vom Fenster starrte ihn Filzhut an.

Zirkustricks

»Na, neue Freunde?« fragte Filzhut grinsend.

Indy sprang auf und wich zurück. »Na sicher!« Er ließ Filzhut nicht aus den Augen, sprach aber zu dem Zirkusvolk. »Vorsicht vor diesem Mann. Er ist ein Dieb!«

Filzhut kletterte zum Fenster herein und versuchte, an der fetten Dame vorbeizukommen.

»Augenblick mal«, sagte sie, erhob sich in ihrer ganzen Größe und vertrat Filzhut den Weg. »Leute wie Sie wollen wir hier nicht im Zug haben.«

Indy nützte die Gelegenheit und lief bis zur Tür am Ende des Waggons. Er rannte hinaus und sprang auf den nächsten, einen flachen Güterwaggon, auf dem sich eine mächtige Dampforgel mit

Reihen von Dampfpfeifen hinter einem perlmuttglänzenden Manual befand. Er duckte sich dahinter. Filzhut arbeitete sich drüben bereits wild bis zur Tür vor, obwohl sich die Bartdame an ihn gehängt hatte. Er schleuderte sie einfach von sich und sprang dann ebenfalls herüber auf den Tiefladerwaggon.

Indy faßte, um Halt zu finden, nach einem der Hebel. Plötzlich war die Dampforgel in Betrieb. Sie fauchte, und die Orgelpfeifen lärmten. Filzhuts Kumpane, die ebenfalls aus dem Auto auf den Tieflader gesprungen waren, blieben erschrocken stehen und hielten sich die Ohren vor dem entsetzlich falsch klingenden Gepfeife und Gedröhne zu. Sie wichen unwillkürlich zurück und wären in dem Inferno von Dampf fast vom Waggon gefallen.

Indy war schon wieder weiter und auf dem Dach des nächsten Zugwaggons, wo er vorwärtsrobbte, bis er die Dachluke erreicht hatte. Er riß sie auf und ließ sich auf einen von der Decke hängenden Laufsteg hinab. Unter ihm standen zahlreiche Käfige, in denen sich anscheinend sämtliche existierenden Schlangenarten, Eidechsen, Alligatoren und Krokodile befanden. Die reinste Reptilien-Arche Noah.

Er starrte voller Angst und Faszination in die Käfige. Hier eingesperrt zu sein, war der letzte seiner Wünsche. Seine einzige Hoffnung war, daß die anderen vielleicht die Dachluke übersahen und weiter zum nächsten Waggon liefen. Er hatte das noch nicht zu Ende gedacht, als sie auch schon aufflog. Halbblut und Roscoe kamen ihm auf dem Laufsteg entgegen.

Was jetzt?

Er zog sich ganz in die Ecke zurück, ohne zu wissen, was er machen würde, wenn er das Ende des Laufstegs erreicht hatte. Er konnte so stark und mutig sein, wie er wollte, gegen die beiden hatte er selbstverständlich nicht die geringste Chance. Schon gegen diesen Roscoe allein nicht. Der war die Art Junge, die nie anständig kämpfte und höchstens angeblich aufgab, um einen dann von hinten anzuspringen, sobald man sich umgedreht hatte.

Dann sah er oben am Ende des Laufstegs die zweite Dachluke. Wunderbar. Aus ihr konnte er hinaus, bevor sie ihn hatten. Ganz klar. Kein Problem.

Doch bevor er noch einen Schritt weiter tun konnte, gab es ein quietschendes metallisches Geräusch. Der Laufsteg begann zu schaukeln. Er blickte nach oben, und Angst schnürte ihm die Kehle zu. Der Laufsteg hielt das Gewicht ihrer aller drei nicht mehr aus. Einer der Haltehaken an der Decke hatte sich gelockert. Der Laufsteg schwankte, sackte ab und drohte, sie alle drei in die Reptilienkäfige fallen zu lassen.

Sie blieben alle stehen und rührten sich nicht mehr. Jeder hatte Angst, daß beim nächsten Schritt alles herunterkrachte. Indy schielte zur Luke hinauf. Sie war nur einen Schritt weg, und gleich neben ihr befand sich ein Handgriff. Wenn er hinüberfaßte, sich hinaufschwang, die Luke aufstieß und sich wieder hinauf auf das Waggondach zog...?

Na, und was dann, Hitzkopf? Da oben warten doch wahrscheinlich die anderen beiden auf dich!

Er wußte nicht, was er machen sollte. Aber es war auch keine Zeit, darüber nachzudenken.

Er duckte sich und sprang nach dem Handgriff. Er erreichte ihn zwar, konnte sich aber nicht festhalten und landete ohne Balance auf einem Bein.

Gerade noch konnte er sich am Geländer festhalten. Unter ihm schaukelte der Laufsteg wild, knackte und ruckte. Er erkannte, daß weitere Haltehaken des Laufstegs nachgegeben hatten und herausfielen. Roscoe und Halbblut schrien auf, aber es war Indys Seite, wo der Laufsteg hinuntergebrochen war. Er stürzte auf den Waggonboden und landete mit lautem Poltern auf einem Holzpodium.

Einen Augenblick lang war er zu keiner Bewegung fähig. Er hatte Angst, sich etwas gebrochen zu haben – die Beine vielleicht oder die Arme. Wenn nicht gar das Genick. Doch noch schlimmer als die Furcht, sich etwas gebrochen zu haben, war die Dunkelheit. Er konnte überhaupt nichts sehen. Panik kroch in ihm hoch, und ein Schrei entfuhr ihm – bis er gewahr wurde, daß er bei seinem Sturz einfach nur die Augen zugepreßt und sie noch nicht wieder geöffnet hatte. Er mußte über sich selbst lachen. Doch das verging ihm rasch, als er die Augen öffnete. Sein Lachen erstarb und gefror ihm; er fand sich Auge in Auge mit einer riesigen Anakonda.

Die Schlange hatte einen so großen Kopf, daß er ihm mehr wie der eines Tyrannosaurus Rex erschien. Sie züngelte an seiner Wange. Es lief ihm eiskalt über den Rücken. Seine Augen waren schreckensweit aufgerissen. Er rollte sich herum, sprang auf die Beine und wich zurück.

Er fürchtete, die Anakonda werde ihn, sobald er nur den Blick von ihr wandte, jeden Augenblick angreifen. Er wich zurück, ohne darauf zu achten, wohin er trat, und kam so mit einem Fuß vom Podium. Er kämpfte um das Gleichgewicht, verlor es aber und landete, rückwärts taumelnd, weich. Er war nicht verletzt. Dann merkte er erst, wo er war.

Er war mitten in ein Knäuel Schlangen gefallen.

Hunderte sich windender Reptilien schlängelten sich nun unter und über ihm, eine einzige sich bewegende Masse. Als sei er in Treibsand geraten, nur noch schlimmer. Er erstickte fast. Die Schlangen schienen ihm jeden Atemhauch auszusaugen, das Leben selbst. Als er einmal den Kopf aus dem wirren Geschlängel hob, sah er, wie oben auf dem schwankenden Laufsteg Roscoe und Halbblut verzweifelt versuchten, sich darauf zu halten.

Roscoe klammerte sich an Halbbluts Bein, doch dem war das sichtlich nicht recht. Er griff nach der Dachluke und versuchte, den Jungen abzuschütteln.

Roscoe schrie in heller Angst davor, ebenfalls abzustürzen – mitten hinein in das aufgesperrte Maul eines der fleischfressenden Krokodile unter ihm – wie am Spieß.

Dann waren die Schlangen wieder über Indy, und er sah überhaupt nichts mehr. Doch er wollte nicht aufgeben. Er wollte um sein Leben kämpfen. Unter und über ihm waren Schlangen und hinderten ihn daran, wieder auf die Beine zu kommen. Er tat das einzige, was er überhaupt tun konnte. Er trat gegen die Gitterwand des Käfigs.

Nach mehreren Tritten an die gleiche Stelle krachte der Käfig tatsächlich auf. Mit aller Kraft, die ihm geblieben war, trat er noch einmal zu. Diesmal gab das ganze Gitter nach. Die ganze Schlangenmasse floß hinaus wie Wasser nach einem Dammbruch und riß Indy mit sich.

Er sprang auf, japste nach Luft und zerrte sich Schlangen von Schultern und Beinen. Mit Schlangen konnte man ihn fortan jagen. Über ihm ächzte und quietschte es metallisch. Gleichzeitig hörte er die Flüche der beiden Schatzräuber, die verzweifelt zur Luke oben hinauszukommen versuchten, ehe alles hinunterkrachte. Er selbst konzentrierte sich indessen auf eine Tür im Waggonboden, die er entdeckt hatte. Sie wurde vermutlich geöffnet, wenn der Waggon gereinigt wurde, um den Unrat hinauszufegen.

Er zog sie auf. Sofort warf ihn der Lärm der unter ihm rollenden Räder fast um. Unten blitzten die Gleise und ihre Schweißnähte. Er zögerte. Sein Vater würde ihn umbringen, wenn er sähe, was er hier vorhatte. Schon schlimm genug, von einem Pferd auf einen fahrenden Zug zu klettern und dann auch noch in ein Knäuel Schlangen zu fallen! Doch schließlich auch noch das schier Unmögliche zu versuchen...!

Hier in diesem Waggon zu bleiben, zusammen mit Schlangen und Krokodilen, war andererseits auch nicht das Wahre. Einmal ganz abgesehen davon, daß er diesen Räubern entkommen mußte.

Er holte tief Atem und steckte den Kopf durch die Luke im Boden. Unter dem Waggon verlief eine Eisenstange. Er griff nach ihr. Sie war warm, aber nicht heiß, und gerade hoch genug über den Schienen, daß es für ihn reichte, vorausgesetzt, er klammerte sich ganz eng an sie.

Keine drei Meter. Mehr mußte er nicht kriechen.

Drei Meter, das ist doch nicht unmöglich, oder? Drei Meter kriechen, das kann ich. Ich weiß, daß ich das schaffe.

Er ließ sich vorsichtig durch die Luke hinab und griff zuerst mit den Händen nach der Stange, um sich dann mit Armen und Beinen um sie zu klammern. Zentimeterweise arbeitete er sich vorwärts. Das Geklatter des Zuges auf den Schienen war ohrenbetäubend und rüttelte ihn so heftig durch, daß er Angst hatte, er könne sich nicht halten.

O du Scheiße! Wie bin ich nur auf diese Schnapsidee gekommen?

Er zwang sich zur Konzentration. Er wußte, solange er sich konzentrierte und seine ganze Kraft aufbot, konnte er es bis zum Ende der Stange schaffen.

Ich schaffe das. Ich werde das schaffen. Er sagte es sich pausenlos vor, während er sich vorwärtsschob.

Schließlich hatte er das Ende erreicht. Nur hatte er sich bisher keinen Augenblick lang überlegt, wie er denn von der Stange wieder herunterkommen wollte. Das vordere Ende des Wagens ragte noch einen knappen halben Meter über das Ende der Eisenstange hinaus. Vielleicht war es überhaupt am besten, wenn er einfach hier blieb, wo er war.

Nur, wie lange konnte er es so aushalten, ehe ihm die Arme müde wurden? Schon jetzt schüttelte ihn dieses Poltern und Rattern bis auf die Knochen durch.

Einen Moment lang dachte er an das Kreuz in seinem Hosenbund. Wenn es herausfiel, hinunter auf den Bahndamm, war alle Mühe umsonst. Er streckte vorsichtig eine Hand nach vorne zum Anfang des Waggons und versuchte Halt zu finden. Seine Finger fanden etwas, rutschten dann aber wieder ab. Er versuchte es noch einmal und bekam das Kabel zu fassen.

Und nun?

Nun hing er zwischen Eisenstange und Kabel und mußte sich

für eines von beiden entscheiden. Die Unfähigkeit zur Entscheidung lähmte ihn einen Moment lang. Er schloß die Augen, nahm auch die andere Hand von der Stange und griff auch mit ihr nach dem Kabel. Nur seine Füße umklammerten noch die Eisenstange. Dann hingen seine Beine frei in der Luft, während er sich hangelnd vorwärtszog. Er machte die Augen wieder auf. Über ihm war die Kupplung. Er hängte sich mit den Armen in ihr ein und schwang ein Bein darüber, als würde er ein Pferd besteigen. Geschafft. Er ritt auf der Kupplung zweier Eisenbahnwaggons.

Er zog sich weiter bis zum nächsten Waggon, der ebenfalls ein Käfig auf Rädern war, diesmal aber für einen riesigen bengalischen Tiger. Er stand balancierend auf der Kupplung und griff nach dem ersten Stab des Käfiggitters, ehe er sich ganz hinüberzog.

Er hangelte sich an dem schmalen Außenrand des Waggons vor den Gitterstäben des Käfigs entlang. Einmal blieb er stehen, als er etwas an seinem Bein kriechen spürte. Er zog die Nase hoch, als er in die Hose griff und eine übriggebliebene Schlange herauszog. Ehe er weiterging, steckte er das Kreuz wieder fest in den Gürtel.

Im Käfig strich der Tiger unablässig hin und her und beobachtete ihn. Indy ließ ihn seinerseits keinen Moment aus den Augen. Je weiter er zum vorderen Ende des Käfigs kam, desto näher kam der Tiger. Er duckte sich pausierend nieder und hoffte, die große Raubkatze würde dann das Interesse an ihm verlieren. Trotz der Gitterstäbe zwischen ihm und dem Tiger wäre ein Prankenhieb durch die Zwischenräume tödlich gewesen.

Über der Sorge wegen des Tigers entging ihm, daß an der nächsten Ecke eine andere Gefahr auf ihn wartete. *Rough Rider* hatte sich inzwischen auf der anderen Seite des Käfigs herangearbeitet und kam vorne um dessen Ecke herum. Wie der Tiger behielt er seine Beute ständig im Auge.

Indy starrte immer noch den Tiger an und versuchte ihn mit stummem Befehl zum Weggehen zu veranlassen, als ihn auch schon eine Hand im Genick packte.

»Hab' ich dich!« rief *Rough Rider.*

In diesem Moment sprang der Tiger gegen die Gitterstäbe, fuhr mit der Pranke hindurch, zog *Rough Rider* seine Krallen über die Schulter und den Rücken und zerfetzte ihm die Jacke. Der Mann schrie vor Schmerz und Überraschung und faßte sich an die Schulter. Er schwankte, verlor das Gleichgewicht und fiel vom Zug.

Indy starrte ihm nach, wie er von der Bahndammböschung kollerte und liegen blieb. Dann wandte er sich wieder nach vorne, um weiterzugehen. Doch da raubte ihm bereits ein Fausthieb in den Magen den Atem. Er stolperte nach vorne, rang nach Luft und war sicher, dies sei sein Tod. Als er aufblickte, sah er Roscoe über sich.

»Mädchen-Pfadfinder!« zischte er und holte zu einem neuen Schlag aus.

Doch Indy hatte Roscoe bereits mit voller Wucht mit seinem Absatz auf den Fuß getreten, kratzte ihm in die Augen und biß ihm in die Hand. Roscoe schrie vor Schmerz, und Indy war an ihm vorbei. Er floh durch einen Gerätewagen und kletterte über eine Leiter auf das Dach.

Roscoe erholte sich rasch und kam ihm fluchend nach. Indy war gerade oben angelangt, als Roscoe ihn am Fußknöchel packte. Er stürzte und fiel auf das Dach.

Das Rattern der Räder auf den Schienen dröhnte Indy in den Ohren, als er Roscoe ein Messer ziehen und ausholen sah. Die Klinge blitzte. Roscoe griff an. Indy warf sich gerade noch rechtzeitig herum, um dem Stoß auszuweichen. Er kroch weg, doch Roscoe kam ihm nach. Er stieß nach ihm, als er aufzustehen versuchte.

Was auch in dem Tierwagen unter ihnen war, dachte Indy, es mußte etwas Großes sein. Denn sooft er oder Roscoe sich bewegten, wurde von unten gegen das Dach geschlagen, daß der ganze Waggon zitterte. Jetzt war freilich keine Zeit, sich darüber den Kopf zu zerbrechen. Er hatte genug damit zu tun, am Leben zu bleiben.

»Gib das Kreuz her!« schrie Roscoe, und wieder blitzte seine Messerklinge über Indys Kopf. »Gib es her!«

Indy bekam ihn am Handgelenk zu fassen und bog es ihm zurück. Er wollte, daß Roscoe das Messer fallen ließ.

Da splitterte plötzlich das Horn eines Nashorns nur knapp neben Indys Kopf durch die Holzwand. Er rollte sich instinktiv zur Seite. Roscoe hatte seine Hand wieder frei. Indy schob ihn zwar von sich, doch Roscoe drang wild auf ihn und stach mit dem Messer auf seine Kehle ein. Indy riß den Kopf zur Seite. Das Messer fuhr krachend in das Holz, nur eine Idee neben seinem Ohr.

Während Roscoe sein Messer wieder herauszuziehen versuchte, stieß das Nashorn erneut zu. Diesmal kam das Horn genau zwischen Indys Beinen durch. Roscoe zog das Messer heraus und versuchte, ihm damit in den Leib zu stoßen. Indy sah es rechtzeitig kommen. Die Klinge blitzte im Licht auf. Da waren seine Beine bereits hochgefahren, Roscoe direkt in die Brust, und warfen ihn nach hinten. Roscoe taumelte einen Augenblick mit weit ausgebreiteten Armen, um das Gleichgewicht zu behalten und konnte eben noch verhindern, daß auch er vom Zug fiel.

Indy hatte sich bereits auf den Bauch herumgerollt und Roscoe rechtzeitig wieder im Blick, als dieser das Messer nach ihm warf. Es hätte ihn vermutlich mitten ins Gesicht getoffen. Aber im selben Sekundenbruchteil fuhr das Rhinozeros-Horn erneut durch das Holz, und das Messer prallte genau dagegen.

Indy rappelte sich hoch. Er sah, daß der Zug sich einem Wassertank neben den Gleisen näherte. Sein Rohr zeigte auf das Gleis und ragte über den Zug herein. Das gab Indy den rettenden Einfall. Er lief auf die Seite des Tankrohrs und schätzte die Entfernung und den Zeitpunkt ab, wann er springen mußte.

Er bekam das Rohr genau zu fassen. Durch die Geschwindigkeit des Zuges begann sich der Rohrarm jedoch um den Wassertank zu drehen. Er klammerte sich mit Macht fest und schloß die Augen. Als sich die Bewegung des Rohrarms verlangsamte, ließ er los.

Doch er fiel kaum einen Meter. Er hatte sich einmal vollständig um die eigene Achse gedreht und war wieder auf dem Zug gelandet, diesmal weiter hinten auf dem Dach eines anderen Gerätewagens. Dort prallte er direkt mit Halbblut zusammen, der dadurch umgerissen wurde.

Er wich völlig perplex zurück. Aber noch verblüffter als über seine seltsame Rückkehr auf den Zug war er über das, was als nächstes passierte. Er fiel durch eine offene Luke wieder in einen Waggon hinunter.

Staub wirbelte auf, als er am Boden aufprallte. Durch die Ritzen der Waggonwände fielen Sonnenstrahlen. Er brauchte eine Weile, bis er sich an das Dämmerlicht hier unten gewöhnt hatte. Ein scharfer Tiergeruch lag in der Luft. Seine Nase kitzelte. Dann sah er die Ursache des Geruchs. Am anderen Ende erhob sich langsam ein afrikanischer Löwe, offensichtlich in der Absicht, näher zu betrachten, was da so unerwartet in sein Revier herabgeplumpst war. Er brüllte, daß die Waggonwände zu zittern schienen. Der Staub hatte sich noch nicht gesetzt. Der Löwe trieb ihn wie eine Beute in die Enge.

»O Mann«, schluckte Indy schwer und wich zurück bis in die hinterste Ecke.

Am Boden blitzte etwas auf. Er erkannte es sofort. Das Kreuz. Es war ihm bei dem Sturz vom Dach herunter wieder aus dem Gürtel gefallen und lag jetzt direkt vor den Tatzen des Löwen.

Er sah sich um und wich immer weiter zurück, bis er die rückwärtige Wand des Waggons in seinem Rücken spürte. Er preßte die Hände dagegen, während der Löwe ihm nachkam und zum tödlichen Sprung ansetzte. Seine rechte Hand stieß auf einen hervorstehenden Nagel, und darunter war etwas Ledriges. Sein Kopf fuhr erschreckt herum. Er fürchtete, schon wieder an eine Schlange geraten zu sein. Aber es war eine Peitsche. Die Peitsche eines Löwendompteurs.

Vorsichtig ergriff er sie. Der Löwe erkannte die Peitsche und knurrte leise. Indy schluckte schwer und ließ die Peitsche rasch knallen. Es klappte nicht richtig, das Ende der Peitschenschnur flog zurück und ihm direkt ins Gesicht, ans Kinn.

Der Löwe knurrte lauter.

Indy faßte die Peitsche fester und versuchte es noch einmal. Diesmal knallte sie richtig laut, wie es sein sollte. Genauso, wie er es im Zirkus schon gesehen hatte, wenn der Löwendompteur die Könige der Tiere mit der Peitsche in der Hand umkreiste.

Der Löwe fauchte, schlug in die Luft und knurrte, wich dann aber zurück. Er wußte aus Erfahrung, was das Knallen der Peitsche bedeutete.

Indy grinste zufrieden; er war verwundert und stolz zugleich über seine Leistung. Er ließ es gleich noch einmal schnalzen, und das trieb den Löwen tatsächlich noch weiter zurück. Er folgte ihm nach, bis er vor dem Kreuz stand. Der Löwe verharrte etwa drei Meter von ihm entfernt. Vorsichtig begann er sich zu bücken. Er hob das Kreuz auf, ohne den Blick auch nur für eine Sekunde von dem Löwen zu lassen.

Als er danach wieder rückwärts ging, zitterten ihm die Hände, und der Schweiß lief ihm vom Gesicht. Er atmete tief durch, wie stickig die Luft auch war, und begann wieder zu überlegen. Wie kam er nur endlich hier raus?

Er sah hinauf zu der offenen Luke, durch die er herabgestürzt war. In ihr blickte Filzhut auf ihn herunter, nickte ihm lächelnd zu und streckte ihm die Hand entgegen.

Mehr war nicht nötig. Es mit Filzhut zu tun zu haben, war am Ende immer noch dem Aufenthalt bei einem Löwen vorzuziehen. Er warf Filzhut das Ende der Peitsche hinauf. Der packte es und zog und stützte ihn, während er wie an einem Kletterseil die Seitenwand hinaufstieg. Bei einem Blick nach unten sah er, wie sich der Löwe bereits duckte, um sich sofort auf ihn zu stürzen, falls er noch einmal hinunterfiele. Er sah rasch wieder weg und konzentrierte sich darauf, zur Dachluke hinauszukommen.

Als er die Lukenränder zu fassen bekommen hatte, packte ihn Filzhut am Arm und zog ihn ganz nach oben.

Er kniete mit den Händen am Boden und keuchte. Er war völlig erschöpft. Der Löwe hatte ihn den letzten Nerv gekostet.

»Respekt«, sagte Filzhut, »also Mumm hast du ja, Junge.« Dann jedoch deutete er auf das Kreuz in seinem Hosenbund. »Aber das da gehört mir.«

Indy sah hoch. Es war noch mehr Gesellschaft da. Auch Halbblut und Roscoe hatten sich mittlerweile eingefunden.

Er hielt Filzhuts Blick aus. »Nein. Es gehört Coronada.«

»Coronada ist schon längst tot. Sogar schon alle seine Enkel.« Er streckte ihm fordernd die Hand entgegen. »Nun komm schon, Junge. Da ist nichts zu wollen.«

»Ja, rück's raus«, belferte auch Roscoe und griff sich das Kreuz. Indy aber hielt es am anderen Ende fest und weigerte sich. Sie zogen eine Weile hin und her. Während das Tauziehen noch unentschieden stand, kam noch eine verirrte Schlange aus Indys Hemd gekrochen und ringelte sich um Roscoes Hand.

»Nimm das Vieh weg!« schrie er, ließ das Kreuz los und schüttelte seinen Arm so lange, bis er die Schlange weggeschleudert hatte. Drunten brüllte der Löwe wieder. Indy nützte die Gelegenheit der momentanen Ablenkung, kroch unter Halbbluts Beinen durch und sprang auf den nächsten Waggon hinüber. Halbblut machte sich sofort daran, hinter ihm her zu kommen. Doch Filzhut hielt ihn zurück und winkte ab.

»Bleib du hier. Laß ihn nicht wieder durch, wenn er zurückkommt.« Dann drehte er sich um und kam selbst Indy nach.

Indy hastete die Leiter zwischen den beiden Waggons hinunter und nach innen. Es war der Waggon mit den Kostümen. Auch die Zaubergeräte befanden sich in ihm. Indy sah sich nach einem Versteck um. Filzhut kam bereits die Leiter herab. Indy duckte sich weg.

Filzhut kam gelassen und langsam in den Waggon und suchte ihn mit den Augen ab. Er ging zu einer großen Kiste und hob im Vorübergehen den Deckel leicht an. Sofort fielen sämtliche Wände der Kiste auseinander, aber nichts war in ihr.

Er lächelte zuversichtlich, als er sah, wie sich der Deckel einer anderen Kiste leicht bewegte. »Okay, Junge, ich weiß, wo du bist. Ich habe dich gesehen. Komm raus.«

Und er machte die Kiste auf. Tauben flatterten ihm entgegen und schwirrten verschreckt durch den Waggon.

Filzhut reichte es jetzt allmählich mit der Jagd nach dem Jungen. Er bahnte sich seinen Weg durch die ganzen Kostüme und Zaubergerätschaften mit bedeutend mehr Heftigkeit, griff sich einen Stock und stocherte mit ihm in den Ecken. Aber der Stock begann zu wackeln und verwandelte sich in ein Seidentuch. »Verdammt. Wo zum Teufel ist...«

Dann sah er einige der Tauben zur Hintertür hinausfliegen, die im Fahrtwind offen hin- und herschwang. Er begriff, was geschehen war, und rannte zur hinteren Plattform.

Der Zug begann langsamer zu werden, weil er ankam. Und hinten, schon in der Ferne, verschwand Indy eben in eine Straße mit einfachen Schindelhäusern.

Die Heimatfront

Außer Atem, aber immer noch im Besitz des Kreuzes des Coronado eilte Indy ins Haus. Er verschloß rasch die Türen und rannte von der Küche ins Wohnzimmer, wo er aus dem Fenster spähte. Aber draußen war niemand.

Er lief durch den Flur und in einen anderen Raum, um auch von dort nach draußen zu sehen. Er blinzelte in die Sonne. Noch immer hatte er den Staubgeschmack im Mund. Wasser, dachte er. Ein großes Glas eiskaltes, frisches Wasser, das war es. Aber das Wichtigste zuerst. Er mußte mit Vater reden.

»Dad?«

Er bekam keine Antwort, doch er wußte, daß sein Vater in seinem Arbeitszimmer war. Seit dem Tod seiner Mutter schien sein Vater nur noch in seinem Arbeitszimmer zu leben, unablässig über alte Folianten und Pergamente gebeugt. Die Vergangenheit war lebendiger für ihn als die Gegenwart.

Man mußte sich ja auch nur das Haus ansehen, dachte er. Jedes Zimmer bewies es: nirgends ein Hauch von Weiblichkeit, nichts Weiches, keine Farben. Nur Bücher und Altertümer, wohin man blickte. Er war auch der einzige, der im Haus mal sauber machte. Manchmal hatte er das Gefühl, sein Vater habe sein Leben auf sein Arbeitszimmer eingeschränkt. Es war der einzige Ort, in dem seine Anwesenheit für ihn real war.

Er öffnete die Tür zum Arbeitszimmer. Bücher in allen Regalen, selbst noch auf dem Boden gestapelt. Landkarten alter Gegenden an den Wänden, auch Bilder wunderschöner alter Schlösser und Kathedralen. In einer Ecke ein rostiger alter Helm, den einst ein Ritter getragen hatte. Alles in diesem Raum schien eine Bedeutung zu haben, selbst wenn er, Indy, sie nicht kannte. Auf jeden Fall spiegelte alles die Leidenschaft für das Studium des europäischen Mittelalters wider.

Er räusperte sich. »Dad?«

Professor Henry Jones, sein Vater, war hinter seinem schweren, dunklen Mahagonischreibtisch in seine Arbeit vergraben. Um ihn herum türmten sich Bücher und Papiere. Indy blickte auf die Kurve seines Rückens, wartete darauf, daß er etwas sagte oder wenigstens nickte und ihn auf irgendeine Weise zur Kenntnis nahm. Er wußte, daß er ihn sehr wohl gehört hatte. Die Tatsache, daß er seinen Sohn nicht begrüßte und sich nicht einmal umwandte, bedeutete, daß er nicht gestört werden wollte.

Aber das wollte er ja nie.

Trotzdem, dies hier war wichtig. Indy näherte sich dem Schreibtisch, warf einen kurzen Blick auf das alte Pergament, über dem sein Vater eben saß, und sagte: »Dad, ich muß mit dir reden.«

»Raus!« knurrte ihn sein Vater an, ohne sich auch nur umzudrehen, um ihn anzusehen.

»Es ist wirklich wichtig!«

Henry Jones arbeitete ohne Unterbrechung weiter. »Dann warte. Zähle bis zwanzig.«

»So hör doch...«

»Junior!« warnte ihn Henry Jones mit leiser, aber drohender und ernster Stimme.

Indy schluckte, nickte und trat einen respektvollen Schritt zurück. Er wußte, seine Anwesenheit störte seinen Vater. Da war nichts zu machen. Er begann mit leiser Stimme zu zählen, blickte dabei aber dem Vater über die Schulter.

Die oberste Seite des Pergaments enthielt eine Illustration eines, wie es aussah, Glasmalerei-Fensters mit verschiedenen römischen Ziffern. Sein Vater skizzierte die Zeichnung eben in sein Notizbuch.

»Auch das hier ist wichtig...« murmelte sein Vater als Erklärung, »...es geht nicht schneller... neunhundert Jahre hat es gedauert, bis es seinen Weg aus einem vergessenen Pergamentbehältnis in der Gruft der Hagia Sophia in Istanbul auf den Schreibtisch des einzigen Mannes der Welt fand, der es noch deuten kann.«

»Neunzehn... zwanzig.« *Es ist doch wirklich wichtig, hör jetzt endlich zu.*

Er holte das Kreuz des Coronado aus seinem Hemd und begann laut und rasch zu reden. »Wir waren mit den Pfadfindern im Pueblo und...«

»So, und jetzt auch noch auf griechisch«, befahl ihm Henry Jones, ohne von seiner Arbeit auch nur aufzublicken oder wirklich zuzuhören, was sein Sohn ihm zu sagen versuchte.

Er hört mir einfach nie zu.

Indy haßte ihn dafür.

Er begann auf griechisch zu zählen, lauter und hörbar zornig. Er stellte sich vor, jede Zahl sei ein Fluch, den er seinem sturen Vater entgegenschleudere.

Vor dem Haus hielt ein Auto. Er lief aus dem Arbeitszimmer und zum Fenster, ohne mit dem Zählen aufzuhören. Ein Polizeiauto.

Was soll ich jetzt machen? Sobald die Polizei ins Haus kam, nahm sein Vater natürlich sofort an, er habe etwas angestellt. Und gab ihm dann nicht einmal die Chance, irgend etwas zu erklären. Das wußte er aus Erfahrung.

Er blickte zurück ins Arbeitszimmer des Vaters, der nach wie vor an seiner Übertragungsskizze arbeitete und dabei mit sich selbst sprach.

»Auf daß der, der dies erstrahlen ließ, auch mich erleuchte!«

Indy schloß leise und mit angehaltenem Atem die Tür, ehe er nach vorne zum Eingang ging. Er schob sich das Kreuz rasch wieder in sein Hemd, während bereits die Tür aufging und Herman atemlos hereingerannt kam.

»Ich habe ihn mitgebracht, Indy! Ich habe ihn mitgebracht!«

Der Sheriff kam ins Haus und sah sich um.

»Sheriff, Sir! Es waren fünf oder sechs. Fast kriegten sie mich, aber...«

»Gut, gut, Junge, nur ruhig.« Der Sheriff streckte die Hand fordernd aus. »Hast du es noch immer?«

»Ja, Sir. Hier.«

Er zog das Kreuz wieder aus dem Hemd und reichte es dem Sheriff, der es nachlässig entgegennahm, ohne sich auch nur die Mühe zu machen, es genauer anzusehen. Sobald er es aus der Hand gegeben hatte, war Indy klar, daß da etwas nicht stimmen konnte. Der Sheriff benahm sich ungewöhnlich. Wenn er nur eine Ahnung hätte, was er, Indy, alles durchgemacht hatte!

»Das ist brav, Junge. Und sehr gut… weil nämlich der rechtmäßige Besitzer dieses Kreuzes schon erklärt hat, daß er keine Anzeige gegen dich erstatten will, wenn du vernünftig bist.«

Indy glaubte seinen Ohren nicht zu trauen. Das Kinn fiel ihm herunter. Seine Finger ballten sich zu Fäusten. »Anzeige erstatten… Wovon reden Sie denn?«

Und da kam auch schon Filzhut herein. Er nahm ganz ordentlich seinen Hut ab, nickte Indy vertrauensvoll und freundlich zu und tätschelte Herman den Kopf.

»Von Diebstahl!« sagte der Sheriff. »Er hat Zeugen. Fünf. Oder sechs.«

Also steckten der Sheriff und Filzhut unter einer Decke? Oder was sonst sollte das hier bedeuten? Nicht einmal anhören wollte er ihn! Es interessierte ihn gar nicht, was wirklich passiert war!

»Und wir wollen ja auch nicht, daß sich deine Mama im Grab umdrehen muß, nicht wahr?«

Der Sheriff händigte Filzhut das Kreuz aus, der es in den Lederhalfter an seiner Seite steckte. Und damit ging der Sheriff wieder. Indy sah ihm durch das Fenster nach. Draußen stand ein beigefarbenes Automobil. Dasselbe, das ihn durch die Wüste gejagt hatte! Es parkte direkt hinter dem Auto des Sheriffs und war noch immer mit einer dicken Wüstenstaubschicht bedeckt. Am Steuer saß geduldig wartend noch immer der Mann mit dem Panamahut.

Filzhut blieb noch da, nachdem der Sheriff gegangen war. Dann sagte er im Ton von Mann zu Mann, wenn auch mit deutlicher Ironie: »Na ja, Junge, da hast du halt heute doch noch verloren. Das heißt natürlich nicht, daß du dich damit abfinden mußt!«

Er nahm seinen Filzhut wieder ab und hielt ihn kurz oben fest. Dann kam er einen Schritt näher und streckte ihn Indy entgegen, als wolle er ihn ihm aufsetzen, aus Respekt und Bewunderung. Er verhielt jedoch, als Indy zu reden begann.

»Das Kreuz des Coronado ist 400 Jahre alt. Ich habe die Absicht, in seiner Nähe zu bleiben. Darauf können Sie sich verlassen.«

Filzhut grinste, setzte den Hut nun doch auf Indys Kopf und wandte sich zum Gehen. »Ich werd's dem Boß ausrichten«, sagte er lachend.

An der Tür blieb er noch einmal stehen. »Du warst wirklich gut mit dieser Peitsche, Junge. Hut ab vor deinem Mumm.«

Indy stieß die Tür hinter ihm wütend mit dem Fuß zu.

Filzhut kicherte amüsiert, als er zum Auto hinausging.

Indy rannte wieder zum Fenster und beobachtete ihn, wie er einstieg und das wertvolle Kunstobjekt dem Mann am Steuer gab. Dann fuhren sie ab.

Ich werde mir das Kreuz zurückholen! schwor er sich und fuhr mit der Hand die Krempe des Filzhutes entlang. Er würde es holen. Mochte es dauern, wie lange es wollte.

Auf See, 1938

Atlantiküberquerung

Zehn Meter hohe Wellen klatschten über das Deck des alten Frachters und spülten alles über Bord, was nicht niet- und nagelfest war. Von allen Seiten peitschte der Regen herab. Der Sturm heulte. Die Holzplanken des alten Schiffes ächzten in allen Fugen, als brächen sie gleich auseinander. Es war ein unangenehmes Geräusch. Als litte jemand Schmerzen. Indy vermochte diesen Gedanken nicht aus seinem Kopf zu verdrängen.

Er zog sich seinen Filzhut tief ins Gesicht und stützte sich an die Wand seiner Kabine, während das Schiff nach Steuerbord schwankte. Er war fest davon überzeugt, daß der nächste heftige Brecher den Schiffsrumpf eindrücken und ihn mit sich reißen würde.

Der Sturm warf das Schiff wie eine Nußschale hin und her, nach rechts, nach links und wieder nach rechts. Dann drückte er den Bug nach unten. Indy wurde nach vorn und wieder zurückgeworfen. Jetzt rollte das Schiff und stieg auf und nieder.

Handle, Mann. Jetzt. Handle endlich.

Die Dunkelheit, die draußen gegen das Bullauge drückte, ermutigte ihn nicht besonders. Im nächsten Augenblick krachte ein schwerer Brecher gegen die Schiffsseite und über das Glas des Bullauges. So heftig, daß es ihn gegen seine Schlafkoje schleuderte. Er packte Halt suchend das Bett und kämpfte gegen die Versuchung an, sich einfach hineinzulegen, die Decke über sich zu ziehen und seinen ganzen Plan zu vergessen.

Nein. Ich muß es tun. Ich muß.

Er stand auf, wurde aber sofort wieder von den Beinen geholt. *Verdammt.* Er rappelte sich erneut hoch und schüttelte den Kopf wie nach einem Boxniederschlag. *Vorwärts, Kamerad. Jetzt. Handle, solange der Kapitän noch auf der Brücke ist.*

Der Kapitän und das Kreuz. *Hab' ich euch.*

Er taumelte kurz herum wie ein Betrunkener, ehe er einigermaßen das Gleichgewicht wiedergefunden hatte. Mit einer Hand knöpfte er sich die Lederjacke zu und prüfte noch einmal den festen Sitz seines Filzhutes und seine Lederpeitsche am Gürtel. Dann arbeitete er sich zur Tür.

Vorwärts, Kamerad.

Und rechts und links und rechts. Gut. Geht ganz gut. Er schaffte es bis zur Tür.

Draußen dann mußte er bis aufs Deck, und vom Deck bis zur Kapitänskajüte. Wo das Kreuz war.

Er hatte eine Passage auf diesem Frachter gebucht, nachdem er einen Tip erhalten hatte, wo sich das Kreuz des Coronado befand. Ein Mann hatte ihn in seinem Büro in der Universität angerufen. Er sei doch an dem Kreuz interessiert. Dann möge er sich mit ihm treffen. In Lissabon, Portugal.

Als er den Anrufer näher befragte, beschrieb ihm dieser exakt den Mann, den Indy nur ein einziges Mal in seinem Leben gesehen hatte. Damals als Kind. Es war genau der Mann, der sich das Kreuz angeeignet hatte und den er nun schon alle die Jahre verfolgte.

Als er den Anrufer nach dem Preis für sein Angebot fragte, hatte dieser erklärt, es gehe ihm lediglich um eine Rache. Der Mann mit dem Kreuz sei sein Boß, und erst vor kurzem habe er erfahren, daß er ein Verhältnis mit seiner Frau hatte. Die Erklärung klang plausibel, und er hatte ein paar Tage Zeit. Er war schon Spuren nachgegangen, die erheblich weniger konkret gewesen waren, und diese hier schien wirklich einmal erfolgversprechend zu sein. Der Mann, dessen Markenzeichen sein ewiger Panamahut war, war ihm schon einige Male nur äußerst knapp entkommen. Doch nun hatte er schon jahrelang keine heiße Spur mehr gehabt.

Nach seiner Ankunft in Lissabon hatte ihm sein Informant erklärt, das Kreuz sei mittlerweile fortgeschafft worden. Er solle auf weitere Nachricht warten. Acht Tage vergingen, und er wollte schon aufgeben und wieder nach Amerika zurückkehren. Das Semester hatte auch bereits begonnen. Er mußte anwesend sein. Doch ausgerechnet an diesem Tag rief ihn der Mann wieder an. Das Kreuz werde morgen auf einem Frachtschiff nach Amerika gebracht. Und zwar sei es dem Kapitän selbst in Obhut gegeben worden.

Und jetzt war er hier auf eben diesem Schiff, und dies hier war die erste Gelegenheit, die Kajüte des Kapitäns zu durchsuchen. Bei solchem Wetter und Seegang fand der Kapitän mit Sicherheit keine Zeit, die Brücke zu verlassen.

Die erste und vielleicht einzige Chance, Kamerad.

Er drückte die Tür auf. Der Wind warf ihn fast um. Er stemmte sich ihm entgegen, zog mit einer Hand seinen Filzhut ins Gesicht und hielt sich mit der anderen am Türpfosten.

Das Schiff schlingerte nach links. Er schlingerte mit und verlor fast den Boden unter den Füßen. Hastig klammerte er sich auch an den anderen Türpfosten und mußte dazu seinen Filzhut loslassen, unter dessen Krempe der Sturm sofort fuhr und ihn wegriß, zurück in seine Kabine. Er kümmerte sich nicht darum. Er stemmte sich weiter gegen den Wind, der wie eine Wand war, und kämpfte sich aufs Deck, nachdem er die Tür hinter sich zugezogen hatte.

Eine riesige Welle nahm das Schiff wieder einmal hoch mit sich empor, und das müde Holz ächzte und knarrte.

Er klammerte sich an die Reling, während er darauf wartete, daß das Schiff in das Wellental hinabfiel. Die Wasserwand, die jetzt auf ihn herniederstürzte, riß ihm fast die Hände vom Geländer. Doch schon nach einigen Sekunden kämpfte er sich, eine Hand vor die andere setzend, weiter durch das Toben der Elemente. Der Sturm heulte und pfiff. Seine Lippen schmeckten salzig, und bald brannten ihm auch die Augen salzig. Er mußte sie zu Schlitzen zusammenkneifen.

Der Kapitän ist auf der Brücke. Jetzt oder nie.

Er kämpfte sich weiter voran. Der Sturm warf das Schiff wie ein Stück Treibholz herum. Indy konzentrierte sich auf das Kreuz. Er brannte in seinem Kopf wie Feuer, der Gedanke an dieses Kreuz. Heller und heißer als die Sonne. Schon bald spürte er Sturm, Wetter und das Rollen des Schiffs nicht mehr. Er bewegte sich mit dem Schiff, als sei er ein Teil davon, als gehöre er zu ihm. Seine Beine kamen ihm mittlerweile auch standfester und kräftiger vor. Er hatte neue Kraft gefunden. Und wie eingebrannt in seinem Kopf war das Bild des Kreuzes.

Als er die Kapitänskajüte endlich erreicht hatte, war er bis auf die Haut durchnäßt. Wasser rann ihm in kleinen Bächen über das Gesicht. Eine ganze Salzkruste hatte sich auf seinen Lippen und seiner Zunge gebildet.

Er holte ein langes, dünnes Werkzeug heraus, das fast wie ein Eiszapfen aussah, aber aus biegsamem Metall war. Ein Werkzeug, das normalerweise Diebe verwendeten, nicht Archäologen. Er faßte den Türknauf und hielt seine Hand so ruhig, wie es ging. Er versuchte die Spitze seines Dietrichs ins Schloß zu stecken, doch das Schiff schaukelte und ließ ihn mit dem Arm in der Luft herumfuchteln wie ein Orchesterdirigent mit seinem Taktstock. Er versuchte es noch einmal, doch nur mit dem Ergebnis, daß er sich selbst ins Handgelenk stach.

Er schüttelte die Hand. *Ruhe, Mann, Ruhe.*

Er brauchte noch zwei weitere Versuche, ehe er den Dietrich endlich im Schloß stecken hatte. Er probierte vorsichtig, bis er richtig saß. Dann holte er tief Luft und drehte den Türknauf. Geschafft. Die Tür ging auf. Er lächelte.

Er war kaum drinnen, als die Tür hinter ihm bereits zuknallte und sogar das Toben des Sturm übertönte.

Er sah sich um, ob auch wirklich niemand da war. Dann ging er zielstrebig auf die Schlafkoje zu. Die Lampe an der Wand flakkerte, ging aus und wieder an, und das Schiff rollte wieder seitwärts. Er hielt sich an der Koje fest, bis das Schiff wieder gerade lag.

Sein Informant hatte ihm gesagt, der Kapitän bewahre das Kreuz im Schiffstresor auf. Und er hatte ihm nicht nur verraten, wo sich dieser befand, sondern ihm sogar auf einem Zettel die Kombination aufgeschrieben. Er hatte ihn gefragt, wie er an diese herangekommen sei. Aber der Mann hatte nur gelächelt und gemeint, er solle doch sein Glück nicht in Frage stellen.

Irgend etwas hatte ihn an dem Mann gestört. Ganz abgesehen davon, daß er ihm auch nicht sympathisch war. Doch schließlich war dies seine erste Spur seit Jahren gewesen. Und seit wann mußten einem alle Leute, mit denen man zusammenarbeitete, sympathisch sein?

Jedenfalls würde sich jetzt gleich herausstellen, wieviel Glück er wirklich hatte. Konnte ja auch sein, daß die ganze Geschichte nur ein schlechter Scherz war.

Er schob die Hand unter die Matratze und hob sie hoch. Tatsächlich, da war der Tresor. In den Boden eingelassen, direkt unter dem Bett. Er packte das Bettgestell und zog es heraus.

So weit, so gut.

Die nächste Frage war, ob die Kombination wirklich stimmte. Wenn nicht, war er der Lösung des Problems wieder so fern wie eh und je. Er drehte die Nummernscheibe vor und zurück, um ein Gefühl für sie zu bekommen. Er hatte die Nummer auswendig gelernt. Er begann die erste Zahl einzustellen und danach die restlichen fünf.

Als er soweit war, verhielt er noch einmal einen Moment, um tief Luft zu holen. Dann drehte er langsam und zögernd.

Der Safe ging auf.

Es war dunkel in ihm. Er griff blindlings hinein, fühlte Dosen und Schatullen. Schmuckschatullen, zweifellos. Papiere. Er suchte darunter. Da war etwas. Ein Gegenstand, der in ein Tuch eingewickelt war. Mit der Form eines Kreuzes.

Er zog es heraus. Seine Aufregung wuchs.

Er band den Knoten der Schnur auf, mit der das Paket zugebunden war, und faltete das Tuch auf.

Das Kreuz des Coronado.

Er hatte seine Schönheit in all den Jahren nicht vergessen, trotzdem überwältigte ihn der Anblick nunmehr erneut.

Es fühlte sich kühl und schwer an in seiner Hand. Und echt.

Er schob es unter seine Jacke in den Gürtel am Hosenbund, fast genau an die gleiche Stelle, an der er es vor sechsundzwanzig Jahren schon einmal verborgen hatte.

Er verschloß den Safe wieder, drehte die Scheibe einige Male und schob das Bett zurück an seinen Platz. Als er wieder draußen war, fühlte sich das Kreuz unter seinem durchnäßten Hemd warm, massiv und geschützt an. Er war ungeheuer erleichtert. Und müde zugleich. Und genoß sein Triumphgefühl. *Sechsundzwanzig Jahre, du Bastard. Sechsundzwanzig Jahre.*

Doch in seinem Hinterkopf nagte ein ununterdrückbarer Zweifel. Er konnte ihn nicht genau lokalisieren und begründen. Doch es schien etwas Bedeutsames zu sein. Er versuchte, sich auf ihn zu konzentrieren, ihn einzukreisen, deutlich zu machen. Aber er war so müde. Und der Sturm war so laut und... *Später, ich komme schon noch darauf.*

Er blickte auf. Vor ihm, am Ende des Korridors, stand ein bulliger Matrose und blickte ihm ernst entgegen. Er drehte sich um. Am anderen Ende stand ebenfalls einer. Er begriff sofort.

Also eine Falle. Kein Wunder, daß es so verdammt einfach war. Kein Wunder, daß der Informant die Kombination wußte. Es ging alles zu leicht. Und eben dies war es, fiel ihm nun ein, was ihn die ganze Zeit beunruhigt hatte.

Die Seeleute stürzten sich von beiden Seiten auf ihn. Er versuchte sich mit einem Hieb zur Wehr zu setzen, doch da kippte das Schiff wieder weg und er taumelte rückwärts, direkt in die Arme des Matrosen hinter ihm. In der nächsten Sekunde wurde ihm der Arm umgedreht. Sie schleppten ihn den Flur entlang zurück auf Deck. Auf dem Wasservorhang dort erschien wie aus dem Nichts ein Dritter. Und der hieb ihm einen Schwinger in den Leib.

Die Luft blieb ihm weg. Die Beine knickten ihm ein. Einer der Matrosen zog ihn sofort wieder hoch und schleuderte ihn nach rechts hinüber unter das Sturmdeck, wo man gegen Wind und Wetter einigen Schutz fand. Und da erblickte ihn Indy. Den Bastard, der ihm den Magenschwinger verpaßt hatte. Derselbe Mann, der damals hinter dem Diebstahl gestanden hatte. Und zweifellos auch diese Falle hier arrangiert hatte. Er war natürlich ebenfalls älter geworden, aber selbst im Dunkeln waren seine eisblauen Augen zu sehen, die wie kleine Zwillingsmonde glänzten.

»Die Welt ist klein, Dr. Jones.«

»Jedenfalls zu klein für uns beide. Wie ich sehe, sind Sie Ihrem Stil treu geblieben.« Er warf einen Blick auf den Panamahut des Mannes.

»Sehr aufmerksam beobachtet! Ich glaube aber meinerseits, Ihre bevorzugte Erscheinungsweise auch schon anderswo bemerkt zu haben! Doch jetzt zum Geschäft.«

Er packte Indy so heftig an der Lederjacke, daß er glaubte, er zerreiße sie ihm, faßte an seinen Gürtel und zog das Kreuz heraus. »Wie Sie wissen, ist das nun schon das zweite Mal, daß ich mein Eigentum von Ihnen mehr oder minder nachdrücklich zurückfordern muß. Wenn unsere Begegnung heute auch keineswegs ein Zufall ist.«

»Das habe ich begriffen. Sie haben mich in eine Falle gelockt.«

»Bei Ihnen, Dr. Jones, war das nicht schwer.«

Er wisse, erläuterte er ihm, sehr gut, mit welcher Hartnäckigkeit er die ganzen Jahre hinter diesem Kreuz hergewesen sei, dem Glanzstück seiner Sammlung. Seit dem Beginn der Depression, die ihm wirtschaftlich hart zugesetzt habe, versuche er nun schon, es zu verkaufen. Und endlich habe er auch einen Interessenten gefunden, der einen Preis zu zahlen bereit sei, welcher alle seine finanziellen Bedrängnisse mit einem Schlag beende. Allerdings war eine Bedingung damit verbunden. Der lästige Dr. Indiana Jones mußte verschwinden, bevor die Transaktion besiegelt wurde.

»Also habe ich mich entschlossen, Sie herbeizulocken. Ich habe durchaus fair gespielt. Ich habe Ihnen, wie Sie gesehen haben, sogar eine Gelegenheit eingeräumt, sich das Kreuz noch einmal anzueignen.« Er gestattete sich ein maliziöses Lächeln. »Zu dumm, daß Sie auch diesmal wieder geschnappt wurden.«

»Dieses Kreuz gehört in ein Museum.«

»Sie auch.« Er sah die Matrosen an. »Werft ihn über Bord.«

Und sogleich zerrten sie ihn über das rollende Deck zur Reling. Als sie an einer Anzahl Treibstoffässer vorbeikamen, erkannte Indy seine Chance, sich den Sturm zunutze zu machen. Er stemmte sich plötzlich zwischen den Matrosen, die ihn schleppten, hoch und trat mit voller Wucht gegen die Klammer, welche das Stahlband um die Fässer hielt, so daß sie brach.

Sofort begannen die Fässer auseinanderzufallen und auf Deck herumzurollen. Ehe sich die Matrosen von ihrer Verblüffung erholt hatten, rammte er ihnen die Ellbogen in den Magen und stürzte sich auf seinen Rachegott.

Panamahut sah ihn kommen und versuchte, sich mit einem Satz auf die Leiter zu retten, die hinauf zur Brücke führte. Doch noch ehe er sie erreicht hatte, knallte eines der Fässer gegen die Leiter, versperrte ihm den Weg und begann sogar auf ihn zuzurollen. Er sprang beiseite. Dabei verlor er das Kreuz, das er noch immer in der Hand hielt. Es schlitterte über das Deck.

Indy flog bereits darauf zu, doch nun stand ihm wieder einer der Seeleute im Weg, der ihm einen Ladekranausleger in den Weg schleuderte. Er duckte sich noch rechtzeitig und kam mit einem gewaltigen Sprung wieder hoch, der den Mann genau unter dem

Kinn erwischte; er taumelte zurück – genau in dem Moment, als ein neuer schwerer Brecher über das Schiff hereinklatschte.

Indy suchte panisch nach dem Kreuz. Er entdeckte es kaum einen Meter neben sich, stürzte sich darauf und begrub es unter sich, während er mit dem ablaufenden Wasser des Brechers über das Deck hinrutschte. Gerade einen Lidschlag, ehe der nächste Brecher herunterkam und ihn unter Wassermassen begrub, bekam er das Kreuz endlich richtig zu fassen.

Er schlitterte noch ein Stück weiter. Dann sah er eines der riesigen Fässer auf sich zurollen. Er hechtete beiseite, verlor aber dabei wieder den Boden unter den Füßen. Nur einen Lidschlag, ehe ihn das Faß traf und zerschmetterte, tauchte er weg, rollte sich herum, und das Faß donnerte vorüber.

Aber schon kollerten weitere Fässer heran. Er war wieder auf den Beinen und wich ihnen allen tänzelnd aus. *Das war knapp, mein Lieber.* Noch war nichts gewonnen. Als er sich umdrehte, stand auch einer der beiden Matrosen wieder auf den Beinen. Er hatte sich einen Ladehaken geschnappt und kam auf ihn zugestürmt.

Er hatte blitzschnell seine Lederpeitsche aus dem Gürtel und schnellte sie nach vorne, um sie gleich danach wieder zurückzuziehen. Sie schnalzte laut und traf ihr Ziel – den Fußknöchel des Matrosen – genau. Im gleichen Sekundenbruchteil riß er an ihr – und was sie nicht schon schaffte, vollendete das rollende Schiff. Der Mann stürzte auf das Deck nieder.

Indy verhielt einen Moment, um sein eigenes präzises Werk zu bewundern. Es war ein schlechtgewählter Moment. Ein Netz fiel von oben über ihn. Und Panamahut war bereits bei ihm und bearbeitete ihn mit seinen Fäusten – eine Tätigkeit, an der er ausgesprochen Gefallen zu haben schien. Er schlug hart und schnell zu. Und oft. Indy versuchte, die Schläge abzublocken und mit den Armen abzuwehren. Gleichzeitig bemühte er sich, aus dem Netz zu entkommen. Alles umsonst.

Sämtliche Ölfässer, die er losgeschlagen hatte und die nach Steuerbord gerollt waren, kamen jetzt zurück. Und genau auf ihn und einen großen Stapel Kisten zu.

Auf den Kisten stand: *TNT – Gefährlich.*

Er schrie auf, als eines der Fässer fast bei ihm war. Panamahut drehte sich herum, sah das Faß und hastete quer über das Deck. Indy sauste in die andere Richtung davon und entging dem Faß eben noch.

Er versuchte verzweifelt, sich aus dem Netz zu befreien, doch das Kreuz war darin ebenfalls verheddert. Der einzige Weg, zu entkommen, war, auch das Kreuz aufzugeben. Und das wollte er auf keinen Fall.

Dann sah er, wie ein Faß direkt auf die Sprengstoffkisten zurollte.

Es blieb nur ein Ausweg. Er nahm ihn. Er sprang über Bord, mitten in die stürmische See.

Er war kaum im Wasser, als das Schiff in einer gewaltigen Explosion in die Luft flog. Ringsumher regnete es Trümmer, als gehörten sie zum Sturm. Was vom Schiff noch übrig war, ging mit atemberaubender Geschwindigkeit unter.

Der Aufprall auf dem Wasser und die Explosion hatten ihm das Netz weggerissen. Er kämpfte eine Weile unter Wasser, bis es ihn wie einen Korken nach oben trieb. Dann begann er heftig zu strampeln, um nicht wieder unterzugehen. Er griff nach etwas, um sich festzuhalten, ging dabei unter und kam wieder hoch, keuchend und Wasser spuckend. Dann hatte er etwas in der Hand – einen Rettungsring; einen der paar winzigen Rettungsringe, die das Schiff überhaupt gehabt hatte. Er hakte sich mit dem einen Arm ein und schlüpfte danach auch mit dem anderen durch.

Und dann sah er etwas vor sich treiben, das vertraut aussah. Er griff danach, packte es und besah es sich aus der Nähe. Es war ein Stück eines zerfetzten Panamahutes.

In einiger Entfernung tutete das Horn eines amerikanischen

Frachters. Er begann zu winken und hoffte, man sähe ihn. Er winkte und winkte. Bis er merkte, womit.

Er winkte mit dem Kreuz!

Und er überlegte bereits: Wie zum Teufel erkläre ich das Kreuz? *Ganz einfach. Ich bin ein Priester. Ich habe das Kreuz gerettet. Und das Kreuz rettete mich.*

Na, welche Rolle spielte es schon. Ihm war zum Lachen und Heulen zugleich. Er wußte, daß er es, verdammt noch mal, schaffen würde. Und außerdem, Mann: Er hatte das Kreuz!

NEW YORK, einige Tage später

Auf dem Campus

Der warme Frühlingsnachmittag hatte die Studenten scharenweise ins Freie gelockt. Junge Mädchen in wadenlangen Kleidern und junge Männer mit Krawatten spazierten auf den baumbestandenen und ziegelbelegten Gehwegen, die sich, vorüber an efeubewachsenen Klinkerhäusern, durch den ganzen Campus schlängelten. Sie trugen ihre Bücher unter dem Arm und Bleistifte steckten hinter ihren Ohren. Und niemand schien es eilig zu haben.

Ein schwarzer Rabe segelte lautlos über all den lustwandelnden Studenten dahin und setzte sich auf ein Fenstersims im ersten Stock eines der efeubewachsenen Klinkergebäude. Hinter dem Fenster ließ sich ein Professor mit einer Tweedjacke und einer Nickelbrille für einen Moment von dem Vogel draußen ablenken, wandte sich dann aber gleich wieder seiner Klasse zu. Seine Hörer warteten aufmerksam und schweigend darauf, daß er fortfuhr.

Trotz seines professoralen Habitus war eine gewisse Rauheit an dem Mann. Er vermittelte den Eindruck, daß, sobald er nur die Tweedjacke auszog und die Krawatte und die Brille ablegte, um sich »auf eine Exkursion« zu begeben und Altertümer auszugraben, alles passieren konnte; und vermutlich auch tatsächlich geschah. Er hatte irgend etwas Mysteriöses an sich, das – zusammen mit einer gewissen Schüchternheit – vor allem auf seine Studentinnen, die bei seinen Vorlesungen immer in der Mehrzahl zu sein schienen, offenbar äußerst anziehend wirkte. Er hatte indessen überhaupt nichts gegen diese weibliche Dominanz in seinen Kursen.

Diejenigen, die ihn besser kannten, wußten, daß er mit seinen Erfahrungen gerne etwas tiefstapelte. Möglicherweise, so glaubten sie, kam es daher, daß er immer gegen den übermächtigen Schatten seines berühmten Vaters, des Mittelalterspezialisten Dr. Henry Jones, ankämpfen mußte. Wie auch immer, er pflegte, sobald er irgend etwas von sich und seiner Laufbahn erzählte, gleichzeitig durch andere Ausdrucksmittel wie Gesten, bestimmte Blicke oder ein angedeutetes Lächeln, wissen zu lassen, daß das, was er sagte, allenfalls ein kleiner Teil der Geschichte war.

Er blickte über den Saal hinweg und hatte die Hände tief in den Hosentaschen vergraben. »... Vergessen Sie also alle Phantasiegeschichten von versunkenen Städten und exotischen Reisen. Vergessen Sie auch die Vorstellung, wie Sie die ganze Welt umgraben werden. Siebzig Prozent aller archäologischen Forschung findet in der hiesigen Bibliothek statt. Recherche und Lektüre – das sind die Schlüsselwörter. Wir nehmen die Mythologie nicht als gegebene Tatsache und rennen auch nicht Landkarten nach, die zu vergrabenen Schätzen führen. Das eingezeichnete »X« ist sowieso niemals der Ort, an dem wirklich etwas vergraben ist. Der versunkene Kontinent Atlantis! Die Ritter von der Tafelrunde! Alles nur liebenswürdiger und romantischer Unsinn!«

Er machte eine kleine Pause und spürte dem Gewicht des edelsteinbesetzten Kreuzes nach, das in seiner Jackentasche steckte. Er sah zu Boden, kratzte sich hinter dem Ohr und fuhr dann fort: »In der Archäologie suchen wir nach greifbaren *Tatsachen*... nicht nach *Wahrheit*. Wenn Sie an Wahrheit interessiert sein sollten, meine Damen und Herren, dann sind Dr. Petermans Philosophievorlesungen dafür ein guter Anfang.«

Die Klasse lachte. Professor Indiana Jones sah eine hübsche Studentin in der vordersten Reihe an und lächelte. Er räusperte sich. »Nächste Woche: Ägyptologie. Wir beginnen mit den Ausgrabungen von Naukratis durch Flinders Petrie 1885. Irene, meine Sekretärin, hat die empfohlene Lektüreliste für das Semester.« Um einem Sturm auf sein Katheder zu entgehen, fügte er hinzu: »Für Fragen stehe ich Ihnen in meinem Büro zur Verfügung.«

Während die Studenten hinausdrängten, blickte Indy nach hinten in den Hörsaal, wo Marcus Brody, der Direktor eines renommierten Archäologischen Museums und langjähriger Freund seines Vaters, auf ihn wartete. Er ging zu ihm.

Brody, der unverkennbar britisch aussah, war um die Sechzig und gezeichnet von dem ewigen Kampf zwischen den Hiobsbotschaften seiner Museumsbuchhalter und den Ausreden der wohlhabenden Geldspender. Mehr als einmal hatte er Indy versichert, daß er ihn als ein Licht in der Finsternis betrachte, als einen Mann mit Überzeugungen, der sich nicht scheute, jedem auf die Zehen zu treten, der wertvolle Altertümer lediglich unter dem Blickwinkel rascher Profite sah. Er hatte ein sehr ausdrucksvolles Gesicht mit tiefen Furchen und Falten – jede von ihnen konnte eine eigene Geschichte erzählen. Er sah fast immer besorgt aus, was Indy ständig in die Versuchung brachte, ihm beschwichtigend auf die Schulter zu klopfen und ihm zu sagen, er solle sich mal keine Sorgen machen, es werde schon alles (was auch immer) gut ausgehen...

»Hallo, Marcus!« begrüßte er ihn nun und klopfte auf seine Jakkentasche. »Ich hab's!«

Brodys Augen leuchteten auf. »Du mußt mir alles genau erzählen!«

»Natürlich. Komm!«

Schon auf dem Weg aus dem Hörsaal und den Flur entlang zog Indy das Kreuz des Coronado aus der Tasche und hielt es hoch.

»Tatsächlich«, murmelte Brody. »Bravo, mein Lieber. Das ist großartig. Ich bin überaus erfreut. Ich bin mehr als erfreut. Ich bin außer mir vor Freude.«

»Na, was denkst du, was ich bin? Ist dir klar, wie lange ich hinter diesem Ding her war?«

»Dein ganzes Leben lang.«

»Mein ganzes Leben lang.«

Sie hatten es beide gleichzeitig gesagt und lachten nun darüber. »Wirklich, ganz großartig, Indy. Ausgezeichnet, wirklich hervorragend. Jetzt erzähle mir, wie du es gekriegt hast.«

»Ach, es war gar nicht schwer«, sagte Indy achselzuckend. »Es bedurfte nur etwas freundlicher Überredung, das war alles.«

»So, so«, meinte Brody skeptisch. »Und das war alles?«

»Nun ja, nachdem die Herzlichkeiten erschöpft waren, nahm ich notgedrungen Zuflucht zu einigen diplomatischen Armverdrehungen.«

»Verstehe«, sagte Brody. Sein Ton und sein Gesicht ließen indessen keinen Zweifel daran, daß er noch mehr hören wollte. Andererseits befürchtete er aber auch, daß gewisse Dinge, die er hören würde, nicht ganz im Einklang mit den Standards des Museums, das er repräsentierte, stehen könnten.

Noch bevor Indy mit seiner Geschichte beginnen konnte, wurden sie in ihrem Gespräch von zwei Kollegen unterbrochen, die sich zu ihnen gesellten. »Na, wo haben Sie denn gesteckt, Jones?« fragte der größere der beiden. »Das Semester ist schon vor einer Woche wieder angegangen.«

Der andere Kollege zeigte Indy eine Fruchtbarkeitsgöttin aus Keramik. »Wollen Sie sich das mal ansehen, Jones? Hab' ich aus Mexiko mitgebracht. Vielleicht könnten Sie's mir datieren? Was halten Sie von dem Ding?«

Indy drehte die Figur in den Händen. Ein schwaches Lächeln huschte über sein Gesicht. »Datieren?«

Der Kollege wurde unsicher und nestelte an seiner Krawatte. Dann sagte er mit gespielter Selbstsicherheit: »Ich habe immerhin fast zweihundert Dollar dafür bezahlt. Der Verkäufer hat mir geschworen, es sei präkolumbianisch.«

»Für zweihundert Dollar? Wissen Sie, was das ist? Prä-Oktober oder -November. Das ist schwer zu sagen. Schauen wir es uns mal genauer an.« Noch ehe der verblüffte Professorenkollege etwas sagen konnte, hatte Indy die Figur bereits entzwei geschlagen. »Da, sehen Sie! An dieser Saumlinie können Sie's erkennen: Garantiert wertlos.«

»Wertlos?«

»Ganz recht.« Er gab dem Kollegen die beiden Stücke der Figur zurück und ging mit Brody weiter.

»Ich hätte denen mal zeigen sollen, was ein wirklich wertvolles altes Fundstück ist«, sagte Brody und hielt das Kreuz hoch.

»Wozu die Mühe?« sagte Indy nur.

Sie hatten Indys Büro erreicht. »Das Stück bekommt einen Ehrenplatz unter unseren spanischen Erwerbungen, das versichere ich dir«, sagte Brody.

»Gut. Über mein Honorar können wir später bei einem Glas Champagner reden.«

»Wann darf ich dich erwarten?«

Indy überlegte kurz. Er war bisher noch gar nicht in seinem Büro gewesen und hatte auch gar keine große Sehnsucht nach dem Berg Papierkram, der ihn mit Sicherheit dort erwartete, nachdem er die erste Semesterwoche schon versäumt hatte. »Sagen wir, in einer halben Stunde.«

Brody ließ das Kreuz lächelnd in seine Mappe gleiten und entfernte sich mit strahlendem Gesicht.

Das Bürovorzimmer war vollgepackt mit Studenten, die sich sofort um ihn scharten.

»Professor Jones, könnten Sie...«

»Dr. Jones, ich brauche...«

»He, ich war zuerst hier. Professor...«

Er bahnte sich einen Weg zum Schreibtisch seiner Sekretärin. Irene, eine wissenschaftliche Hilfskraft, sah völlig gestreßt und verstört aus. Sie blickte geistesabwesend in die Ferne, als nehme sie nichts mehr wahr. Vor allem die Studentenflut in ihrem Büro ignorierte sie einfach. Erst als sie Indy sah, wurde sie lebendig.

»Dr. Jones! Mein Gott, bin ich froh, daß Sie endlich da sind! Ihre Post liegt auf Ihrem Schreibtisch. Hier sind die Zettel aller Anrufe.

Das ist Ihr Terminkalender. Und hier, diese Prüfungsarbeiten sind noch nicht zensiert.«

Er nickte, nahm alles und versuchte, in sein Büro zu gelangen.

»Dr. Jones!«

»Augenblick, Dr. Jones! Meine Zensur!«

»Würden Sie bitte meine Einschreibung abzeichnen?«

»Dr. Jones, hören Sie. Wenn Sie mir nur…«

Er hob die Hand, und rasch verstummte die ganze Meute, um zuzuhören. »Irene…«, begann er, »schreiben Sie doch eine Liste von allen in der Reihenfolge, wie sie gekommen sind. Und dann kommt jeder der Reihe nach dran.«

Irene warf einen zweifelnden Blick von ihm auf die Studenten. Und nicht ohne Grund. Die ganze Horde drang sofort wie ein Moskitoschwarm auf sie ein.

»Na, ich kann's zumindest versuchen«, murmelte sie.

»Ich war zuerst da…«

»Nichts da, ich war vor dir da…«

»Ich bin ganz einwandfrei Nummer zwei…«

»He, paß doch auf, Mensch…«

Indy schlüpfte eiligst in sein Büro. Er sah ungeduldig die Post durch. Mehr als die College-Rundschreiben, archäologische Verbandsmitteilungen und die neuesten Ausgaben von *Esquire* und *Newsweek* war nicht darunter.

Doch da war etwas. Ein dicker Umschlag mit ausländischen Briefmarken.

Er besah ihn näher. »Venedig…« Wen kannte er in Venedig? Fehlanzeige. Keinen Menschen. Noch ehe er den Umschlag öffnen konnte, kam Irenes gestreßte Stimme über die Sprechanlage.

»Dr. Jones… hier scheint es gewisse Unstimmigkeiten über die Reihenfolge der Ankunft zu geben…«

»Schon gut, schon gut«, unterbrach er sie. »Machen Sie es, so gut es geht. Ich bin gleich soweit.«

Den Teufel werde ich.

Er stopfte sich die Post in die Jackentasche, sah sich rasch um, öffnete das Fenster und kletterte hinaus ins Freie. Er atmete die Luft dieses späten Frühlingsnachmittags tief ein und ging in den Nachbargarten hinüber. Rosen, Gardenien, Gras. Großartig. Wunderbar.

»Ein wunderschöner Tag«, sagte er zu sich selbst auf dem Weg durch den Garten. Schnell und selbstsicher entfernte er sich von seinem Büro, lächelte vor sich hin, erfreute sich seiner Freiheit und wies alle Gedanken über Verantwortlichkeiten weit von sich. Nach dem, was er durchgemacht hatte, um an das Kreuz zu kommen, hatte er etwas Erholung verdient.

Sollte sich irgend jemand beschweren – bitte, er hatte nie behauptet, so gewissenhaft zu sein wie sein Vater. Überhaupt – die Reputation seines Vaters; das war ein sehr zweischneidiges Schwert. Einerseits sicherte sie seine Stellung an der Universität. Andererseits jedoch war sie eine ungeheure Belastung. Ständig fühlte er sich wie ein zweitklassiger Wissenschaftler, der sich niemals mit dem wissenschaftlichen Rang seines Vaters messen können würde.

Vielleicht verhielt er sich eben deshalb manchmal unverantwortlich? Und ging Risiken ein? Um auf diese Weise Aufmerksamkeit zu erregen? Was er durch Gelehrsamkeit nicht aufwiegen konnte, glich er eben durch spektakuläre Taten aus! Und Gelegenheiten boten sich genug... Und Abenteuer.

Er hatte fast das letzte Haus des Campus erreicht, als ein langer schwarzer Packard neben ihm heranfuhr. Er warf einen kurzen Blick hinein und wollte weitergehen, doch die Tür ging auf, und ein Mann stieg aus. Er trug einen dunklen Anzug mit Weste und hatte die Hutkrempe so tief ins Gesicht gezogen, daß seine Augen kaum zu sehen waren. Er hatte dieses *Das hier ist kein Spaß*-Gehabe an sich. Für Indy war seine ganze Erscheinung die eines FBI-Agenten.

»Dr. Jones?«

Indy erwiderte den Blick. »Ja? Kann ich irgend etwas für Sie tun?«

»Wir haben eine einigermaßen wichtige Angelegenheit mit Ihnen zu besprechen. Würden Sie bitte mitkommen?«

Indy zögerte und besah sich den Mann nun etwas genauer. *Ausgebuchtete Innentasche. Toll. Das hat mir gerade noch gefehlt.* Wie zur Bestätigung seiner Vermutung ließ der Mann seine Jacke etwas aufgehen und einen Pistolenhalfter sehen. Indy besah sich die Pistole und die drei Mann, die im Wagen saßen und ihrem Kollegen zum Verwechseln glichen.

Was konnten sie wollen? Er hatte keine Ahnung; es interessierte ihn auch gar nicht. »Eigentlich habe ich ja im Moment gar keine Zeit«, meinte er zögernd und überlegte, wie er sich am besten absetzen könnte.

»Dr. Jones«, sagte der Agent jedoch ernst, »da gibt es nichts zu überlegen. Wir müssen leider ausdrücklich darauf bestehen, daß Sie mitkommen.«

So saß er die nächste halbe Stunde zwischen zwei Schränken von Bewachern auf dem Rücksitz des schwarzen Packard. Anfangs hatte er noch ein paarmal versucht, von ihnen zu erfahren, wohin sie denn führen und warum, doch sie hatten gemeint, das werde er früh genug erfahren. Als er es dann mit einem Gespräch über das Wetter versuchte, knurrte der eine nur etwas. Der andere reagierte überhaupt nicht und blickte stur geradeaus.

Wirklich freundliche Zeitgenossen.

Es fiel ihm ein, daß ihm keiner von ihnen einen Ausweis gezeigt hatte. Er wandte sich an den Mann neben ihm und fragte, ob er mal seinen Ausweis sehen könne.

Der reagierte überhaupt nicht.

»Sie sind wohl vom FBI, wie?«

»Wir sind Ablieferer«, sagte jetzt der andere, und alle lachten.

Indy lachte mit, aber in Wirklichkeit fühlte er sich unbehaglich. Er hatte kein gutes Gefühl. Etwas komisch, das alles.

Die Tafel der Kreuzfahrer

Es dämmerte bereits, als der Packard vor einem exklusiven Wohnblock mit Blick auf den Central Park in der Fifth Avenue vorfuhr. Indy stieg aus und wurde von zweien der Leute ins Haus geleitet. Man führte ihn durch die Lobby und zu einem Privataufzug. Als dessen Tür wieder aufging und sie heraustraten, fand er sich in luxuriöser Umgebung.

»Kommen Sie schon«, drängte ihn einer seiner Begleiter – oder Wächter –, »besichtigen können Sie später.«

Sie führten ihn in ein sündhaft teures Jugendstil-Penthouse und verschwanden. Er war in einem Raum mit zahlreichen Kunstgegenständen, die jedem Museum zur Ehre gereicht hätten. Er ging herum und besah sie sich genau. Erstaunlich. Der Besitzer hatte offensichtlich nicht nur viel Geld, sondern auch einen ausgezeichneten Geschmack; und Sachkenntnis. Vor allem aber wohl ersteres. Er nahm ein Keramikgefäß mit einem aufgemalten Pfau in die Hand. Griechisch. Wenn man das Alter von fünfundzwanzig Jahrhunderten bedachte, dann hatten sich die Farben unglaublich gut gehalten.

Er wurde in seiner Beschäftigung mit den Museumsstücken unterbrochen, als direkt vor ihm eine Tür aufging. Leises Klavierspiel und Stimmengemurmel waren zu hören. Während der Mann eintrat, erhaschte Indy einen kurzen Blick auf eine Cocktailparty. Der Mann selbst war auch im Smoking. Er war groß und breitschultrig mit kantigem Gesicht. Das blonde Haar wurde schon schütter. Ein guter Fünfziger, vermutlich, aber fitter, trainierter und muskulöser als so mancher jüngere Mann. Es war etwas Herrschaftliches an ihm. Er schlenderte herbei, und für Indy bestand kaum ein Zweifel daran, daß er es mit dem Besitzer dieses Penthouses zu tun hatte.

Irgendwie kam er ihm bekannt vor. Dann wußte er auch schon

wieso. Es war einer der großzügigsten Spender für Brodys Museum, den er bei gesellschaftlichen Anlässen des Museums einige Male gesehen hatte. Brody hatte sich mehrmals über ihn aufgeregt. Wie hieß er gleich noch mal? Walter... Walter Donovan. Richtig.

»Beachten Sie die Augen der Pfauenfedern«, sagte Donovan mit einem Nicken auf das Gefäß, das Indy eben betrachtete.

Er setzte es sorgfältig ab. »Ja, hab's gesehen. Sehr hübsche Augen.«

»Wissen Sie, was das für Augen sind?«

Indy sagte lächelnd: »Aber gewiß. Die Argusaugen. Der Riese mit den hundert Augen. Hermes tötete ihn, und Hera setzte seine Augen dem Pfau in die Schwanzfedern.«

Donovan musterte ihn kurz. »Hätt' ich mir auch denken können, daß Sie über griechische Mythologie Bescheid wissen.«

»Ein bißchen schon«, sagte Indy.

Das Studium der griechischen Mythen war eine der Verirrungen seiner Kindheit gewesen, wenn auch das Drängen seines Vaters den Anlaß dazu gegeben hatte. Einige dieser Geschichten hatten ihm sogar gefallen, besonders die von Herakles und seinen Taten. Doch er hatte seinem Vater sehr gegrollt, weil er ihn dazu gezwungen hatte, sie zu lesen und zu lernen. Jetzt bemerkte er zu seiner eigenen Überraschung, daß ihm trotz den dreißig Jahren Zeit, die darüber vergangen waren, noch – oder wieder – alle Helden und ihre Geschichten ohne Schwierigkeiten geläufig waren; ganz so, als habe er sie erst letzte Woche gelesen.

»Ich hoffe, Sie hatten eine angenehme Fahrt hierher, Dr. Jones«, sagte Donovan nun lächelnd, aber mit der Autorität eines Herrn und Gebieters. »– und daß meine Assistenten Sie nicht beunruhigt haben.«

Indy wollte gerade einige etwas sarkastische Anmerkungen über die lebhaften Gespräche während der Fahrt machen, als ihm Donovan die Hand hinstreckte und sich vorstellte.

»Ich weiß schon, wer Sie sind, Mr. Donovan«, winkte Indy ab, während ihn Donovan aus seinem sehr kräftigen Händedruck entließ. »Ihre Spenden für das Archäologische Museum waren über die Jahre überaus großzügig.«

»Vielen Dank.«

»Ein paar Stücke Ihrer Sammlung sind wirklich außerordentlich beeindruckend.« Er machte eine Geste über den Raum hin.

Was zum Teufel soll ich hier?

»Freut mich, daß Sie das bemerkt haben.«

Donovan ging zu einem Tisch, auf dem ein in ein Leinentuch gewickelter Gegenstand lag. Indy hatte noch keine Gelegenheit gehabt, ihn zu betrachten.

Donovan schlug das Tuch auf. Eine flache Steintafel, etwa einen halben Meter im Quadrat, kam zum Vorschein. »Würden Sie sich das hier mal etwas genauer betrachten, Dr. Jones?«

Indy kam näher. Die Tafel war mit Buchstaben und Zeichen beschriftet. Er holte sich seine Nickelbrille aus der Tasche und setzte sie auf, ehe er sich dicht über den alten Kunstgegenstand beugte.

»Frühchristliche Symbole. Mittelalterliche Schriftzeichen. Byzantinische Ornamente... Mitte zwölftes Jahrhundert, würde ich mal sagen.«

Donovan verschränkte die Arme. »Das entspricht unseren Vermutungen.«

»Woher stammt das?«

»Meine Ingenieure haben es in einer Bergregion nördlich von Ankara, wo sie nach Kupfer suchten, ausgebuddelt.« Er machte eine kleine Pause und beobachtete Indy aus den Augenwinkeln. »Können Sie den Text übersetzen, Dr. Jones?«

Indy trat einen Schritt zurück. Seine Augen hafteten noch immer auf der Tafel. Die Übersetzung der Inschriften, meinte er, sei nicht ganz einfach. Auch nicht für jemanden wie ihn, der mit dieser Zeit und ihren Sprachen vertraut war.

»Aber Sie könnten es doch wenigstens versuchen, oder?« versuchte es Donovan mit all seiner Überredungskunst.

Aus welchem Grund denn, verdammt noch mal?

»Sie würden mir damit einen sehr großen Gefallen erweisen«, fügte er hinzu.

Kann ich mir denken.

Er runzelte die Stirn, als er wieder auf die Tafel starrte. Schließlich räusperte er sich und begann langsam, stockend und in einem Ton wie ein Kind, das gerade lesen lernt, vorzutragen.

»... das Wasser trinkt, das ich ihm geben werde, spricht der Herr, wird eine Quelle in sich haben ... sprudeln wird für das ewige Leben. Sie sollen mich auf Euren heiligen Berg bringen ... an den Ort, wo Ihr lebt. Jenseits der Wüste und durch den Berg hindurch ... zur Schlucht des Zunehmenden Mondes, die nur so breit ist, daß ein einziger Mann hindurchkommt. Zum Tempel der Sonne, der heilig ist für alle ...«

Er brach ab, sah Donovan verblüfft an, ohne aber eine Reaktion bei diesem erkennen zu können, und fuhr dann fort, die letzte Zeile zu übersetzen. *»... und wo der Becher mit dem Blute Jesu Christi, unseres Herrn, für alle Zeiten aufbewahrt ist.«*

»Der Heilige Gral, Dr. Jones.« Donovans Stimme war verhalten und sogar ehrerbietig. Er war offensichtlich sehr beeindruckt von dem, was Indy übersetzt hatte. »Der Kelch, den Christus beim Letzten Abendmahl benützte. Das Gefäß, das sein Blut vom Kreuz auffing und dann Joseph von Arimatäa anvertraut wurde. Wer es findet, wird über große Macht verfügen.«

Indy rieb sich das Kinn und sah Donovan zweifelnd an. »Eine alte fromme Geschichte.«

»Das ewige Leben, Dr. Jones.« Er betonte jedes Wort, als habe ihn Indy nicht gehört. »Das Geschenk der Jugend für jeden, der aus dem Gral trinkt.«

Donovan, schien es, verstand den Text wörtlich und nicht etwa in mythologischem Zusammenhang.

Er nickte, sagte aber nichts, um diesen Mann nicht zu einem

Weg zu ermutigen, der bereits manches Leben gefordert hatte. Er wußte nur zu gut, daß die Suche nach dem Gral schon für die rationalsten Gelehrten zu einer Obsession geworden war.

»Immerhin eine fromme Geschichte, die ich gerne erleben würde«, fuhr Donovan fort.

»Der Traum eines alten Mannes.«

»*Jedes* Menschen Traum«, entgegnete ihm Donovan. »Einschließlich der Ihres Vaters, soviel ich weiß.«

Die Erwähnung seines Vaters verdroß ihn etwas. »Die Gralssage ist sein Hobby.« Er sagte es gleichmütig, um das Unbehagen zu verbergen, das er stets empfand, wenn der Gral und sein Vater in einem Atemzug genannt wurden, als gehörten sie zusammen wie die Teile eines Reims oder eines Rätsels.

»Doch wohl etwas mehr als nur ein Hobby«, widersprach Donovan auch sofort. »Er hatte immerhin zwei Jahrzehnte lang den Lehrstuhl für mittelalterliche Literatur in Princeton.«

»Das kommt daher, daß er Professor für mittelalterliche Literatur ist. Übrigens der, den kein Student kriegen möchte.«

»Gestehen Sie ihm seinen Rang doch zu. Der Mann ist die größte lebende Autorität in Sachen Gral.«

Indy setzte eben zu einer verdrossenen Bemerkung an, als die Tür aufging. Wieder drangen die Musik und das Geplauder von nebenan herein. Sie wandten sich beide um. Eine ältere, gesetzte Frau kam herein. Sie trug ein sehr teures Abendkleid.

»Walter«, sagte sie mit offenem Vorwurf, »du vernachlässigst deine Gäste!« Ihr Blick wanderte zu Indy.

»Ich bin gleich wieder da, Schatz.«

Indy wandte seine Aufmerksamkeit wieder der Steintafel zu, als klar war, daß Donovan nicht die Absicht hatte, ihn vorzustellen.

Mrs. Donovan seufzte vernehmlich, um auszudrücken, daß sie derlei durchaus gewöhnt war, und kehrte nach nebenan zur Party zurück. Ihr Kleid raschelte bei jedem Schritt.

Ungeachtet seiner skeptischen Kommentare war Indy in Wahrheit von der Steinplatte fasziniert. Er wollte nicht darauf schwören, aber er war sich fast sicher, daß sie echt war. In dem Fall war die Tatsache ihrer Existenz eine bedeutende Entdeckung, deren Tragweite er im Moment noch nicht abschätzen wollte.

Er hatte seine ganze Entführung völlig vergessen. Unwichtig. Von Bedeutung war jetzt nur dieser Stein und was auf ihm stand.

»Schier unwiderstehlich, nicht wahr?« sagte Donovan, dem Indys lebhaftes Interesse keineswegs entgangen war. »Der letzte Aufbewahrungsort des Heiligen Grals, im Detail beschrieben. Absolut atemberaubend.«

Indy zuckte mit den Schultern und zwang sich wieder zu skeptischer, wissenschaftlicher Distanz, wie man sie von seinen Vorlesungen kannte. »Was bringt es schon groß? Es ist die Rede von Wüste, Bergen und Schluchten. Na und? Es gibt eine Menge Wüsten auf der Welt. Die Sahara, die Arabische Wüste. Die Kalahari. Und Gebirge... Ural, Alpen, Atlas... Wo wollen Sie da anfangen?«

Er machte Donovan auf den eigentlichen Schwachpunkt der Entdeckung aufmerksam: »Unter Umständen gäbe es mehr Hinweise, wenn die Tafel vollständig erhalten wäre. Aber es fehlt der gesamte obere Teil.«

Doch so leicht ließ Donovan sich nicht entmutigen. Er benahm sich, fand Indy, wie jemand, der mehr weiß, als er sagen wollte. Sogar erheblich mehr.

»Na wenn schon, Dr. Jones. Jedenfalls ist gegenwärtig bereits eine Such-Expedition nach dem Gral unterwegs.«

Indy runzelte kopfschüttelnd die Stirn. »Das soll wohl heißen, die Tafel ist längst übersetzt?«

Donovan nickte.

»Dann wüßte ich aber doch gern, wozu Sie mich von meinem Campus regelrecht entführen und hierherschleppen lassen; nur um eine zweite Meinung einzuholen? Ich kann Sie wegen Entführung anzeigen, ist Ihnen das klar?« Er machte seinen Ärger mit Absicht sehr deutlich.

Donovan hob abwehrend die Hand. »Natürlich könnten Sie das. Aber ich glaube nicht, daß Sie es tun werden. Ich erkläre es Ihnen sofort. Zuvor aber möchte ich Ihnen, Dr. Jones, noch eine andere ›fromme Geschichte‹ erzählen. Nachdem der Gral Joseph von Arimatäa anvertraut worden war, verschwand er und blieb tausend Jahre lang verschwunden. Bis ihn drei Ritter im Ersten Kreuzzug wiederfanden. Drei Brüder, genau gesagt.«

»Auch die Geschichte kenne ich«, unterbrach ihn Indy und erzählte selbst fertig. Einhundertfünfzig Jahre, nachdem sie den Gral wiedergefunden hatten, verließen zwei dieser Brüder die Wüste und machten sich auf den langen Heimweg. Doch nur einer schaffte es wirklich, und ehe er in einem extrem hohen Alter starb, vertraute er seine Geschichte noch einem Franziskaner an.

Donovan nickte dazu und war sichtlich davon angetan, daß Indy die Geschichte kannte. »Richtig. Und jetzt werde ich Ihnen etwas zeigen.« Er holte einen alten, ledergebundenen Folianten hervor, den er vorsichtig aufschlug. Die Seiten waren bereits sehr brüchig.

»Das hier ist das Manuskript dieses Franziskanerbruders.« Er ließ das genüßlich nachwirken. »Es sagt nichts über den Ort, wo sich der Gral befindet, aber behauptet, daß der Ritter geschworen habe, sie hätten zwei ›Wegweiser‹ zurückgelassen.«

Er deutete auf die Steinplatte. »Das da, Dr. Jones, ist einer dieser beiden Wegweiser. Dieser Stein beweist, daß die ›Legende‹ Tatsache ist. Allerdings hat er, wie Sie bereits festgestellt haben, den Nachteil, daß er leider nicht vollständig ist.«

Eine Weile war es ganz still. Fast glaubte Indy, die verstreichenden Sekunden zu hören. Er merkte, wie sich in der Erwartung, daß Donovan weitersprach, alles in ihm anspannte.

»Der zweite ›Wegweiser‹ ist zusammen mit den sterblichen Überresten des Bruders des Ritters bestattet worden. Unser Projektleiter – der in diese Suche Jahre seiner Studien einbrachte – glaubt, daß dieses Grab sich in Venedig befindet.«

»Was ist eigentlich mit dem dritten Bruder, den die beiden anderen in der Wüste zurückließen? Steht darüber nichts in dem Manuskript des Mönchs?«

»Der dritte Bruder blieb als Hüter des Grals zurück.« Donovan klappte das alte Buch sorgsam wieder zu. »Wie Sie also sehen, Dr. Jones, sind wir im Begriff, eine sehr große Aufgabe zu vollenden, die vor fast zweitausend Jahren begonnen wurde. Und wir sind nur noch einen Schritt davon entfernt, den Gral zu finden.«

Indy lächelte. »Und genau das ist üblicherweise der Zeitpunkt, wo man den Boden unter den Füßen verliert.«

Donovan zog die Luft durch die Zähne ein und blies sie wieder aus. Ein Zeichen dafür, daß die Sache mittlerweile zu einer Last für ihn geworden war. »Da könnten Sie mehr recht haben, als sie vielleicht ahnen.«

»Wie dies?«

»Wir haben einen schweren Rückschlag erlitten. Unser Projektleiter ist verschwunden. Und mit ihm sein ganzes Material. Wir haben ein Telegramm aus seinem Mitarbeiterstab – von Dr. Schneider – erhalten. Dr. Schneider ist es ein Rätsel, wo er sein könnte oder was aus ihm geworden ist.«

Donovan blickte noch einmal auf das alte Manuskript hinunter und sah dann wieder Indy an. Seine Augen schienen jetzt in weite Fernen zu blicken. Sie waren so glasig, als sei ein Teil von ihm so verirrt wie Dr. Schneiders Kollege. »Ich möchte nun gerne, daß Sie die Spur dort wieder aufnehmen, wo wir sie verloren haben. Finden Sie den Mann, und Sie haben den Gral. Können Sie sich eine größere Herausforderung vorstellen?«

Indy hob abwehrend beide Hände, winkte ab und schüttelte den Kopf. Er lachte etwas unsicher. Herausforderungen waren eine Sache, doch Naivität eine andere. Außerdem hatte er seine Pflichten an der Universität. Er konnte doch nicht einfach davonrennen und alles liegen und stehen lassen. Wo er ohnehin schon eine Woche zu spät von einer anderen »Außentätigkeit« zurückgekommen war.

»Sie haben sich leider den falschen Jones ausgesucht, Mr. Donovan«, sagte er. »Wieso wenden Sie sich nicht an meinen Vater? Ihn interessiert diese Tafel ganz zweifellos über alle Maßen, und er hilft Ihnen bestimmt in jeder nur erdenklichen Weise.«

»Das haben wir bereits getan, Dr. Jones. Der verschwundene Projektleiter ist Ihr Vater!«

Das Gralstagebuch

Indy raste in einer alten Wohngegend einen baumbestandenen Boulevard entlang. Er riß das Steuer seines Ford Coupé herum, daß in den Kurven die Reifen quietschten. Fast hätte er einen die Straße überquerenden Mann umgefahren.

»Indy, mein Herz! Rase nicht so!« schrie Brody.

Einen Block weiter fuhr er rechts ran und bremste. Er warf einen kurzen Blick auf das teilweise von Bäumen und einer Hecke verdeckte Haus, vor dem sie standen.

Es war zweistöckig, hatte zahlreiche Fenster und einen wohlgepflegten Vorgarten. Es konnte einer normalen Familie mit Kindern und ein paar Haustieren gehören. Einer von den Familien, die am Wochenende Grillpartys veranstalten. Eine solche Familie hatte er nie gehabt. Es sah überhaupt nicht mehr wie das Haus aus, in dem er und sein Vater gelebt hatten, als er noch jünger war. Doch es weckte in ihm immer noch das gleiche Gefühl von Unbehagen und Abneigung, obwohl er doch schon seit zwei Jahren keinen Fuß mehr hineingesetzt hatte.

Doch was immer auch zwischen ihm und seinem Vater passiert war, es spielte jetzt keine Rolle mehr.

Er sprang aus dem Wagen und war bereits fast am Eingang, als Brody ihn einholte; er war von den Strapazen durch Indys Raserei noch immer ganz außer Atem, und seine Stirn war umwölkt.

»Dein Vater und ich waren seit einer Ewigkeit befreundet«, sagte er. »Dich habe ich schon als Baby gekannt. Und ich habe es miterlebt, wie ihr beide euch auseinandergelebt habt.« Er stieg hinter Indy die Haustreppe hinauf. »Aber noch nie habe ich dich so besorgt um ihn gesehen.«

Indy ging über die Veranda. »Er ist Akademiker. Ein Bücherwurm, kein Mann für Expeditionen, Marcus. Selbstverständlich mache ich mir Sorgen um...«

Die Vordertür war nur angelehnt, was ihn mitten im Satz abbrechen ließ. Sie sahen einander an, dann trat Indy vorsichig und erwartungsvoll näher. Er drückte die Tür auf. Sie knarrte. Die Luft, die aus dem Haus wehte, war kühl und – leer.

»Dad?«

»Henry?« rief auch Brody.

Aber ihre Stimmen hallten nur hohl. Indys Besorgnis wuchs. Er rief noch einmal nach seinem Vater und eilte dann den Flur entlang, blickte in leere Zimmer, die sich nicht besonders verändert hatten, seit sie, als er fünfzehn gewesen war, von Utah hierhergezogen waren. Die Möbel waren besser, überhaupt war jetzt mehr von allem da, aber die ganze Atmosphäre war dennoch genauso abweisend und unpersönlich wie in dem anderen Haus nach dem Tod seiner Mutter.

In der Stille tickte irgendwo eine Uhr. Und der Kühlschrank summte.

Eine merkwürdige Stille. *WEG,* dachte er. Er zog den Vorhang auf, der den Flur vom Wohnzimmer trennte.

»Lieber Gott«, flüsterte Brody. Indy schnitt nur ein Gesicht.

Das Zimmer war nicht nur durchstöbert worden. Es war buchstäblich verwüstet. Sämtliche Schubladen waren herausgerissen und lagen auf dem Boden herum. Die Regale waren leergefegt, sämtliche Sofakissen weggerissen und im ganzen Raum verstreut. Ein heilloses Durcheinander von Büchern, Briefen und Umschlägen.

Einen Moment lang stand Indy einfach wie angewurzelt da. Nur seine Augen huschten hierhin und dorthin, als suchten sie etwas, das eine Erklärung bot.

Schließlich bückte er sich und hob ein Fotoalbum auf, das achtlos beiseite geworfen worden war. Einige Fotos fielen heraus. Er suchte sie wieder aus dem Tohuwabohu am Boden heraus und betrachtete das oberste. Ein Junge mit einem ernsten Mann an seiner Seite, dessen Bart noch nicht völlig grau war. Beide, der Junge und der Mann, machten einen steifen Eindruck. Sie fühlten sich ganz offensichtlich nicht wohl und sahen so aus, als wären sie in diesem Augenblick viel lieber irgendwo anders als da, wo sie waren. Und genauso, dachte er, war es eigentlich immer mit ihm und seinem Vater gewesen. Selbst damals schon, als dieses Foto gemacht worden war. Niemals hatten sie sich in des anderen Gegenwart unbefangen gefühlt. Jetzt, da alle diese alten Empfindungen wiederkamen, verspürte er einen Stich in der Brust.

Das Foto war ein Jahr nach dem Tod seiner Mutter aufgenommen worden. Sein Vater war in diesem Jahr stets gedrückter Stimmung gewesen, und Indy wußte, daß er damals viel über die Frau nachgedacht hatte, die die Brücke zwischen ihm und seinem Sohn gewesen war. Nach ihrem Tod existierte auch diese Brücke nicht mehr. Niemals hatte sein Vater mit ihm über sie gesprochen. Wenn er selbst seine Mutter oder irgend etwas, das mit ihr in Verbindung stand, erwähnte, hatte sein Vater ihm nur einen eisigen Blick zugeworfen und das Thema gewechselt, oder ihm eine Menge Arbeit aufgetragen.

Und dann war da diese Einschüchterung. Er erinnerte sich sehr gut an die ständigen Erinnerungen daran, daß er den Maßstäben seines alten Herrn doch niemals gerecht werden könne. Ihm fehlte die Disziplin, hieß es, die Zielstrebigkeit, und vor allem die Intelligenz seines Vaters. Zwar räumte ihm sein Vater ein, einen gewissen, vorandrängenden Wissensdurst zu haben, aber was nützte ihm dieser? Nichts als Schwierigkeiten brachte er ihm ein!

Als er dann älter geworden war, verschwanden die Differenzen und seine Abneigung gegenüber dem Vater keinesfalls; im Gegenteil, es wurde alles nur noch schlimmer. Und eines Tages hatte er ihm dann in der Wut erklärt, er werde es ihm schon zeigen. Er werde ebenfalls Archäologe, und ein guter dazu. Seine entschlossene Überzeugung, es dem Vater durchaus gleichtun zu können, schien proportional mit dem störrischen Beharren des Vaters, aus ihm werde ja doch nie etwas, gewachsen zu sein.

Das Geräusch von Brodys Schritten auf der Treppe brachte ihn in die Gegenwart zurück. Seine alten Ressentiments gegen den Vater wichen schnell den heftigen Schuldgefühlen über die Zeiten, in denen er sich geschworen hatte, er wolle ihn nie wieder sehen und ihm sogar den Tod gewünscht hatte. Bei aller Widerborstigkeit und mangelnden Bereitschaft seines Vaters, ihm auch nur einen kleinen Schritt entgegenzukommen, war doch jetzt, da er verschwunden war, mit einem Schlag alles ganz anders. In eben diesem Augenblick gab es auf der ganzen Welt nichts, was er sich sehnlicher wünschte, als ihn wiederzusehen.

»Im ganzen Haus keine Spur von ihm«, sagte Brody.

»Das habe ich auch nicht angenommen.«

Brody sah sehr besorgt und bekümmert aus. »In was hat der alte Narr sich da überhaupt hineinbegeben?«

»Ich weiß es auch nicht. Aber was es auch ist, er steckt bis zum Hals drin.«

»Ich kann mir das einfach nicht vorstellen. Ausgerechnet Henry soll sich mit Leuten einlassen, die nicht vertrauenswürdig sind! Sieh dir das an. Sogar seine Post haben sie durchwühlt.«

Indy starrte auf das Durcheinander von Papier und Umschlägen, und dabei fiel ihm ein, daß er noch nicht einmal seine eigene Post angesehen hatte.

»Die Post! Mein Gott, Marcus, das ist es: die Post!«

Er suchte hastig in seinen Taschen nach dem dicken Umschlag mit den ausländischen Marken, den er mit sich herumtrug, seit er aus seinem Büro ausgebüxt war. Er sah noch einmal nachdenklich die Briefmarken an und schüttelte den Kopf.

»Venedig! Wie konnte ich so hirnvernagelt sein?«

Brody verstand nicht. »Wovon sprichst du denn?«

Er riß den Umschlag auf. Ein Notizbuch kam zum Vorschein. Er blätterte rasch durch einige Seiten. Es sah wie ein Journal oder Tagebuch aus. Seite um Seite war mit handschriftlichen Notizen und Skizzen gefüllt.

Brody blickte ihm über die Schulter. »Von Henry?«

»Ja. Das ist sein Gralstagebuch.«

»Und wieso schickt er es ausgerechnet dir?«

»Frag mich was Leichteres.« Er sah sich noch einmal im Zimmer um und las dann das Notizbuch weiter. »Ich vermute fast, daß sie genau hinter diesem Buch her waren! Jemand scheint es sogar überaus dringend zu benötigen.«

Er strich über das Einbandleder des Tagebuchs. *Er hat mir vertraut. Am Ende hat er also doch noch etwas getan, um mir zu beweisen, daß er mir vertraut und an mich glaubt.*

»Kann ich mal reinsehen?« fragte Brody.

»Sicher. Es steht alles drin. Die Recherchen und das Wissen eines ganzen Lebens.«

Während Brody die Seiten durchblätterte, wurden die Furchen in seinem Gesicht mit jeder Sekunde schärfer und tiefer. »Die Forschung war seine ganze Leidenschaft, Indy.«

»Ich weiß. Aber Marcus, glaubst du etwa an dieses fromme Märchen? Glaubst du etwa, daß der Gral tatsächlich existiert?«

Brody stieß auf ein in das Buch eingeklebtes Bild und hörte auf zu blättern. Es war eine Kreuzigungsszene; Joseph von Arimatäa fing das Blut aus Christi Seite in einem goldenen Kelch auf.

Er blickte hoch und sagte mit Nachdruck: »Die Suche nach dem Kelch Christi, Indy, ist die Suche nach dem Göttlichen in uns.«

Indy hörte ihm zu, nickte und versuchte, seine Skepsis zu verbergen. Doch sein nachsichtiges Lächeln entging Brody nicht.

»Ja, ich weiß. Du willst Tatsachen. Aber die kann ich dir auch nicht anbieten. In meinem Alter ist man bereit, ein paar Dinge in Sachen Glauben einfach zu akzeptieren. Man fühlt sie auch eher, als daß man sie beweisen könnte.«

Indy erwiderte nichts. Sein Blick blieb an einem Bild an der Wand hängen. Es zeigte Kreuzfahrer aus dem elften Jahrhundert, die über eine hohe Klippe in den Tod stürzten. Einer von ihnen schwebte jedoch sicher und unversehrt in der Luft, weil er den Gral in Händen hielt.

Er erinnerte sich daran, wie ihn sein Vater damals gezwungen hatte, Wolfram von Eschenbachs *Parzival* zu lesen – die Gralslegende. Er war gerade erst dreizehn gewesen, und die Lektüre erschien ihm so ungefähr die langweiligste Art und Weise, die Sommernachmittage zu verbringen, die er sich vorstellen konnte. Jedenfalls bis Dad sie ihn im Jahr darauf noch einmal lesen ließ, diesmal sogar im mittelhochdeutschen Original. Und hinterher dann noch das Libretto zu Wagners Oper *Parsifal*, das auf Wolfram von Eschenbach basierte.

Und täglich fragte er ihn aus, um sich zu vergewissern, ob er die Geschichte auch wirklich verstanden hatte. Wußte er auf irgendeine Frage keine Antwort, ging es zurück zur erneuten Lektüre dieser Stelle. Als Ansporn versprach er ihm Belohnung, sobald er Wagners Werk zur Zufriedenheit durchgearbeitet habe.

Er hatte sich den Kopf zerbrochen, was für eine Belohnung sein Vater wohl im Sinn haben könnte. Vielleicht eine Ägyptenreise? Oder eine nach Athen zum Parthenon? Oder Mexiko? Yukatan, die Maya-Ruinen? Zuallermindest, meinte er, verdiente er aber den Besuch im Museum der Hauptstadt des Bundesstaates, wo die Mumien waren.

Leider bestand die Belohnung dann lediglich in den Gralslegenden der Artussage: zuerst *Morte d'Arthur* von Sir Thomas Malory – das mußte er auf französisch und auf englisch lesen –, als nächstes kam Lord Tennysons *Idylls of the King*. Schöne Belohnung! Aber so sehr er die schwierigen Parzivalbücher auch gehaßt hatte und seinen stummen Zorn wegen der mickrigen »Belohnung« hinunterschlucken mußte, die Abenteuer der Helden der Parzival-Legende, die Ritter Parzival, Gawain und Feirefiz, blieben ihm unvergeßlich. Oder auch König Artus oder Lancelot oder Merlin aus den Sagen der Tafelrunde. Und wenn er es genau bedachte, hatten diese Bücher sogar sehr nachdrückliche Auswirkungen auf seine ganze Lebenseinstellung gehabt.

Er sinnierte so lange schweigend, bis sich Brody endlich räusperte und sagte: »Wenn dein Vater daran glaubt, daß es den Gral wirklich gibt, dann glaube ich es auch.«

Indy war sich weniger sicher, was er glauben sollte. Allenfalls daran, daß er etwas tun mußte: handeln und mit der Suche beginnen. »Marcus, ruf doch bitte Donovan an. Sag ihm, ich nehme seine Fahrkarte nach Venedig an. Ich werde Dad finden.«

»Gut. Und ich werde ihm sagen, daß wir zwei Fahrkarten brauchen. Ich komme mit.«

***

Die Fahrt zum Flughafen hatte Stil. Sie saßen auf dem Rücksitz einer Luxuslimousine mit Chauffeur, und ihr Besitzer, Walter Donovan, gab ihnen persönlich das Geleit. Indy hatte sich Noturlaub von der Universität geben lassen. Als er darum bat, hatte ihn der Dekan zunächst völlig verständnislos angesehen. Wie er überhaupt die Stirn haben könne, jetzt, wo er eben die erste Woche des Semesters versäumt hatte, gleich wieder Urlaub zu wollen? Als ihm Indy jedoch die Gründe nannte, änderte sich seine Haltung, sobald auch nur der Name seines Vaters gefallen war. Er nickte feierlich, sah zum Fenster hinaus und erzählte ihm eine Geschichte über seinen Vater, die Indy zwar bereits kannte, doch die diesmal einen anderen Schluß hatte. Sie drehte sich um einen bestimmten Vorfall. Ein besonders arroganter Kollege von Dr. Jones veranstaltete eine Ausstellung seiner jüngsten archäologischen Funde. Wegen seiner Prominenz und seinem Einfluß in akademischen Kreisen erschienen zu diesem Anlaß auch Gelehrte und Archäologen mehrerer Ostküsten-Universitäten; weniger, weil sie den Mann so verehrten, sondern mehr, weil sie ihn fürchteten.

In dem Augenblick, als das Prunkstück der Ausstellung enthüllt werden sollte, war Dr. Jones nach vorne gekommen und hatte das Tuch selbst weggezogen. Die Keramik darunter war angeblich die älteste, die bisher in der Neuen Welt gefunden worden war. Er nahm sie, zerschmetterte sie auf dem Podium und erklärte sie als Fälschung. In Windeseile ließ man ihn von den Wächtern hinauseskortieren. Doch der Eklat war Anlaß zu Nachprüfungen, die ergaben, daß er recht gehabt hatte, und das Schreckensregiment jenes Professors war damit zu Ende. »Und dieser Professor«, sagte der Dekan, als sein Blick vom Fenster zu Indy zurückkehrte, »war mein eigener Studienberater. Er wollte gerade meine Entlassung in die Wege leiten, weil ich wegen der Datierung eines Fundes einen heftigen Streit mit ihm gehabt hatte. Wenn auch unbeabsichtigt, aber die Tat Ihres Vaters rettete meine Karriere. Ja, finden Sie Dr. Jones, um alles in der Welt! Männer wie er sind eine Seltenheit.«

Indy blieb auf der Fahrt zum Flughafen einsilbig; er dachte wieder und wieder darüber nach, was er über das Verschwinden seines Vaters bisher wußte. Viel war es allerdings nicht. Er befürchtete, daß das übergroße Interesse seines Vaters an dem Gral ihn dazu verführt hatte, sich auf eine Expedition einzulassen, die in keiner Weise seinem Naturell entsprach. Dazu noch sein Alter... Er hatte sich vermutlich gesagt, eine solche Chance, den Gral zu finden und damit sein Lebenswerk zu krönen, bekomme er nie wieder.

Verdammter alter Mann mit seiner Sturheit.

Es wäre nie passiert, hätten sie nur ein besseres Verhältnis zueinander gehabt. Er machte sich Vorwürfe. Schon immer hatte er allem, was seinen Vater betraf, voreingenommen gegenübergestanden. Jetzt hatte er zumindest Gelegenheit, das auszugleichen und zu korrigieren.

Sie fuhren am Eingang des Flughafens vor. Donovan schüttelte Brody die Hand. »Also, Marcus, dann viel Glück.«

Dummes Geschwätz, dachte Indy. *Als hätte Glück irgend etwas damit zu tun.*

»Danke, Walter«, sagte Brody und nickte nervös. »Also, gleich nach unserer Ankunft in Venedig...«

»Keine Sorge«, beruhigte ihn Donovan. »Dr. Schneider holt euch ab. Ich habe eine Wohnung in Venedig. Die steht euch zur Verfügung.«

»Sehr freundlich von Ihnen, Walter.« Er stieg aus.

Ehe Indy ihm folgen konnte, hielt ihn Donovan an der Schulter zurück. »Seien Sie vorsichtig, Dr. Jones. Vertrauen Sie niemandem. Niemandem, verstehen Sie?«

Indy sah ihn eindringlich an. »Ich werde alles tun, was nötig ist, um meinen Vater zu finden.«

***

Sie flogen im hellen Sonnenlicht. Unter ihnen glitten Wolken vorbei, die wie Kommas im Himmel hingen. Der Atlantik war ein endloses Blau. Eine blaue Wüste, blinkend und blendend. Indy sah ihn jedoch gar nicht. Fast den ganzen Flug über war er in das Gralstagebuch seines Vaters vertieft.

Er las es systematisch und sorgfältig. Jeden einzelnen Eintrag, jede Seite. Vielleicht war irgendwo ein Hinweis. »Das Wort Gral ist abgeleitet von *graduale,* das bedeutet Schritt für Schritt, Stück für Stück«, las er auf einer Seite ziemlich weit vorne. »In der Gralslegende gibt es sechs Grade oder Ebenen des Bewußtseins, die jeweils durch ein Tier symbolisiert werden.«

Der Rabe war das Symbol des ersten Grades und verkörperte den Gralsboten und den »Schicksalsfinger«, der am Beginn der Suche gestanden hatte.

Der zweite Grad wurde vom Pfau repräsentiert. Er stand für die Suche nach der Unsterblichkeit und war zugleich ein Sinnbild für die schillernde und fantastische Natur des Unternehmens.

Der Schwan war das Zeichen des dritten Grades. Weil jeder, der sich auf die Suche nach dem Gral macht, damit aller Selbstsucht und Lauheit absagte. Für die Gralssuche mußte man jegliche Schwäche des Herzens und des Geistes hinter sich lassen und sich von kleinlichen Vorlieben und Abneigungen lossagen.

Den vierten Grad symbolisierte der Pelikan, jener Vogel, der sich die eigene Brust aufreißt, um seine Brut zu nähren; Sinnbild der Selbstaufopferung und der Bereitschaft, für das Wohl der Seinen auch Gefahren auf sich zu nehmen.

Der Löwe verkörperte den fünften Grad. Er stand für Führungskraft und Eroberungswillen sowie für das Erreichen hoher Ziele.

Den sechsten und höchsten Grad – für ihn stand der Adler – erreichte man erst am Ende der Suche. Zu diesem Zeitpunkt hatte der Gralssucher bereits das Wissen und die Stärke gewonnen, um die volle Bedeutung seines Bemühens ganz zu verstehen.

Indy sah auf. Er versuchte, sich auf dem engen Flugzeugsitz anders zu setzen. Es war typisch für seinen Vater, die sehr abstrakten Dinge, mit denen er es als Gelehrter zu tun hatte, in Symbolen und Metaphern auszudrücken. Wahrscheinlich war dieses Gralstagebuch eine ebenso große Mystifikation wie der ganze Gral selbst.

Die Tiersymbole erinnerten ihn an etwas, das er schon fast vergessen hatte. Mit achtzehn Jahren war er noch einmal in den Südwesten zurückgekehrt und hatte dort unter der Anleitung eines alten Navajo-Indianers Studien über Visionen unternommen. Allein und ohne Nahrung war er in eine alte *mesa* in New Mexico geklettert, hatte sich einen Unterstand gebaut und gewartet.

Der Indianer hatte ihm gesagt, er müsse so lange warten, bis sich ihm ein Tier nähere. Das sei dann fortan sein Beschützer und geistiger Mentor. Nach zwei Tagen hatte er ziemlichen Hunger und noch mehr Durst und wollte nur noch zum Wasser hinuntersteigen. Er stand auf und ging bis an den Rand der *mesa,* um nach unten zu sehen. Wie in aller Welt war ihm so etwas Verrücktes überhaupt eingefallen?

Er wollte eben mit dem Abstieg beginnen, als er die Stimme des alten Indianers zu hören meinte: Warte noch. Er drehte sich verblüfft um. Aber da war niemand. Hatte er aus Hunger und Durst schon Halluzinationen? Doch statt abzusteigen, ging er tatsächlich wieder zu seinem Unterstand zurück.

Er war noch kein Dutzend Schritte gegangen, als plötzlich ein Adler aus dem Himmel herabstieß und ganz niedrig über das ebene, felsige Plateau hinstrich. Und dann landete das majestätische Tier – direkt auf dem Dach seines Unterstandes. Er hatte seinen Beschützer und Mentor! Als er es dem alten Navajo erzählte, hatte dieser genickt und ihm bestätigt: Fortan werde ihn der Adler auf allen seinen Reisen schützend begleiten.

Er schreckte aus seinen Gedanken hoch, als sich der Steward über ihn beugte und ihn fragte, ob er gerne etwas zu trinken hätte. Er nickte und setzte sich wieder zurecht. Dabei fiel ein Blatt aus dem Tagebuch. Der Steward hob es auf und reichte es ihm zusammen mit seinem Glas.

Er stellte das Glas vor sich auf das ausgeklappte Tischchen und faltete das Blatt auseinander.

Es war eine Skizze, die er auf den ersten Blick erkannte. Sie zeigte Donovans Grals-Steintafel. Oben war Platz freigelassen, wie um vielleicht den fehlenden oberen Teil später einzufügen.

»Sieh dir das an, Marcus!«

Er reichte es Brody, sah dann aber erst, daß sein Reisegefährte tief schlief.

Er faltete das Blatt zusammen und wollte es wieder in das Notizbuch stecken, als ihm die Zeichnung auf der Seite, die er zufällig aufgeklappt hatte, ins Auge fiel.

Ein bemaltes Glasfenster, darunter eine Serie von Zahlen.

Was konnte das sein?

Er sollte es bald erfahren.

Venedig

Römische Zahlen

»Ach, Venedig!« seufzte Indy und sah sich um. Er nickte sich selbst zu. Seine Umgebung belebte ihn. Venedig war anders als jede andere Stadt der Welt und wie geschaffen, ihm seine gedrückte Stimmung zu vertreiben. Schon auf der Fahrt in die Stadt, auf den Kanälen mit dem Motorboot, hatte sich seine umwölkte Stirn, die er gehabt hatte, seit er von dem Verschwinden seines Vaters und dessen Umständen erfahren hatte, wieder geglättet.

Die Luft roch angenehm nach Wasser, der Himmel war eine weiche blaue Kuppel. Er fühlte sich wie neugeboren. *Alles wird gut enden,* sagte er sich selbst. Er würde seinen Vater schon finden. Daran mußte er einfach glauben.

»Wenn du dir das vorstellst«, sagte Brody, »eine mitten in eine Lagune auf hundertachtzehn Inseln gebaute Stadt!«

»Und *was* sie da hingebaut haben«, nickte Indy.

Venedigs Erbe war in jeder Straße und jedem Kanal gegenwärtig. Die ganze Stadt war ein einziger Sammelplatz von Kultur und Wissen, Geschichte und Romantik – und natürlich auch von Intrige und Abenteuer.

Als sie dann an einer der Bootsanlegestellen ausstiegen, zerbarst Indys Euphorie augenblicklich. Eine Schar uniformierter faschistischer Miliz marschierte vorbei und führte einen verdächtigen Zivilisten ab, der, als er das Boot sah, zu fliehen versuchte. Aber die Miliztruppe reagierte schnell und hart. Sie schlugen und traten mit ihren Knüppeln und Stiefeln auf ihn ein. Der Mann wimmerte und schrie und versuchte weiter, zu entkommen. Schließlich blieb er mit blutigem Gesicht und reglos wie tot auf dem Kopfsteinpflaster liegen.

Indy war starr vor Entsetzen. Die Milizleute hatten eine Härte und Unnachsichtigkeit an den Tag gelegt, welche übliches »militärisches Durchgreifen« weit überstiegen. Sie schienen auch ausgesprochen Gefallen daran zu finden. Es erinnerte ihn sehr an sein Erlebnis mit den Matrosen auf dem Frachter, denen er gerade noch entronnen war.

»Ach, Venedig!« sagte er nun noch einmal, doch es klang ganz anders als vorhin. Er hatte ein erstes drastisches Beispiel von dem erhalten, was in Italien und ganz Europa derzeit vor sich ging. Faschisten und Nazis hatten sich des Kontinents bemächtigt. Wer wußte schon, wo das alles enden mochte! Oder wann. Oder wie.

Und ein Teil seiner düsteren Stimmung kam wieder.

»Sehr irritierend, solche Dinge«, sagte Brody, als sie endgültig ausgestiegen waren. »Hoffentlich begegnen wir auf dieser Reise nicht noch öfter solchen Vorfällen.«

Indy warf ihm einen schnellen Blick zu. Brody war wieder einmal völlig verstört. »Ja, hoffentlich«, erwiderte er nur. Aber er hatte die dumpfe Ahnung, daß sich diese Hoffnung wohl kaum erfüllen werde.

Sie sahen sich um. Indy stellte Vermutungen darüber an, ob und wie sie Dr. Schneider erkennen würden. Donovan hatte ihnen seltsamerweise den Kollegen seines Vaters überhaupt nicht beschrieben. Er hatte einfach nur versichert, Dr. Schneider erwarte sie und hole sie ab.

»Vielleicht hält er eine Tafel hoch«, hoffte Brody.

Plötzlich näherte sich ihnen aus der Menge eine lächelnde Frau. Es war eine attraktive, schlanke Blondine mit hohen Backenknochen. Ihre lapislazuliblauen Augen leuchteten intelligent.

»Dr. Jones?«

»Ja.« Er lächelte sie an. Offenbar hatte Schneider seine Sekretärin geschickt. Er hatte nichts dagegen.

»Ich wußte sofort, daß Sie es waren«, sagte sie, fast flirtend. »Sie haben die Augen Ihres Vaters.«

Sie gefiel ihm sofort. »Und die Ohren meiner Mutter«, erwiderte er. »Verfügen Sie über den Rest!«

Er erwartete eine kleine Verlegenheit. Statt dessen lachte sie herzhaft. Es klang leicht und sympathisch, voller Leben, und einen Moment lang glaubte er, sie lache ihn aus. Na und, dachte er, gut, vielleicht war das nicht so originell. Aber wenn schon. Er hätte es sofort wieder gesagt, um sie noch einmal lachen zu hören.

»Sieht so aus, als seien das schon die besten Teile gewesen«, erwiderte sie.

Er konnte nicht umhin, ihre Schlagfertigkeit zu bewundern.

Sie wandte sich nun an Brody. »Mr. Brody?«

»Richtig.«

»Ich bin Elsa Schneider.«

Indys Lächeln erstarb etwas.

Auch Brody versuchte seine Verblüffung zu verbergen, was ihm freilich nicht gelang. »Ach so, Dr. Schneider. Verstehe.«

Er ergriff ihre ausgestreckte Hand und schüttelte sie. Dann räusperte er sich, äugte kurz nach Indy, als hoffe er, er werde ihm die Konversation abnehmen, und sagte: »Freut mich sehr, Sie kennenzulernen. Walter hat uns nicht, ähm –«

»Dachte ich mir schon«, erwiderte sie lächelnd. »Walter scheint Gefallen daran zu haben, die Leute zu überraschen. Hier entlang, meine Herren.«

Sie betraten den riesigen Markusplatz, und Elsa Schneider brachte das Gespräch ohne Umschweife sofort auf ihr Thema. »Das letzte Mal habe ich Ihren Vater hier in der *Biblioteca Marciana* gesehen. Und dorthin gehen wir jetzt auch gleich. Er war der Spur des Rittergrabes schon sehr nahe. Ich habe ihn noch nie so aufgeregt gesehen. Er war übermütig wie ein Schuljunge. Und er war sich ganz sicher, daß die Gruft die Karte enthält, die zum Gral führt.«

Dr. Henry Jones – Attila der Professor – und »übermütig wie ein Schuljunge«? Das hatte er auch noch nicht erlebt, dachte Indy. »Wissen Sie«, sagte er, »er war sein ganzes Leben nicht ›übermütig‹, nicht einmal, als er tatsächlich noch ein Schuljunge war.«

Hatte den alten Mann am Ende die Arbeit mit Elsa Schneider so aus der Fassung gebracht? Auch er konnte seine Augen nicht von ihr abwenden und mußte zugeben, daß er sich selbst ein wenig »übermütig« fühlte. Er zog im Vorübergehen an einem Blumenwagen eine Nelke aus einem Strauß. Der Blumenverkäufer war gerade mit einem Kunden beschäftigt und übersah seinen flinken Finger. Er überreichte Elsa die Blume: »*Fräulein*, erlauben Sie mir?«

Sie sah die Blume an, dann Indy. »Gewöhnlich nicht.«

»Ich gewöhnlich auch nicht.«

Sie musterte ihn noch einmal eingehend. »Na schön, in diesem Fall erlaube ich Ihnen.«

»Es würde mich sehr freuen.«

Sie nahm die Nelke, die er ihr hinhielt. »Macht mich jetzt schon traurig. Morgen ist sie verwelkt.«

»Dann stibitze ich Ihnen morgen eine neue. Aber mehr kann ich nicht versprechen.«

Sie lachte wieder. Dieses herrliche Lachen, nach dem er bereits jetzt süchtig war. Er setzte an, etwas zu sagen, doch Brody kam ihm zuvor. »Also, entschuldige, wenn ich unterbreche. Aber der Grund, weshalb wir hier sind...«

»Ja, selbstverständlich«, sagte Elsa und war sofort wieder ganz seriös. Sie griff in ihre Handtasche: »Ich muß Ihnen beiden etwas zeigen. Wie ich schon sagte, habe ich Dr. Jones zuletzt in der Bibliothek gesehen. Er hatte mich gebeten, in der Landkartenabteilung einen bestimmten alten Stadtplan zu holen. Als ich zurückkam, war er verschwunden, und sein Arbeitstisch war leer. Bis auf das da.«

Sie hielt einen Zettel hoch, während sie zwischen Indy und

Brody hin und her sah. »Das lag neben seinem Stuhl auf dem Boden.«

Indy nahm den Zettel und faltete ihn auseinander. Es standen lediglich die römischen Zahlen III, VII und X darauf.

Indy betrachtete sie grübelnd.

Elsa zeigte mit ihrer behandschuhten Hand auf ein Gebäude. »Da ist die Bibliothek.«

Sie stiegen die Eingangstreppe hinauf. Elsa ging voran und führte sie. Ihre Schuhe klickten laut auf dem polierten Marmorboden. Das ist die Art Gebäude, dachte Indy, wo man ganz automatisch die Stimme dämpft und nur noch fast ehrerbietig spricht.

»Ich habe die ganze Woche versucht, einen Sinn in diesen Zahlen zu finden«, flüsterte Elsa. »Drei, sieben, zehn. Eine Bibliotheksreferenz sind sie bestimmt nicht. Ich habe auch sämtliche in Frage kommenden Kombinationen von Bibelkapiteln und -versen nachgeprüft.«

Indy blickte nach oben zu der fast zwanzig Meter hohen Decke. In den Mauern waren hohe, riesige Fenster mit Glasmalereien. Die ganze Bibliothek war riesig und lag in einem gewissen Dämmerlicht. Man konnte sich in ihr verlaufen.

Vielleicht, überlegte er, war sein Vater ja noch immer hier, in irgendein altes Manuskript vergraben? Er würde gar nicht auf die Idee kommen, daß man ihn vermißte.

»Im Augenblick studiere ich die Chronik des Mittelalters von Jean Froissart«, sagte Elsa. »Hier in dieser Bibliothek befinden sich Abschriften vom Original. Vielleicht bedeuten Drei, Sieben und Zehn Bandnummern?«

Indy nickte. Die Bibliothek war eindrucksvoll, gleichzeitig verursachte sie ihm angesichts des Gedankens, daß sein Vater von hier verschwunden war, leichtes Unbehagen.

Es war irgendwie nicht ohne Ironie. Er stellte sich Professor Henry Jones in einem Vortrag über Bibliotheken vor. *Lagerhäuser des Wissens, Junior. Jede Stunde in einer Bibliothek macht dich klüger.* Sein Vater badete in Bibliotheken, ertränkte sich in Bücherstapeln, aber er würde sich nie darin verlieren; dessen war er ganz sicher. Er konnte nur unter Zwang »verschwunden« sein, keineswegs aus freien Stücken. Er war nicht der Typ, vor Problemen davonzulaufen. Dafür war er viel zu dickköpfig.

Sie gingen zwischen zwei massiven Granitsäulen hindurch in einen Raum mit hohen Reihen Bücherregalen. Elsa ging voran bis zu einem Arbeitstisch, auf dem einige kostbare, ledergebundene alte Bücher lagen, über die sie liebevoll strich.

»Ihre Augen glänzen richtig«, bemerkte Indy.

»Große, altehrwürdige Bibliotheken wie diese bringen mich immer fast zum Weinen«, sagte sie. »Schon ein einzelnes Buch. Es ist wie eine Art Heiligtum. Wie ein Baustein in dem großen Tempel der ganzen Weltgeschichte.«

»Ja. Nichts geht über ein gutes Buch«, sagte er knapp.

»Es ist fast wie in einer Kirche«, pflichtete nun auch Brody im selben Ton bei.

»Wobei das in diesem Fall fast wörtlich stimmt. Wir stehen in der Tat auf geheiligtem Boden. Das hier war einmal die Kapelle eines Franziskanerklosters.« Elsa deutete auf einige Marmorsäulen. »Diese Säulen da wurden als Kriegsbeute während der Kreuzzüge aus Byzanz mitgebracht.«

Indy sah auf die Säulen, doch noch mehr zogen ihn diese Fenster mit den Glasmalereien an. Eines der Bilder aus farbigen Glasstükken stellte einen Kreuzfahrer dar. Er ging näher heran und fragte Elsa: »Und dies hier ist genau der Tisch, an dem mein Vater arbeitete und wo Sie ihn zuletzt gesehen haben?«

Sie nickte und fuhr mit den Fingerspitzen über die Tischplatte. »Genau hier. Da fällt mir ein, ich muß noch zum Schalter. Ich habe da ein Foto von Henry hinterlegt. Sie versprachen mir, aufzupassen, ob er wieder auftaucht.«

Sobald sie weg war, packte Indy Brody am Arm und deutete auf das Glasbild. »Marcus, dieses Fenster da habe ich schon mal gesehen.«

Brody runzelte die Stirn. »Wo denn?«

Indy holte das Gralstagebuch heraus und schlug die Seite mit der Skizze auf, die ihm während des Fluges aufgefallen war. Er zeigte sie Brody. »Da, hier.«

Brody studierte die Skizze eingehend, verglich sie mehrmals mit dem echten Fenster oben und nickte dann langsam. »Lieber Gott, Indy, ja, das ist genau dieses Fenster.«

»Du siehst es also auch, ja?«

»Gewiß. Und die römischen Zahlen stehen im Fenster.«

»Dad war hier also auf irgendeiner Spur.«

Brody gab ihm das Notizbuch zurück. »Ja, aber auf welcher? Jetzt wissen wir, woher die Zahlen stammen, aber nicht, was sie bedeuten.«

Elsa kam zurück. Indy steckte das Tagebuch schnell wieder weg. »Dad hat mir dieses Notizbuch aus irgendeinem besonderen Grund geschickt. Bis wir den herausgefunden haben, halte ich es für besser, nichts davon zu erzählen.«

»Einverstanden«, sagte Brody.

Elsa schüttelte den Kopf. »Keine Spur von ihm.« Sie sah zwischen Indy und Brody hin und her. »Sie sehen beide so aus, als hätten Sie gerade eine Entdeckung gemacht. Was ist es denn?«

»Sieht man es uns gleich an der Nasenspitze an?« fragte Indy.

Er suchte mit seinen Blicken erneut die Wände und die Decke ab. Irgendwo mußte hier ein Hinweis sein; daran gab es kaum einen Zweifel. Wenn er sich jemals irgendeiner Sache sicher gewesen war, dann dieser hier.

Brody deutete auf das Fenster. »Drei, sieben, zehn. Dort stammen die römischen Zahlen her.«

»Tatsächlich, Sie haben recht.«

»Dad suchte nicht nach einem Buch, sondern nach dem Rittergrab. Er suchte das Grab selbst!«

Elsa begriff nicht. Sie sah ihn verständnislos an und schüttelte schließlich den Kopf. »Was meinen Sie?«

»Verstehen Sie nicht? Das Grab muß sich irgendwo in dieser Bibliothek befinden! Sie haben doch selbst gesagt, daß hier einmal eine Kirche war!«

Sein Blick blieb an einer der Marmorsäulen hängen.

»Da.« Er zeigte mit dem Finger darauf und ging hin. Elsa und Brody eilten ihm nach.

»Drei.« Er zeigte auf die römische Zahl, die in die Säule eingemeißelt war, und lächelte triumphierend. »Wetten, daß sie alle drei numeriert sind? Seht nach. Sieben und zehn.«

Elsa und Brody gingen zu den anderen beiden Säulen. Gleich darauf machte Brody von seiner ein Zeichen. Er hatte die VII.

Doch Elsa fand an ihrer keine X. Sie suchten alle drei auf allen drei Säulen. Die römische Zahl X blieb unauffindbar.

Sie standen in der Mitte des Raumes auf halbem Wege zwischen den Säulen III und VII. »Zum Teufel, sie muß hier sein«, murmelte Indy. »Sie muß. Jede Wette.«

Er ging zu einer Leiter, mit der man eine der Galerien erreichte, und stieg hinauf. Vielleicht bot eine etwas erhöhte Perspektive einen Hinweis. Er brauchte tatsächlich nur einen Augenblick, es zu erkennen. Es war auch ganz offensichtlich. Der Boden unten, auf dem Elsa und Brody standen, war in einem Muster ausgelegt, das ein klares X bildete. Man erkannte es allerdings nur aus einer erhöhten Perspektive.

»X, das bezeichnet die exakte Position!« sagte er laut. Er kletterte wieder hinunter und stellte sich genau auf die Steinplatte, die den Schnittpunkt des X bildete. Dann kniete er sich hin und begann mit seinem Messer die Fugen der Platte auszukratzen.

»Was machen Sie denn da?« flüsterte ihm Elsa zu und sah sich ängstlich um, ob etwa jemand den verrückten Ausländer beobachtete, der den Fußboden aufriß.

»Ich finde gerade das Rittergrab!« sagte er. Er preßte die Worte durch die Zähne, während er sich mit der Platte abmühte. »Was wohl sonst?«

Nach kurzer Zeit lockerte sich die Platte tatsächlich und gab direkt unter ihr ein rechteckiges Loch von etwa einem halben Quadratmeter frei, das ihn bestätigte. Kalte Luft und ein feuchter, ranziger Modergeruch drangen aus der Tiefe herauf.

Indy blickte zu Elsa und Brody und lächelte siegesgewiß. »Bingo!«

Der Sarg des Kreuzfahrers

»Sie enttäuschen einen wirklich nicht, Dr. Jones«, sagte Elsa und strich sich eine blonde Haarsträhne aus dem Gesicht. »Sie haben das gleiche Temperament wie Ihr Vater.«

»Nur ist er verschwunden. Aber ich nicht.«

Er spähte in das Dunkel des Lochs hinab, holte dann eine Münze aus der Tasche und ließ sie hineinfallen. Nach einer Sekunde war zu hören, wie sie sanft aufprallte. Das Loch war also knapp zwei Meter tief. »Bis gleich dann.«

Er wollte sich eben in das Loch hineingleiten lassen, als ihn Elsa zurückhielt. »Ladies first, Indiana Jones! Lassen Sie mich bitte hinunter.«

Er tippte respektvoll an seinen Filzhut. Donnerwetter.

Sie setzte sich, senkte die Beine in das Loch und blickte zu ihm hoch. »Fertig?«

Sie hob die Arme über den Kopf und ließ sich hinabsinken. Sie hing einen Augenblick an seinen Händen in der Finsternis des Loches, dann ließ er sie sanft und langsam hinab, bis sie ihm befahl, loszulassen. Gleich darauf hörte man sie unten aufplumpsen.

Indy blickte Brody über die Schulter an. »Paß mal ein bißchen auf, Marcus.«

Brody nickte. »Ich lege die Platte wieder an ihren Platz, damit wir keine Aufmerksamkeit erregen.«

»Gute Idee.« Er griff in die Tasche, zog das Gralstagebuch heraus und entnahm ihm den gefalteten Zettel. Er steckte ihn sich ins Hemd und reichte Brody das Buch. »Heb das bitte für mich auf.«

»In Ordnung.«

Er blickte in das Loch hinab. »Bis gleich also. Hoffe ich.«

Er ließ sich selbst in das Loch hinab, und Brody deckte sogleich die Platte darüber. Pechschwarze Finsternis umgab ihn nun. Dann waren oben hastige Schritte zu hören. Was zum Teufel machte Brody da? Steppte er, oder was?

»Elsa?« flüsterte er.

Ihr Feuerzeug flammte auf. Die winzige, schwache Flamme sah wie ein Glühwürmchen aus. Er blinzelte und sah, daß sie ihn anblickte.

»Haben Sie das gehört?«

»Was?«

Er blickte nach oben und konnte sich nicht recht entscheiden, ob er umkehren oder weitermachen sollte. Vielleicht hatten ein Bibliothekar oder die Polizei Brody ertappt, wie er sich an der Platte zu schaffen gemacht hatte? Wenn sie jetzt wieder hinaufstiegen, bekamen sie vielleicht niemals wieder die Gelegenheit, nach dem Ritter und dem zweiten »Wegweiser« zu suchen. »War wohl nichts«, sagte er.

Er nahm ihr das Feuerzeug aus der Hand. »Kommen Sie. Bringen wir es hinter uns.«

Es war kühl und buchstäblich grabesstill. Die Luft roch wie nasse Socken. Sie tasteten sich entlang der Felswände einen Gang entlang. Indy schirmte die Feuerzeugflamme mit der Hand ab. Viel Licht spendete sie nicht, und immer wieder spähte er rechts oder links an ihr vorbei nach vorne, um irgend etwas zu erkennen.

Dann blieb er an einer Mauernische in der Wand stehen und inspizierte sie näher. Zuerst wollte er gar nicht glauben, was er in dem schwachen, flackernden Licht sah. Er hielt das Feuerzeug etwas zur Seite und bohrte seinen Blick in das Dunkel – und direkt in einen Totenkopf, der an geschwärzten Skelettresten hing, die teilweise noch von sich auflösenden, vermodernden Leinenstreifen bedeckt waren.

»Wir scheinen auf eine Katakombe gestoßen zu sein«, sagte Elsa hinter ihm. »Hier auf dieser Seite ist noch einer.«

Er blickte über die Schulter. »Sehr schön. Gehen wir weiter. Ich glaube nicht, daß einer von denen hier unser sagenhafter Ritter ist.«

Sie gingen weiter und kamen noch mehrmals an ähnlichen Grabnischen vorüber, bis Elsa auf Zeichen deutete, die neben einem der Skelette in die Wand gemeißelt waren.

»Sehen Sie sich das an. Heidnische Symbole. Viertes oder fünftes Jahrhundert.«

Er hielt das Feuerzeug wieder hoch und trat näher, um sich die Zeichen zu besehen. »Richtig. An die sechshundert Jahre vor den Kreuzzügen.«

»Die Christen haben sich Jahrhunderte später wohl ihre eigenen Gänge und Gräber gegraben«, fügte Elsa hinzu.

Da hatte sie recht. Er nickte. »Falls hier unten ein Kreuzfahrer begraben liegt, dann finden wir ihn auch hier.«

Sie tasteten sich immer weiter. »Auch eine Art Kreuzzug, das hier, wie?« meinte Elsa hinter ihm. Sie sprach leise und ernst.

Komisch, dachte er. Sie nahm dieses Gralszeug also offensichtlich genauso ernst wie sein Vater! »So ist es wohl«, erwiderte er höflich. »So kann man es wohl nennen.« Er machte eine kleine Pause. »Geben Sie mir Ihre Hand«, sagte er dann.

»Wozu?«

Sehr begeistert klang das nicht, fand er, aber zum Teufel, was sollte es. »Damit ich nicht hinfalle.«

Sie lachte, gab ihm aber ihre Hand, und er hielt sie fest.

Der unterirdische Gang verlief noch weitere hundert Meter nach links und mündete dann in einen Abschnitt, in dem die Katakomben breiter und feuchter wurden. Bald wateten sie durch knöcheltiefes Wasser. Es war dunkel und schlammig.

Indy bemerkte, daß das Wasser an manchen Stellen klebrig und klumpig wurde. Er tauchte die Finger hinein und zerrieb die Masse dazwischen. »Petroleum! Ich sollte einen Bohrer hier herunterlassen und mich zur Ruhe setzen.«

»Sehen Sie mal da.« Elsa deutete auf eine weitere Markierung an der Wand. »Ein siebenarmiger Leuchter; eine Menora. Im zehnten Jahrhundert gab es in Venedig ein großes jüdisches Ghetto.«

»Dann sind wir wohl auf dem richtigen Weg.«

Sie deutete auf ein weiteres Wandzeichen. »Das da kenne ich nicht.«

Er inspizierte die Wand aus der Nähe. Er erkannte auf Anhieb, was da eingemeißelt war. Nicht nur hatte er ein solches Symbol schon einmal gesehen, sondern er war auch der Sache, für die es stand, um den halben Erdball nachgejagt und war dabei einige Male dem Tod nur knapp entronnen.

»Das ist die Bundeslade.«

»Sind Sie sicher?«

Er warf ihr lächelnd einen vielsagenden Blick zu. »Ja, ziemlich.«

Sie drangen noch weiter in die Katakombe vor. Der Gang wurde wieder enger. Das Wasser reichte ihnen mittlerweile bis an die Knie. Indy blieb stehen. Er hörte ein Plätschern und Fiepen im Wasser. Er hielt das Feuerzeug hoch.

»Ratten!«

Zwei, drei oder vier huschten vorüber. Das war nicht weiter schlimm. Doch kaum waren sie weg, kamen neue. Dann noch welche. Dutzende, die vom Gesims herunter ins Wasser huschten. Er achtete beim Weitergehen auf jeden Schritt. Das Wasser brodelte vor Ratten. Er überschlug ihre Zahl. Es waren Hunderte, vielleicht Tausende, die in den Gang hereinströmten.

Langsam wurde es ungemütlich.

Er sah zu Elsa hinüber. Auf ihrem Gesicht tanzten Schatten und Licht. Sie sah eher angewidert aus als furchtsam. Er war froh. Das letzte, was er jetzt brauchen konnte, war eine Frau, die beim Anblick einer Ratte in Ohnmacht fiel.

Er schlug ihr vor, auf dem Sims weiterzugehen. Sie war sofort einverstanden.

Der aus dem Fels geschlagene Sims war gerade breit genug, daß sie auf ihm vorankamen. Allerdings war er naß und glitschig. Sie kamen nur langsam und schrittweise voran, seitwärts mit dem Rücken zur Wand und sich an der Hand haltend. Unter ihnen wurde der quirlige Strom der vorbeieilenden Ratten immer dichter. Gelegentlich mußte Indy noch einige vom Sims stoßen. Zumindest waren es keine Schlangen. Seit er damals als Junge in ein ganzes Schlangenknäuel gefallen war, hatte er eine Aversion gegen Schlangen. Und doch war er vor ein paar Jahren auf seiner Suche nach der Bundeslade wieder in einer Schlangengrube gelandet. Bis auf diesen Tag hatte er Alpträume davon.

Auch jetzt begann sein Adrenalinspiegel zu steigen. Gefahr war ja immer eine zweischneidige Erfahrung. Gespannte Erwartung auf der einen Seite, Streß auf der anderen. Er drückte Elsas Hand und lächelte in sich hinein. Wenn er schon durch eine glitschige, rattenübersäte Katakombe kriechen mußte, dann war es doch immerhin ein Trost, eine Begleiterin wie Elsa Schneider zu haben. Sie war intelligent und hübsch dazu, und schien die einigermaßen anstrengenden Umstände hier mit nicht weniger Courage zu ertragen als er selbst. Das gefiel ihm schon mal. Dazu kam, daß die gemeinsamen Erlebnisse hier auch Bindungen schufen, und diese Aussicht war ihm gar nicht unangenehm. Es konnte sich allerlei daraus entwickeln. Vorausgesetzt natürlich, sie überlebten ihre Exkursion erst einmal.

Begegnungen mit schönen Frauen unter exotischen und sogar gefährlichen Umständen waren immerhin keine alltäglichen Erlebnisse – und in seinem Beruf schon gar nicht. Sie waren freilich auch nicht geeignet, in seinen Universitäts-Vorlesungen erwähnt zu werden. Aber eines Tages würde er vielleicht ein Buch schreiben, in dem die interessanteren Aspekte von »Exkursionen« zu Abenteuergeschichten mit Blicken hinter die Kulissen wurden...

Der Gang machte eine Biegung und öffnete sich in eine große Kammer, in der ebenfalls schwarzes, schmieriges Wasser stand, die aber immerhin rattenfrei zu sein schien. Ihre Augen hatten sich längst an die Dunkelheit gewöhnt. Das Feuerzeug war kaum noch nötig. Sie blieben kurz stehen und blickten schweigend zur Mitte der Höhle. Über den Wasserspiegel erhob sich ein steinerner Sokkel mit einigen alten Särgen darauf. Ein »Insel-Altar«, dachte Indy.

Sie wateten hinüber. Das stinkende Wasser wurde mit jedem Schritt tiefer. Es war bereits knietief, als sie immer noch gute fünfzehn Meter entfernt waren.

»Seien Sie vorsichtig«, sagte Indy. »Bleiben Sie dicht hinter mir. Der Grund ist glitschig.«

Er hatte es kaum ausgesprochen, als er selbst ausrutschte und hinfiel. Er kam wieder hoch, lächelte verlegen und sagte: »Sehen Sie? Das meinte ich.«

Er ging weiter, aber schon beim nächsten Schritt stand er bis zur Brust im Wasser.

»Ist nur Wasser. Kommen Sie.«

Sie bewegten sich vorsichtig weiter voran. Das Wasser blieb nun gleich tief. Es reichte Indy bis an die Brust, aber Elsa bis zu den Schultern. »Wenn es noch tiefer wird«, sagte sie, »steige ich Ihnen huckepack auf die Schultern.«

»Wunderbar. Nur, wem steige ich dann selbst huckepack auf die Schultern?«

Doch sie gelangten zum Sockel und kletterten hinauf. Ihr Triumphgefühl ließ sie alles Wasser und alle Ratten vergessen. Sie begannen die alten, verzierten Särge zu untersuchen, die aus Eichenholz waren und von gravierten Metallbändern zusammengehalten wurden.

»Einer von ihnen muß es sein«, sagte Indy.

Elsa deutete auf einen. »Der da.«

Er nickte stumm. Er hatte zwar seine Zweifel daran, ob sie recht hatte, aber sie schien sich ihrer Sache jedenfalls sicher zu sein.

»Glauben Sie mir nicht? Sehen Sie sich die Schnitzereien hier an und die Schnörkelverzierungen. Sie sind das Werk von Menschen, die daran glaubten, daß Gottesverehrung und Schönheit identisch sind.« Sie legte ihre Hand sanft und vorsichtig auf den Sarg.

Er beugte sich vor und versuchte den Deckel zu öffnen. Sie half ihm dabei. Er knarrte, als er sich tatsächlich langsam hob. Dann rutschte er plötzlich ab und fiel polternd auf den Steinsockel.

Im Sarg lag eine verrostete Ritterrüstung mit kunstvoll verziertem Schild. Das Visier des Helms stand offen, und aus ihm starrten die leeren Augenhöhlen eines Totenschädels.

»Das ist unser Ritter!« sagte Elsa fast feierlich. »Sehen Sie sich die Ornamente auf dem Schild an. Es sind dieselben wie auf Donovans Gralstafel.«

Indy war überwältigt. Er packte Elsa am Arm, und die Worte sprudelten aus ihm heraus. »Und das ist der zweite Wegweiser! Wir haben ihn tatsächlich gefunden!«

»Wenn er nur hier wäre und dies selbst sehen könnte!«

»Donovan?«

»Was denn. Ihr Vater natürlich! Stellen Sie sich vor, wie überwältigt er erst wäre!«

Indy sah sich in der Kammer um und versuchte, sich seinen Vater hier vorzustellen. Es ging nicht. Er konnte sich seinen Vater nur in Bibliotheken vorstellen. Sie waren das Ziel aller seiner wissenschaftlichen Exkursionen.

Er sagte: »Ja, zu Tode überwältigt.«

Dann beugte er sich wieder über den Sarg und wischte Staub und Rost vom Schild des Gralsritters. Sein Enthusiasmus war eine

Sache, eine andere die nicht zu verdrängende, schwierige und problematische Beziehung zu seinem Vater in der Vergangenheit. »Er wäre bei all den Ratten nie bis hierher vorgedrungen. Er haßt Ratten. Er fürchtet sich zu Tode vor ihnen.« Ein Vorfall aus seiner Kindheit fiel ihm ein. »Das dürfen Sie mir glauben. Niemand weiß es besser als ich. Wir hatten mal eine im Keller, und was meinen Sie, wer runter mußte, um sie totzuschlagen? Und damals war ich erst sechs.«

Er zog das Blatt mit der Skizze der Gralstafel aus seinem Hemd, entfaltete es und legte es auf den Schild. Identisch. Sogar der obere Teil, der auf der Tafel fehlte, war auf dem Schild vorhanden. »Sehen Sie sich das an. Es ist völlig identisch. Wir haben es.«

Elsa deutete auf das Blatt. »Wo haben Sie das her?«

»Geschäftsgeheimnis.«

»Ah? Ich dachte, wir seien Partner?«

Das klang ein wenig verstimmt. Er sah sie an. Er hatte bereits begonnen, den fehlenden oberen Teil der Tafel auf seiner Skizze von dem Schild zu ergänzen. Er lächelte.

»Nun ja, nehmen Sie es mir nicht übel. Aber wir haben uns schließlich eben erst kennengelernt.« Und er zeichnete weiter.

»Dr. Jones«, sagte sie, »hier ist nicht der Zeitpunkt für professionelle Rivalität. Ihr Vater ist verschwunden. Sehr gut möglich, daß er in ernster Gefahr ist. Und hier...«

Sein Kopf fuhr hoch. »Still!« Er hob die Hand und bedeutete ihr zu warten.

Er sah sich um und horchte. Irgend etwas war. Aus der Ferne kamen seltsame Geräusche. Sie wurden lauter und näherten sich. *Wieder Ratten.*

Und da erschien bereits eine Woge von tanzenden Lichtern an den Wänden der Katakombe. Und gleich darauf waren nicht nur ihre Augen, sondern auch die Ratten selbst zu sehen. Eine wahre Sturzflut von ihnen ergoß sich aus dem engen Gang in die Kammer, in das Wasser und wie eine Sturmwelle auf ihren Sockel zu.

Binnen Sekunden spülten die Ratten über den Sockel und alle Särge, ein in sich wogender, sich überstürzender Brecher. Und nun sahen sie auch, was diese panische Rattenflucht verursacht hatte. Ein gewaltiges Feuer kam um die Ecke auf sie zu. Der Petroleumschlick auf dem Wasser nährte es, und es verschlang den ganzen Sauerstoff. Ein elementares Ungeheuer, das alles fraß, was ihm in den Weg kam. Schon war es in ihrer Kammer und züngelte auf sie zu.

Elsa schrie auf.

Indy stopfte sich sein Skizzenblatt hastig ins Hemd, drückte sich mit dem Rücken gegen den Altar und stieß den Sarg mit den Füßen weg. Er polterte hinunter auf den Sockel und von dort ins Wasser, sank und kam wieder hoch.

»Spring!« schrie er.

Elsa war wie gelähmt. Er packte sie an der Hand und zog sie mit sich. Sie platschten nur Zentimeter von dem schaukelnden, umgekippten Sarg ins Wasser. Flammen züngelten um sie herum und versengten die quiekenden Ratten.

Er hielt sich am Sarg fest. »Unter ihn runter!« keuchte er. »Schnell. Lufttasche.«

Als Elsa noch immer zögerte, drückte er ihr mit der Hand den Kopf hinunter und zog sie mit sich unter den Sarg. Sie kam in dessen Lufttasche hustend und spuckend an die Oberfläche und strich sich das Haar aus dem Gesicht, um etwas zu sehen. Der Atem blieb ihr weg, als sie sich direkt dem gespenstischen Totenkopf des Gralsritters aus dem Sarg gegenüber sah, der sich abgelöst hatte, während die Rüstung noch wie festgeklebt im Sarg hing.

Indy kam neben ihr hoch, schnitt eine Grimasse vor dem Totenkopf und mühte sich dann, die Rüstung zu lösen. Er brach sie aus dem Sarg und drückte sie nach unten weg. Doch auch in ihr hatten sich Lufttaschen gebildet. Der Totenkopf trieb nach oben und starrte sie von dort aus blind an.

»Hau ab!« schrie er und hämmerte mit der Faust wütend auf den

Schädel, bis die Luft daraus entwich und der Totenkopf langsam unterging. Er stieß auch die Rüstung fort, die wegtrieb.

Die Hitze stieg. Hunderte von Ratten hatten sich inzwischen auf den treibenden Sarg hinauf gerettet. Das Kratzen ihrer Krallen und ihr panisches Gefiepe machten einen ohrenbetäubenden Lärm. Der Sarg schaukelte heftig auf und ab und begann unter dem Gewicht der Ratten zu sinken. Einige von ihnen waren auch schon quiekend und panisch innen hereingekommen.

»O mein Gott!« stöhnte Elsa und schlug nach einer Ratte, die direkt auf sie zukam, dann nach einer anderen, die von hinten her bereits auf ihrer Schulter saß. Die Ratten schienen buchstäblich überall zu sein. Ratten, soweit man sehen konnte, und kein Ende. Und sie waren in Panik und bissen nach allem, was in ihre Nähe kam. Indy hieb allen, die auf ihn eindrangen, auf die Schnauze. Über ihnen rieselten Sägespäne. Legionen von Ratten auf dem Sarg versuchten, sich nach unten durchzunagen. Eine fiel bereits durch ein Loch herab. Mehrere andere folgten und platschten auf sie herunter.

Es gab brennende Ratten. Wenn sie auf das Wasser platschten, zischte es auf. Der Gestank verbrannten Rattenfleisches und von Rattenfellen füllte rasch den ganzen Sarg. Die Feuerhitze drückte auf sie herunter und saugte alle Luft an, so daß sie allmählich zu ersticken glaubten. Indy hustete und rieb sich ein Auge.

Elsa schrie auf, als sie gebissen wurde.

Viel länger kann es jetzt nicht mehr dauern. Unmöglich.

»Der Sarg brennt!« überschrie Elsa das Rattengequieke.

»Ade, ihr Ratten!« sagte Indy und versuchte gleichmütig zu tun. Doch er wußte natürlich, daß ihre Lage verzweifelt war. »Können Sie schwimmen?«

»Olympiamannschaft Österreich 1932, Schwimmen. Silbermedaille, fünfzig Meter Freistil.«

»Ganz einfach ja oder nein hätte ja genügt. Holen Sie tief Luft. Wir müssen unter dem Feuer wegtauchen.«

Sie holten Atem und tauchten unter. Während er schwamm, überlegte Indy, wie das Feuer entstanden sein konnte. Vielleicht von einem Funken des Feuerzeugs? Aber das hätten sie doch viel früher bemerkt.

Dreißig Sekunden. War ihnen etwa jemand gefolgt? Und wenn ja, was war dann aus Brody geworden?

Fünfundvierzig Sekunden. Er tastete nach den Wänden der Kammer. Er folgte einem schwachen Lichtschein nach links.

Eine Minute. Der Lichtschein kam durch einen Regenabfluß in der Seitenwand.

Er verhielt und sah sich nach Elsa um. Das Licht mußte direkt vom Freien kommen. Aber konnten sie sich auch durchzwängen? Er schwamm in den Abflußkanal hinein. Nach kaum zwanzig Metern war er direkt unter einem Schacht, durch den Licht hereinfiel. Die Öffnung war gerade groß genug, um mit den Schultern durchzukommen.

Er blickte noch einmal hinter sich auf Elsa, deutete auf das Loch und gab ihr zu verstehen, aufzutauchen. Sie schüttelte jedoch den Kopf und bedeutete ihm, zuerst zu gehen.

Es gab keine Zeit, darüber zu diskutieren. Sie waren schon mindestens eineinhalb Minuten unter Wasser, vielleicht sogar noch länger, und seine Lungen schienen kurz vor dem Platzen zu sein. Er stieß sich heftig ab, schoß empor und kam aus dem Wasser. Er japste nach Luft. Noch nie war Luft so etwas Schönes gewesen.

Gleich danach kam auch Elsa neben ihm hoch. Zu seiner Verblüffung schien sie nicht einmal besonders außer Atem zu sein.

Er sah nach oben. Sie waren in einem Schacht, der etwa sieben Meter hoch direkt ans Tageslicht führte.

Er stemmte sich mit Rücken und Füßen ein und begann das Kaminklettern aufwärts.

Elsa kam auf gleiche Weise hinterher. »Fallen Sie nur nicht auf mich runter«, rief sie ihm zu.

»Die Absicht habe ich eigentlich nicht«, antwortete er.

Er sah nur ein einziges Mal zu ihr hinunter. Sie sah wie eine Art Krabbe aus, als sie sich so unter ihm hocharbeitete. Ihr blondes Haar war naß und hing ihr in Strähnen ins Gesicht. Sie spürte seinen Blick, hob den Kopf nach oben und lächelte ihm zu. Er kicherte und schob sich weiter aufwärts.

Als er ganz oben war, versuchte er, den Gully anzuheben. Er hob sich nur ein wenig und fiel dann zurück. Er versuchte es noch einmal, mit ebensowenig Erfolg. Er sah Füße, die darüber hingingen, und begann zu rufen. Jemand blickte herab. Er rief dem Mann zu, den Gullydeckel hochzuheben.

Der Mann tat es und reichte ihm die Hand herab.

Sobald er draußen stand, beugte er sich in den Kanalschacht nach Elsa hinab und rief ihr zu, seine Hand zu fassen. Er zog sie heraus. Sie standen auf der Straße.

Der Mann sah sie verwundert an und fragte auf italienisch, ob alles in Ordnung sei.

Elsa antwortete ihm mit ganz überzeugender Stimme. Ja, doch, alles sei in bester Ordnung.

Indy sah sich um. Sie waren an der Ecke des Markusplatzes, nur ein paar Schritte von einem Straßencafe entfernt, wo Leute saßen und sich angeregt miteinander unterhielten.

Er betrachtete das Postkartenmotiv lange und lächelte dann. »Ach, Venedig!«

Seine wiedergekehrte gute Laune war jedoch nur von kurzer Dauer.

Indy riß sich von dem Anblick der schnatternden Cafégäste los und wandte sich dem Mann zu, der ihnen geholfen hatte, um sich zu bedanken. Aber irgend etwas stimmte nicht. Im Gegensatz zu allen anderen Leuten galt dessen Aufmerksamkeit längst nicht mehr ihnen, sondern etwas anderem. Er starrte über den Platz auf die andere Seite, wo die Bibliothek war. Als Indy seinem Blick folgte, sah er, daß von dort vier Männer in ihre Richtung gerannt kamen. Der erste trug einen Fez. Und dann sah er noch etwas. Einer von ihnen hatte eine Maschinenpistole.

»Oh, verdammt.«

Mit einem Schlag fügte sich das Bild zusammen. Die schnellen Schritte, die er gehört hatte, sobald Brody die Bodenplatte über ihnen wieder eingelegt hatte; seine Überlegungen über die Ursache des Feuers in den Katakomben; und die Richtung, aus der die vier Männer hier gerannt kamen. Er hatte den ganz unfehlbaren Eindruck, daß sie selbst das Ziel ihrer Jagd waren.

Er packte Elsa an der Hand und rannte mit ihr in die entgegengesetzte Richtung auf den Canale Grande zu.

Elsa wußte nicht, was los war, und rief hinter ihm widerstrebend: »Was ist denn? Sind Sie übergeschnappt?«

Er zerrte an ihrer Hand. »Ein paar liebe Menschen sind uns auf den Fersen.«

Er sprang in das nächste Motorboot und zog am Anlasser. Der Motor stotterte und starb ab.

»Machen Sie schnell, Indy. Sie sind schon fast...«

Er zog noch einmal. Diesmal sprang der Motor an. Er legte den Gang ein. Das Boot machte einen Satz vorwärts. Elsa schrie.

Er nahm etwas Gas weg und blickte sich um – gerade rechtzeitig noch, um einen Faustschlag abblocken zu können. Einer der vier Verfolger war im gleichen Moment, als er losfuhr, noch mit einem

Satz ins Boot hereingesprungen. Das Boot schwankte mächtig, als sie einen Boxkampf begannen. Elsa kroch an ihnen vorbei zum Steuer, warf es heftig herum und konnte eben noch einen Zusammenstoß mit einigen Gondeln vermeiden. Die Gondolieri hörten erschreckt zu singen auf und schüttelten Fäuste hinter ihnen her, als sie in einer wilden Jagd durch den Kanal brausten. Eine der Gondeln kenterte sogar in ihrer scharfen Bugwelle.

»Entschuldigung!« rief Elsa.

Mittlerweile schlug sich Indy so gut, wie es in dem rasenden und schaukelnden Boot ging. Er bekam einen mächtigen Haken in den Magen und ging, sich die Rippen haltend, zu Boden. Der Angreifer setzte sofort nach, um ihm den entscheidenden Schlag zu versetzen, doch diesmal schlug Indy zuerst. Er erwischte den Angreifer glatt und trocken am Kinn, so daß er zurücktaumelte und über Bord fiel. Er wischte sich die Hände ab. Es wäre ihm lieber gewesen, der Mann wäre nicht aus dem Boot gefallen. Dann hätte er ihn ausfragen können, nachdem er ihn überwältigt hatte. Natürlich war sehr fraglich, ob der Mann in dieser Hinsicht sehr kooperativ gewesen wäre.

»Das wäre damit ja wohl erledigt«, rief er zu Elsa vor.

»Darüber würde ich lieber noch einmal nachdenken!« schrie sie zurück.

Hinter ihnen kamen zwei Rennboote rasch näher. Er griff nach dem Steuerrad. »Lassen Sie mich mal...«

»Moment noch, bis ich...«

Er blickte hoch, und das Kinn fiel ihm herunter. Direkt vor ihnen kam ein großer Dampfer auf sie zu. Er befand sich mitten im Anlegemanöver an die Pier, und der Abstand zwischen Schiff und Land wurde immer kleiner.

»Sind Sie wahnsinnig?« schrie er. »Sie können doch da nicht zwischendurch! Das schaffen wir nie!«

Elsa verstand ihn nur bruchstückhaft. »Zwischendurch soll ich? Sind Sie wahnsinnig?«

Er schüttelte verwirrt den Kopf. Er machte noch einmal einen Schritt auf das Steuerrad zu, doch Elsa hatte das Boot bereits auf den gefährlichen Kurs zwischen Dampfer und Pier gebracht. Er winkte wild mit den Armen. »Nein, Elsa! Ich sagte, *Drumherum*!«

»Sie sagten *Zwischendurch*!«

»Sagte ich nicht!«

Mittlerweile war die Diskussion akademisch. Sie waren bereits in der Schlucht zwischen Dampferrumpf auf der einen und Pier auf der anderen Seite. Indy duckte sich hinunter, hielt sich an der Bootsseite fest und schloß die Augen; er erwartete das Krachen jede Sekunde.

Widerliches, metallisches Kreischen.

Doch sie waren noch immer ganz. Er machte die Augen auf und blickte nach hinten. Eines der Verfolgerboote war dem Dampfer voll in die Seite gekracht.

Er atmete erleichtert auf. Zu früh. In der nächsten Sekunde sah er das zweite Boot hinter der anderen Seite des Dampfers hervorschießen.

»Lassen Sie mich jetzt machen«, sagte er und übernahm endgültig das Steuerrad. »Sie machen mir Angst.«

Er warf das Ruder scharf nach rechts herum, um einen Ausreißerhaken zu schlagen. Das Boot wendete mit einem Satz. Doch das verfolgende Rennboot machte es spielend nach. Es holte weiter auf und näherte sich ihnen auf der linken Seite.

»Na schön, Jungs«, knurrte Indy. »Dann wollen wir doch mal sehen, aus welchem Holz ihr geschnitzt seid.«

Er drehte das Steuer scharf links herum, in der Hoffnung, das andere Boot an die Kanalseite drängen zu können. Doch nun begann plötzlich eine MP zu knattern. Holzsplitter vom Bootsrumpf flogen durch die Luft.

Okay. Verstanden. Schon gut.

Er begann im schnellen Zickzackkurs vor dem Verfolgerboot herzufahren. Sie wurden aber weiter beschossen.

Und der Motor wurde getroffen. Er begann zu stottern und zu spucken und erstarb.

Indy griff sich seine Pistole und schoß sein Magazin leer.

»Aufpassen, Indy!«

»Was ist?«

Elsa zeigte seitwärts. Sie trieben genau auf die riesige rotierende Schraube am Heck eines anderen Dampfers zu.

Das Verfolgerboot kam heran. Einer der Männer auf ihm hatte die MP im Anschlag. Der andere, der hinter dem Steuer stand, erhob sich und lächelte Indy zu. Er war dunkelhäutig, vermutlich Ende dreißig, mit Schnäuzer und schwarzen, welligen Haaren unter seinem Fez. Seine dunklen, stechenden Augen schienen Indy zu durchbohren. Sein Boot stieß gegen das ihre und trieb sie der laufenden Schiffsschraube noch näher.

Indy war schon beinahe zu erschöpft zum Nachdenken. Er hatte immerhin einiges hinter sich. Er hatte einen alten Code entziffert, sich in Schlickwasser Armeen von Ratten erwehrt und war nur knapp einem Brand entgangen. Danach noch die Flucht und der anschließende Boxkampf hier auf dem Wasser. Das alles hintereinander weg, fast ohne Pause. Er starrte den Mann im anderen Boot an und wollte eigentlich nur noch wissen, was zum Teufel hier überhaupt vorging.

Brody fiel ihm wieder ein. »Was ist mit meinem Freund in der Bibliothek geschehen?«

Der andere lachte auf. Seine Augen waren unergründlich und verrieten nichts. »Ihrem Freund passiert nichts. Sorgen Sie sich lieber um sich selbst.«

Sie waren der Dampfer-Schiffsschraube jetzt schon verteufelt nahe. »Wer sind Sie überhaupt, und was wollen Sie?«

»Kazim ist mein Name. Und ich bin hinter derselben Sache her wie Sie, mein Freund.«

»Freunde wie Sie haben mir grade noch gefehlt. Und wovon reden Sie eigentlich?«

»Ach Gott, Dr. Jones, das wissen Sie doch sehr gut.«

Das Boot begann in dem aufgewühlten Wasser nahe der Schiffsschraube heftig zu schaukeln. Indy drehte sich zu Elsa um und bedeutete ihr mit den Augen, daß es Zeit zum Handeln sei.

»Genug geschwatzt«, versuchte Kazim den Lärm der Schiffsschraube, die das Wasser peitschte, zu überschreien. »Mehr Glück im nächsten Leben!« Und er bedeutete dem Mann mit der Maschinenpistole, seine Arbeit zu tun.

In dieser Sekunde sprang Elsa auf das andere Boot hinüber und lenkte so den Mann mit der MP für einen Augenblick ab.

Da war auch Indy bereits hinübergesprungen und riß seinen Arm unter der MP hoch, so daß deren Schüsse ins Leere nach oben gingen. Während sie noch um die Waffe kämpften, ging der Motor an.

Das Boot schoß mit einem Satz nach vorne, und Indy verlor das Gleichgewicht. Er fiel über die Bordwand, konnte aber den MP-Schützen mit sich reißen. Er ließ ihn los und begann, so schnell es nur ging, aus dem gefährlichen Sog der Dampferschraube wegzuschwimmen. Der Schütze kämpfte verzweifelt und panisch im Wasser und schrie um Hilfe.

Hinter ihm hörte man malmende und knirschende Geräusche. Ihr Fluchtboot war von der Schiffsschraube erfaßt worden und wurde buchstäblich von ihr zermahlen. Die gewaltige Schraube schnitt es mit ohrenbetäubendem Krach mühelos entzwei, als wäre es nur ein Stück Balsaholz. Bootstrümmer wirbelten wie Sägespäne durch die Luft.

Kazim fuhr mit seinem Rennboot einen Bogen und kam, so nahe es ging, an den Dampfer heran. Indy schwamm hin. Elsa beugte sich aus dem Boot und streckte ihm die Hand entgegen, bis er sie zu fassen bekam.

Der mit der MP hatte weniger Glück. Er konnte dem unwiderstehlichen Sog der Schiffsschraube nicht mehr entkommen. Er war bereits in nächster Nähe des Maelstroms. Er schrie Kazim verzweifelt zu, doch es war zu spät. Als Indy wieder zu ihm hinblickte, erfaßten ihn gerade die rotierenden Blätter der Schiffsschraube.

Mit einem Schlag schäumte das Wasser rot.

Kazim gab Gas und sauste mit dem Boot weg aus der gefährlichen Nähe des Dampfersogs. Er fuhr im Zickzack, um Indy abzuschütteln. Aber Elsa hielt seinen Arm eisern fest und zog ihn schließlich so nahe heran, daß er sich am Boot festklammern konnte. Mit letzter Kraftanstrengung hievte er sich nach kurzem Verschnaufen in das Boot zurück und lag erstmal nach Luft japsend am Boden.

Als er aufblickte, sah er Kazim seine Waffe laden, während er gleichzeitig das Boot steuerte. Er kroch vorwärts und stieß Kazim gegen das Steuer. Das Boot drehte sich um 180 Grad und fuhr wieder auf den Dampfer zu.

»Wir fahren zurück, Indy...!«

Noch ehe Elsa ausgeredet hatte, war er am Anlasser, schaltete ihn ab und zog den Zündschlüssel. Dann drückte er Kazim den Daumen an die Kehle.

»So, Mr. Kazim, wir werden uns jetzt ein wenig unterhalten.«

Als Indy den Druck auf seine Kehle etwas nachließ, stammelte Kazim: »Sie sind ein Narr, Mann!« Er versuchte ernsthaft und würdevoll zu klingen. »Was führen Sie denn da auf, Mr. Jones? Haben Sie den Verstand verloren?«

»Wo ist mein Vater?«

»So lassen Sie mich doch los... Bitte!«

»Wo mein Vater ist?«

»Wenn Sie mich nicht loslassen, Dr. Jones, kommen wir beide um. Wir treiben wieder auf den Dampfer zu.«

In der Tat war das Dröhnen und Klatschen der Schraube des großen Schiffes nicht zu überhören. Indy machte sich indessen nicht einmal die Mühe, hinzusehen. Seine Augen waren aufgerissen: »Gut, dann kommen wir eben um.«

»Meine Seele ist vorbereitet, Dr. Jones.« Kazims Stimme war ruhig und glatt wie Creme. »Aber wie steht es mit Ihnen? Sind *Sie* seelisch darauf vorbereitet?«

Indy packte ihn hart am Hemd. »Verdammt noch mal, begreifen Sie das nicht? Das hier ist Ihre letzte Chance!« Das Hemd begann zu reißen. Es entblößte eine Tätowierung auf Kazims Brust. Ein christliches Kreuz, das unten spitz wie ein Schwert zulief.

Kazim starrte ihn herausfordernd und ganz ruhig an.

»Was bedeutet das denn da?« fragte Indy.

Kazim hob den Kopf. »Das ist ein altes Familiensymbol. Meine Vorfahren waren Fürsten eines Reiches, das sich von Marokko bis zum Kaspischen Meer erstreckte.«

»Allah sei gepriesen«, sagte Indy gelassen.

»Ich danke Ihnen«, entgegnete Kazim ganz ernsthaft, »und möge Gott Sie ebenfalls erretten. Doch ich sprach von dem christlichen byzantinischen Reich.«

Indy lächelte betont. »Aber natürlich. Und warum haben Sie versucht mich zu töten?«

Elsa tippte ihm auf die Schulter. »Hören Sie, Indy, Sie bringen uns noch alle drei um, wenn wir nicht endlich hier wegkommen!«

»Seien Sie ruhig!« befahl er ungehalten. »Kommen Sie, Mr. Kazim. Erzählen Sie weiter. Es fing gerade an, interessant zu werden.«

»Das Geheimnis des Grals wurde tausend Jahre lang gewahrt. Und in dieser ganzen Zeit stand die Bruderschaft des kreuzförmigen Schwertes bereit, damit es auch weiterhin so blieb.«

»Die Bruderschaft des kreuzförmigen Schwertes?« fragte Elsa. Auch sie schien plötzlich die prekäre Situation, in der sie alle waren, völlig vergessen zu haben, und war ganz Interesse.

Als sich Indy die Tätowierung auf der Brust Kazims noch näher besah, verengten sich seine Augen. Er blickte Kazim lange an. Das Dröhnen der Schiffsschraube war bereits wieder genauso laut wie vorhin, als er im Wasser gewesen war.

»Fragen Sie sich selbst«, sagte Kazim, »warum Sie den Kelch Christi suchen. Zu *seiner* höheren Ehre – oder zu Ihrer eigenen?«

»Ich bin nicht wegen des Kelchs Christi hier, sondern um meinen Vater zu finden.«

Kazim nickte und blickte über Indys Schulter hinweg auf den Dampfer. »Möge Ihnen in diesem Falle Gott beistehen! Ihr Vater wird auf Schloß Brunwald an der deutsch-österreichischen Grenze gefangengehalten.«

Indy stieß ihn abrupt beiseite und steckte hastig den Zündschlüssel ein. Über das Boot wehten bereits die Wasserschleier von der riesigen Schiffsschraube des Dampfers. Er ließ den Motor an, der stotterte und abwürgte.

»Na los, komm schon!«

Er versuchte es noch einmal, und diesmal sprang der Motor an. Nur knapp bevor die Schraubenblätter des Dampfers sich in die Bootswand gefräst hätten, jagte er das Boot davon.

»Sie sind ja gemeingefährlich!« schrie ihm Elsa zu. Sie war zornrot angelaufen und sah aus, als hätte sie einen Sonnenbrand. »Sie hätten uns alle um ein Haar umgebracht!«

Er lächelte. »Ja, ich weiß. Aber dafür habe ich herausbekommen, was ich wissen wollte. Fragen Sie Kazim, wo wir ihn absetzen sollen.«

Er war in Gedanken bereits weit voraus.

Bei Donovan

Indy hatte heiß geduscht, gegessen und neun Stunden geschlafen. Jetzt sah er sich erst einmal in der Wohnung um, die ihnen Donovan für die Dauer ihres Aufenthalts in Venedig zur Verfügung gestellt hatte.

»Wohnung« war leicht untertrieben. Es handelte sich um einen regelrechten Palast.

Die Decken waren gewölbt, die Fußböden aus dicken Marmorplatten. Die antiken Möbel mußten allein ein Vermögen wert sein. Es gab einen Innenhof, Balkone und insgesamt mindestens ein Dutzend Räume. An den Wänden hingen berühmte Gemälde aus dem 16. Jahrhundert: Veroneses, Tintorettos und Tizians, dazu eine Anzahl anderer, die vor allem von historischem Wert waren.

Die meisten dieser Gemälde waren offensichtlich angefertigt worden, um die Eitelkeit der Adeligen des 16. Jahrhunderts zu befriedigen, die den Großteil ihrer Zeit damit verbracht hatten, ihren hohen Besuchern ihren Wohlstand und ihre Unabhängigkeit vorzuführen. Indy lächelte. Ihm kam der Gedanke, daß Donovan ja aus dem gleichen Holz geschnitzt war; ein Geldadeliger des 20. Jahrhunderts...

Es war schon alles sehr eindrucksvoll, wenn auch ein wenig zu prätentiös für eine Privatwohnung. Einige der Kunstwerke wären sicher besser in Museen aufgehoben gewesen, wo sie der Allgemeinheit zugänglich sein würden. In gewisser Weise fand er es geradezu anstößig, daß eine solche Ansammlung bedeutender Kunstwerke nur einigen wenigen, die in diese Räume kamen, vorbehalten sein sollten.

Er ging in die Bibliothek. Alle vier Wände waren vom Boden bis zur Decke mit Buchregalen vollgestellt. Sehr eindrucksvoll, dachte er. Sein Vater wäre hingerissen gewesen. Er griff aufs Geratewohl irgendwo hinein und hatte einen Band mit dem Titel *Das Gemeinwesen von Oceana* von James Harrington in der Hand. Eine Originalausgabe von 1656. Er schlug an einer eingemerkten Stelle auf und las einen Satz mit einer Beschreibung Venedigs. »Und so vermochte sich kein anderes Gemeinwesen der Ruhe und des Friedens derart ungestört und dauerhaft erfreuen wie das gesegnete Venedig.«

Richtig, dachte er leicht amüsiert. Ruhe und Frieden. Aber in drei Jahrhunderten hatten sich die Dinge doch ein klein wenig verändert. Wie zum Beispiel die Szene mit den brutalen Faschisten, die er mitangesehen hatte. Er rieb sich geistesabwesend seine mitgenommenen Rippen und versuchte, nicht allzusehr an seine eigenen, kaum geruhsamen Erlebnisse in dieser Stadt zu denken.

Mochte ja sein, daß diese Stadt für manche Leute auch heute noch geruhsam war; für ihn jedenfalls nicht.

Es war allerdings auch erst sein zweiter Tag in Venedig. Noch erholten sie sich alle drei von den gestrigen Ereignissen, die sich geradezu überschlagen hatten. Brody hatte eine beachtliche Beule am Hinterkopf, wo er niedergeschlagen worden war, und Indy selbst brauchte Erholung von seiner Mischung aus Reise- und Kampfeserschöpfung. Sein Kinn war noch immer leicht lädiert, ebenso seine Rippen. Er hatte doch einige Hiebe abbekommen. Elsa ihrerseits hatte einige Rattenbisse auszukurieren, dazu einige Brandblasen am Arm von dem Feuer in den Katakomben.

Er war stark davon beeindruckt, daß sie weder über diese Brandblasen noch über die Rattenbisse auch nur ein Wort verlor, bis sie Brody benommen in der Bibliothek herumirrend gefunden und sich mit ihm in diese Wohnung begeben hatten. Heute war sie in sich gekehrt und nachdenklich und sah ihn des öfteren an, als wollte sie etwas sagen. Doch jedesmal, wenn er versucht hatte, eine Unterhaltung anzufangen, war sie abrupt ausgewichen und hatte vorgegeben, etwas anderes zu tun zu haben.

»Indy!«

Brody stand in der Tür der Bibliothek. Er drückte einen Eisbeutel auf seine Kopfbeule. In der anderen Hand hielt er einen zerknüllten Zettel.

»Na, wie geht's dem Kopf, Marcus?«

»Jetzt, wo ich das hier gefunden habe, schon viel besser. Es ist endlich trocken. Sieh es dir mal an.«

Ungeachtet des Eisbeutels schien Brody so hektisch und aufgeregt, wie ihn Indy noch nie gesehen hatte. Er kam herbei und legte den Zettel auf den massiven Mahagonitisch, der die ganze Bibliothek beherrschte. Es war Indys eigene Skizze von dem Kreuzfahrerschild – oder was davon übrig geblieben war. Sie war verwaschen und verblaßt, aber immer noch vollständig. Jetzt, wieder getrocknet, war sie einigermaßen lesbar.

»Wir wissen jetzt also, daß das, was auf Donovans Gralstafel fehlt, der Name der Stadt ist, richtig?«

Indy nickte.

Brody deutete auf die altertümliche Schrift und konnte nicht mehr an sich halten. »Wie du siehst: Alexandretta.«

»Bist du da ganz sicher?«

»Aber völlig!«

Indy ging zu einem der Bücherregale und suchte so lange, bis er einen alten Atlas gefunden hatte.

»Was suchst du denn?« fragte Brody.

»Eine Karte von Hatay.«

Indy wußte, daß die Ritter des Ersten Kreuzzugs seinerzeit Alexandretta über ein Jahr lang belagert hatten. Die ganze Stadt war anschließend zerstört worden. Die heutige Stadt Iskenderun an der Mittelmeerküste der kleinasiatischen Provinz Hatay war auf ihren Ruinen erbaut worden.

Er fand schließlich, was er suchte, und setzte seinen Finger darauf. »Hier. Da ist die Wüste. Und hier die Bergkette. Exakt wie es auf der Tafel beschrieben ist. Irgendwo in diesen Bergen muß die Schlucht des Zunehmenden Mondes sein.« Er betrachtete die Karte lange. »Aber wo? Wo genau in all diesen Bergen?«

»Dein Vater wüßte es«, sagte Brody ganz gelassen.

»Ach ja?«

»Laß mich einen Blick in sein Notizbuch werfen.«

Indy reichte es ihm.

»Er *hat* es sogar gewußt! Er wußte alles, bis auf die Stadt, von der man ausgehen muß. Er hat eine Karte gezeichnet, in der nur die Namen fehlen. Hier.«

Er legte das Notizbuch auf den Tisch und schlug eine mit Bleistift gezeichnete Landkarte, die über eine ganze Doppelseite ging, auf. Indy hatte sie schon beim Durchblättern im Flugzeug gesehen, aber da keine Namen eingetragen waren, nicht weiter beachtet.

Brodys Finger wanderte quer darüber. »Vermutlich hat Henry sie sich aus hundert verschiedenen Quellen, die er im Laufe von vierzig Jahren ausfindig machte, zusammengesetzt.«

»Ja, aber was stellt es dar?« fragte Indy, obwohl er bereits eine einigermaßen begründete Ahnung zu haben glaubte.

»Einen Weg ostwärts, von der Stadt weg, durch die Wüste und bis zu einer Oase; dann nach Süden bis zu einem Flußlauf, der hinauf in die Berge führt, hier. Und dann in eine Schlucht hinein. Weil er aber keine Namen hatte, konnte er auch nicht wissen, welche Stadt der Ausgangspunkt war. Oder um welche Wüste es ging. Oder welchen Fluß.«

Und jetzt wußten sie es; was immer dies seinem Vater nützen mochte oder nicht.

»Ich bin sicher, diese Kartenskizze reicht aus, um die Stelle zu finden. Indy, ich werde sie suchen.« Brody blickte ihn feierlich an. Seine Entdeckung hatte ihn beflügelt. »Und ich nehme doch an, du kommst mit.«

Doch Indy schüttelte den Kopf und klappte das Gralstagebuch zu. »Ich suche erst Dad. Und dazu breche ich gleich morgen früh auf. Nach Österreich.«

Brody nickte verständnisvoll. »Selbstverständlich. Daran hatte ich im Augenblick überhaupt nicht mehr gedacht. Ich hätte...«

»Nein, nein. Zieh nur ruhig los, Marcus. Ich... wir kommen später nach.«

»Sicher?«

»Ganz sicher.«

Brody schwieg eine Weile, als überlegte er, ob er auch alles richtig gemacht habe. Dann hellte sich seine Miene auf. »Na ja, da haben wir ja noch ein paar Stunden für Venedig. Wollen wir sie doch ausnützen. Ich möchte unbedingt in die Galleria dell'Accademia. Sie besitzt die beste Sammlung venezianischer Malerei überhaupt. Gehen wir?«

»Meinst du, du schaffst das?«

Brody nahm den Eisbeutel vom Kopf. »Mir geht's soweit gut. Weißt du, daß sie dort Sachen haben wie den ›Sturm‹ von Giorgione oder den Ursula-Zyklus von Carpaccio und die ›Heimsuchung Mariä‹ von Tizian? Die haben schlicht alles«, sagte er ehrfürchtig, »von den ersten Meistern des vierzehnten Jahrhunderts bis zu den großen Sachen aus der Mitte des achtzehnten.«

»Also gehen wir, in Gottes Namen«, sagte Indy. »Ich frage nur noch schnell Elsa, ob sie mitkommen will.«

Doch Elsa schien sich nicht recht aufraffen zu können. Es war, als litte sie an einem Schock mit verzögerter Wirkung, die erst jetzt zum Tragen kam. Oder vielleicht war es auch nur eine einfache Depression; als sei die Tatsache, daß sie alles überlebt hatten, irgendwie entmutigend.

»Ich glaube, ich lasse es lieber«, sagte sie schließlich nach einiger Überlegung. »Ich gehe nachher nur ein paar Sachen zum Essen einkaufen. Einverstanden?«

»Wollen Sie lieber Gesellschaft haben?« Es hätte ihm überhaupt nichts ausgemacht, den Nachmittag hier mit ihr zu verbringen und Brody allein ins Museum gehen zu lassen. Er hätte ihr sogar gern in der Küche geholfen.

Doch sie wehrte ab. »Nein, nein. Gehen Sie nur mit Marcus. Wir treffen uns dann hier wieder.«

Na, das war's dann ja wohl mit dem romantischen Dinner, dachte er und ging sich anziehen.

***

Sie hatten nur fünf Minuten zu Fuß von der Wohnung bis zum Ponte dell'Accademia, einer Holzbrücke über den Canale Grande.

Es gab vierhundert Brücken in Venedig, aber lediglich drei über den Canale Grande. Diese Brücke war erst vor fünf Jahren gebaut worden, während der Wirtschaftskrise, und sollte auch nur provisorisch sein.

Sie blieben oben auf dem höchsten Punkt stehen, um die Aussicht zu genießen. Links konnte man bis zur Basilica di San Marco sehen – einem byzantinischen Denkmal des 11. Jahrhunderts. Das Äußere dieser Kirche ging bis ins 13. Jahrhundert zurück – bis zur Brandschatzung von Byzanz während des Vierten Kreuzzugs. Nach rechts ging der Blick bis zum Palazzo Balbi, dessen Dach mehrere Obelisken krönten.

»Ich habe es mir noch einmal überlegt, Marcus. Die Idee, dich allein losziehen zu lassen, ist vielleicht nicht so gut.«

»Dein Vater würde es aber für richtig halten, Indy, da bin ich ganz sicher. Denn wenn wir noch länger warten, könnten uns am Ende diese gewalttätigen Leute von dieser seltsamen Bruderschaft zuvorkommen. Und wer weiß, was dann mit dem Gral passieren würde.«

»Ich will dich nicht aufhalten. Aber ruf auf jeden Fall noch Sallah an, ehe du abreist. Er soll dich in Iskenderun treffen.«

Dazu nickte Brody zustimmend. Mit Sallah waren sie beide seit langem befreundet. Als Indy in Ägypten auf der Suche nach der Bundeslade gewesen war, hatte ihm Sallah mehr als einmal das Leben gerettet. Ihn in der Begleitung Brodys auf der Suche nach dem heiligen Gral zu wissen, würde ihn sehr erleichtern.

Sie verbrachten den Nachmittag in den Sälen der Accademia. Brody war ein enthusiastischer und kenntnisreicher Kunstführer. Er erläuterte ihm jedes Gemälde einzeln und merkte an, daß für die Venezianer die Renaissance in gewisser Weise eine paradoxe Sache gewesen sei. Im Gegensatz zum ganzen übrigen Italien hatten sie keine römische Überlieferung und Tradition. Ihre Stadt war an der Nahtstelle von Ost und West gegründet worden und auch an der von Antike und Mittelalter. Und so waren für Venedig die Traditionen der frühchristlichen Epoche bestimmend gewesen – und immer geblieben. Folglich war hier die Renaissance auch eher die Übernahme eines Stils und einer Absicht als eine Wiedergeburt. Und trotzdem entstanden ausgerechnet hier in Venedig einige der besten Werke der italienischen Renaissance.

Indy fand die Bilder durchaus interessant, war aber bei weitem nicht so begeistert wie Brody. Er pflegte seinen Studenten immer zu sagen, daß es zwischen Kunst und Archäologie gewisse Überlappungen gebe; bei letzterer könnten aber sogar erhaltene Exkremente ebenso interessant und aussagekräftig sein wie bemalte Keramiken oder feinziseliertes Gold.

Nach Ablauf einer Stunde war Brody schon deutlich müde geworden. Indy erinnerte ihn daran, daß seine Kopfbeule noch immer frisch sei und er lieber etwas kürzer treten solle.

»Nein, nein, Indy, ich bin ganz in Ordnung. Das ist nur eine kleinere Gehirnerschütterung gewesen, und jetzt habe ich ein etwas längeres Kopfweh als Folge. Morgen früh bin ich wieder voll auf dem Damm.«

Immerhin sah er ein, daß sie jetzt besser abbrachen.

Auf dem Weg zurück wurde Indy immer unruhiger. Er hatte das zunehmende Gefühl, als piekten ihn ein Dutzend Nadeln in den Nacken. Jahrelange Erfahrung hatte ihn gelehrt, diesem Alarmzeichen Beachtung zu schenken. Es war eine Art eingebautes Warnsignal, und mehr als einmal hatte es sich als zutreffend und nützlich erwiesen.

Und seine Ahnungen bestätigten sich, sobald sie in Donovans Wohnung angekommen waren. Die Tür stand leicht offen. Er streckte erst vorsichtig den Kopf hindurch und trat dann erst zögernd ein, um sich umzusehen.

»Elsa?«

Aber nur sein eigenes Echo antwortete ihm.

»Elsa?« rief er noch einmal, nun etwas lauter.

Wieder keine Antwort.

Genau wie bei Dad. Es lief ihm plötzlich kalt den Rücken hinunter.

»Ich sehe in der Küche nach«, sagte Brody.

Indy eilte zu seinem Zimmer und riß die Tür auf. Er war nicht mehr besonders überrascht. Es war durchsucht worden. Die Matratze lag auf dem Boden, sämtliche Schubladen ebenso.

O Gott. Was haben Sie mit ihr gemacht?

Er rannte über den Flur zu Elsas Zimmer. Er blieb kurz davor stehen, holte Atem und drückte die Türklinke. Auch ihr Zimmer war durchwühlt worden. Sämtliche Sachen waren aus den Schubladen und Schränken gezogen, Kleider von den Bügeln gerissen und die Bettlaken von der Matratze.

Wo aber war sie selbst?

Er verließ den Raum und hörte irgendwo in der Ferne eine gedämpfte Stimme. Er ging langsam und vorsichtig den Flur entlang. Die Stimme wurde lauter und deutlicher. Eine Frauenstimme. Sie sang. Im Bad.

Er öffnete die Tür einen Spalt. »Elsa?«

»Hallo, Indy.«

Sie saß, als wäre nichts, in einem Schaumbad und lächelte ihn freundlich an. Um ihren Hals lagen Schaumblasen wie eine Kette durchsichtiger Perlen. Eine glatte, weiße Schulter ragte aus all dem Schaum hervor.

»Nicht so laut, Kindchen, andere Leute möchten gern schlafen!« Erleichtert darüber, daß sie sichtlich unversehrt war, schloß er die Tür. Sollte sie ihr Bad noch zu Ende genießen.

»Ich komme gleich«, rief sie ihm nach.

Er kehrte in sein Zimmer zurück und besah die Bescherung erst einmal genauer. Offenbar war der Eindringling von Elsas Rückkehr vom Einkaufen überrascht worden und hatte sich versteckt. Vermutlich hatte er sich dann, als sie ins Bad ging, davongemacht.

Er wartete, bis er sie trällernd aus dem Bad kommen und über den Flur gehen hörte. Er sah auf die Uhr und versuchte zu überschlagen, wieviel Zeit er ihr wohl geben mußte, bis sich ihr Trällern änderte.

Er hörte sie aufschreien und lächelte. Er wartete, daß sie angelaufen kam. Er hörte die Schritte. Sie riß seine Tür auf. Sie trug einen Bademantel. Ihr Haar war noch naß.

Das Kinn war ihr weit heruntergefallen. »Indy, in meinem Zimmer...«

Er machte eine Geste rundum. »Genau wie meines.«

Sie sah ihn kopfschüttelnd an. »Wonach haben sie gesucht?«

»Danach.«

Er holte das Gralstagebuch aus der Tasche und warf es auf den Tisch.

»Das Gralstagebuch Ihres Vaters! Sie also hatten es.«

»Mhm.«

»Und Sie haben mir kein Wort davon gesagt.« Sie schüttelte wieder den Kopf. »Sie vertrauen mir nicht.«

Über ihre Schulter sah er Brody in der Tür stehen. Er signalisierte ihm, daß alles in Ordnung sei. Brody begriff, daß es hier um eher persönliche Dinge ging, und zog sich eilends wieder zurück.

»Ich kannte Sie doch nicht.« Er blickte in ihre sanften blauen Augen. Er verspürte großes Verlangen, mit dem Daumen ihre Mundlinie zu berühren und nachzuzeichnen. Verdammt, es war verteufelt schwer, ihr zu widerstehen. »Oder sagen wir mal so, vielleicht wollte ich Sie erst besser kennenlernen.«

»Bei mir war es genauso.« Ihre Stimme war jetzt etwas belegt, sie atmete schwer. »Vom ersten Augenblick an.«

»Geht Ihnen das immer so?«

»Nein. Sonst nie. Es ist ein angenehmes Gefühl.«

Er kam näher und berührte ihr Gesicht. »Glauben Sie nicht daran, Elsa?«

»Woran?«

»Nun, an die gemeinsam durchstandenen Gefahren. Und daß wir sie überlebt haben. Das war's.«

»Ach ja?« Sie lächelte merkwürdig. Er beugte sich zu ihr vor, faßte sie am Kinn, hob es empor und küßte sie sanft. Ihr Mund schmeckte entfernt nach Zahnpasta. Der Duft von Seife auf ihrer Haut war angenehm. Sie kam ihm entgegen und dann küßte er sie plötzlich sehr intensiv, und sie erwiderte es leidenschaftlich und voller Hingabe.

»Paß auf mich auf, Indy«, flüsterte sie. Ihr Atem war warm an seinem Ohr.

Er nestelte mit der Hand an ihrem Gürtel. »Du hast gestern ziemlich gut auf dich selbst aufgepaßt. Für eine Kunsthistorikerin.«

»Sie wissen wohl nicht sehr viel über Kunsthistorikerinnen, wie, Dr. Jones?«

»Aber ich weiß, was ich mag.«

»Das freut mich, Indiana Jones.«

Sie packte ihn am Hinterkopf an den Haaren, zog ihn zu sich herab und küßte ihn lange und innig, wobei sie sich eng an ihn preßte. Sie küßte so heftig, daß er sich seine Lippen an den eigenen Zähnen verletzte.

Er wischte sich einen Tropfen Blut mit der Hand ab. »Du bist ja ganz schön gefährlich.«

»Vielleicht. Genau wie du.«

Ihre Augen blitzten auf. Sie atmete schwer und wartete auf ihn. Über ihre Lippen huschte ein Lächeln. Eine leichte Brise kam durch das offene Fenster und wehte durch ihr Haar. Irgendwo sang ein Gondoliere.

»Ach, Venedig«, sagte er halblaut und machte die Tür zu.

Österreich/Deutschland

Schloß Brunwald

Der Mercedes-Benz, den Indy gemietet hatte, glitt geschmeidig durch die Haarnadelkurven der österreichischen Alpen. Als sie losgefahren waren, war der Himmel hell und klar gewesen, fast völlig blau. Doch jetzt am späten Nachmittag, als sie sich der deutschen Grenze und dem Grundbesitz des Schlosses Brunwald näherten, stiegen am Horizont Gewitterwolken auf. In der Ferne begann bereits Donner zu rollen.

Genau das richtige für einen freundschaftlichen Besuch, dachte Indy. Er warf einen Blick zu Elsa hinüber.

Sie hielt den Blick unverwandt nach vorne auf die Straße gerichtet, die hier sehr kurvenreich war. Sie hatte ihr blondes Haar nach hinten gesteckt. Im schwächer werdenden Licht zeichneten sich die Linien ihres Gesichts scharf ab – die hohen Wangenknochen, der Schmollmund und die gerade Nase, die jetzt von der Kälte leicht rosa angelaufen war. Er dachte an ihre leidenschaftliche Liebesstunde in Venedig und streckte die Hand aus, um ihr den Nakken leicht zu kraulen. Ihre Haut war kühl und trocken. Sie sah ihn kurz an und lächelte, aber so geistesabwesend, als sei sie mit ganz anderen Dingen beschäftigt.

Wenn sie dies hier hinter sich hatten, dachte er, würden sie gemeinsam … Gemeinsam was? Er hatte keine Ahnung. Aber etwas würde ihm schon einfallen. Sie hatte ihn nach der Universität gefragt und deren Aktivitäten in Archäologie und Kunstgeschichte, und angedeutet, daß sie ihn dort vielleicht einmal besuchen würde. Und wer wußte, was alles geschehen konnte.

Er fuhr in den Schloßhof ein. Das Schloß sah finster und abweisend aus. Die dunklen Fenster in den oberen Stockwerken waren tot und leer. Das ganze Gebäude war so undurchdringlich wie ein Felsblock. In welchem Raum mochte sein Vater sein? War er überhaupt in einem, oder unten in einem Verlies in Ketten? Vielleicht lebte er nicht einmal mehr.

Nein. Nicht solche Gedanken.

Für solche Gedanken war jetzt nicht die Zeit. Er hatte keine Ahnung, wie er herauskriegen sollte, ob sein Vater hier wirklich gefangengehalten wurde. Gar nicht davon zu reden, wie er ihn befreien konnte. Vielleicht war er ja überhaupt nicht hier. Wer garantierte ihm, daß ihm Kazim nicht einfach nur irgend etwas erzählt hatte, um ihn von der Gralsspur abzulenken?

»Da wären wir also«, sagte er. In seinem Nacken kribbelte wieder einmal das nur zu vertraute Gefühl seiner Alarmanlage. Doch, doch, sein Vater war hier. Er spürte es.

»Sehr imposant, nicht?« sagte Elsa.

»Weißt du irgend etwas darüber?«

»Es ist seit Generationen Familienbesitz der Brunwalds. Sehr einflußreiche Leute in dieser Gegend hier, wenn auch nicht übermäßig beliebt.«

An einer Seite des Schlosses war ein Teich. Ein einsamer Schwan glitt majestätisch über ihn hin, den langen Hals graziös gebogen. Sein schneeweißes Gefieder stand hell gegen das dunkle Gewässer. Es erinnerte Indy an den Schwan im Gralstagebuch seines Vaters. Der Schwan als Verkörperung einer Bewußtseinsstufe auf der Suche nach dem Gral. Es hatte etwas mit der Überwindung der Schwäche des Geistes und des Herzens zu tun.

Seine Schwäche war Elsa. Sie hatte sein Begehren geweckt wie das eines Mannes, der tagelang ohne Wasser durch die Wüste geirrt war und dann eine Oase erreichte. Er hatte sie begierig genommen, und sie erfüllte ihm jeden Wunsch. Warum also sollte er, oder irgendeiner, sich wünschen, solche Freuden zu »überwinden«?

»Woran denkst du?« fragte sie.

»Ach, an nichts.«

»Dachte ich es mir doch«, sagte sie sanft.

Er runzelte die Stirn. Es war ihm nicht recht, daß seine Gefühle anscheinend so offensichtlich waren.

Elsa fuhr sich unter die Haare und hob sie über den Kragen. Er spürte, daß es gleichzeitig eine Art Beendigungssignal und ein Aufbruchszeichen war. Er griff nach hinten, wo seine Lederpeitsche lag, und versuchte, sich auf das zu konzentrieren, was unmittelbar bevorstand. Er steckte sie sich an den Gürtel, während er ausstieg.

»Was hast du vor?« fragte sie ihn, als sie zusammen zum Schloßtor gingen.

»Weiß ich nicht. Ich lasse es auf mich zukommen.«

Er klopfte an das Tor und wartete. Am Himmel zuckte ein Blitz auf, fast unmittelbar danach rollte der Donner, und es begann zu regnen. Große glitzernde Tropfen fielen auf Elsas langen, gutgeschnittenen Mantel.

»Leih mir doch den Mantel.«

»Frierst du etwa?« fragte sie lächelnd.

»Ich habe eine Idee.«

Er hängte sich rasch ihren Mantel um, so daß seine Peitsche nicht mehr zu sehen war. Gleich danach ging das Tor auf.

Ein Butler sagte: »Ja, bitte?« Seine Stimme konnte Eis noch gefrieren lassen.

Indy nahm die hochmütige Art eines englischen Barristers der Oberklasse an und betrachtete den Butler mit entsprechend arrogantem Gesicht. »Es wurde allmählich Zeit. Hatten Sie die Absicht, uns den ganzen Tag auf der Treppe warten zu lassen? Wir sind völlig durchnäßt.«

Und während er noch sprach, schob er sich an dem verblüfften Diener vorbei nach innen und zog Elsa mit sich. »Tun Sie was! Stehen Sie nicht herum! Ich bekomme bereits einen Schnupfen!«

Er tupfte sich mit einem Taschentuch an die Nase. Elsa sah ihm verwundert zu.

»Werden Sie erwartet?« fragte der Butler. Seine Stimme blieb unverändert frostig und scharf.

»Lassen Sie das gefälligst, guter Mann. Entfernen Sie sich und melden Sie Baron Brunwald, Lord Clarence Chumley und seine Assistentin seien hier, um die Tapisserien zu begutachten.«

»Die Tapisserien?«

Indy sah Elsa angewidert an. »Lieber Himmel, ist der Mann taub? Glauben Sie, er hat mich überhaupt gehört?«

Er sah den Butler wieder an und schnarrte: »Das ist ein Schloß hier, nicht wahr? Und es besitzt Tapisserien?«

»Richtig, das ist ein Schloß hier, und es besitzt Tapisserien. Und wenn Sie ein englischer Lord sind, dann bin ich Jesse Owens.«

»Was erlauben Sie sich!« antwortete Indy mit steifem englischem Falsett und schlug den Mann mit einem mächtigen Kinnhaken zu Boden.

Der Butler fiel wie ein Spielzeug, dessen Feder abgelaufen ist, um. Indy wischte sich demonstrativ die Hände ab. »Welch eine Unverschämtheit!« Er sprach noch immer in seinem gestelzten Englisch. »Haben Sie das gehört, meine Liebe, wie dieser unverschämte Bursche mit mir redet und meine Erziehung, meine Ehre und mein Talent, Eindruck zu schinden, beleidigt?«

Elsa lachte und schüttelte den Kopf, während sie ihm half, den Butler zu einem Abstellschrank in einer Ecke zu schleppen. »Wirklich ganz unglaublich! Sehr überzeugend, Mylord!«

Er gab seine Pose auf, faßte Elsa an der Hand und zog sie mit sich den langen Gewölbekorridor entlang, in dem sie sich befanden. »Jetzt aber zur Sache!« Er nahm sich ihren Mantel im Gehen von der Schulter, und sie zog ihn selbst wieder an, während sie über das Eingangsfoyer kamen. Sie begann flüsternd etwas zu sagen, aber er legte den Finger an die Lippen.

Stimmen.

Sie blieben stehen. Er sah sich rasch um, und sie duckten sich in eine Nische hinter einer großen Statue. Ein paar uniformierte Nazis kamen vorbei. Einer lachte laut über etwas, was der andere gesagt hatte. Seine Stimme hallte durch den ganzen Korridor.

»SS-Leute. Ich hätte es wissen müssen«, flüsterte Indy Elsa zu, nachdem die beiden Männer verschwunden waren.

Sie kamen aus ihrem Versteck hervor und gingen weiter. »Was glaubst du, wo sie Dad gefangen halten?«

»Im Verlies unten?«

»Sehr komisch.« Eine Idee zu sehr dem ähnlich, was er selbst dachte.

Ein Diener tauchte auf. Er schob einen großen Servierwagen mit den Überresten eines Festmahls.

Sie duckten sich unter eine Treppe und beobachteten ihn. Sie hatten schon eine ganze Zeit nichts gegessen und bekamen große Augen angesichts der Ausmaße der Überreste. Indy legte eine Hand auf seinen Magen, um zu verhindern, daß er knurrte. War dies vielleicht ein Essen für seinen Vater gewesen? Er konnte es nur hoffen. Zumindest litt er dann in seiner Gefangenschaft keinen Hunger.

Sie blieben noch einige Zeit in ihrem Versteck. Indy wollte erst ein Gefühl für das ganze Haus bekommen. Er wollte nach Möglichkeit erfahren, wieviel Personal hier war, wie der übliche Ablauf der Dinge war respektive ob es überhaupt einen solchen gab; und wenn ja, wie sie ihn sich zunutze machen konnten.

Draußen rollte ein schwerer Gewitterdonner. Gleich danach trommelte heftiger Gewitterregen auf eines der Fenster über ihnen.

Elsa begann der Magen zu knurren.

Seiner stimmte ein.

Sie sahen einander an und unterdrückten ein Lachen.

Dann waren auf der Treppe über ihnen Schritte vernehmbar. Ein Diener, eskortiert von einem bewaffneten deutschen Soldaten, kam die Treppe herab. Er trug ein billiges Tablett, auf dem sich ein Blechnapf mit einem daran gelöteten Löffel befand. *Was da vorbeikam, war wohl eher Dads Essen.*

»Das«, flüsterte er Elsa zu, sobald die beiden verschwunden waren, »sah schon eher wie eine Gefangenenmahlzeit aus.«

Sie nickte.

Es war Zeit, etwas zu unternehmen. Sie verließen ihr Versteck und gingen die Treppe hinauf. Sie waren noch nicht ganz am ersten Absatz, als weitere Nazis erschienen. Diesmal verbargen sie sich hinter einem massiven Pfeiler und warteten, bis die harten Stiefelschritte der Soldaten wieder verhallt waren.

Sie hasteten weiter. Im nächsten Stockwerk verhielten sie und sicherten erst nach beiden Richtungen. Eine Tür in der Nähe stand leicht offen. Stimmen drangen heraus. Indy riskierte einen Blick durch den Türspalt. Nazis waren mit dem Begutachten von Kunstwerken beschäftigt. Kleine Kriegsbeute, wie? dachte er.

Hitler wollte aus ganz Europa so viele Kunstwerke und Altertümer wie möglich zusammenraffen. Aber nicht allein wegen ihres Kunstwertes. Es war Indy wohlbekannt, daß Hitler besonders daran gelegen war, alte mystische Gegenstände in die Hand zu bekommen, von denen er glaubte, sie vergrößerten seine Macht und könnten ihm so bei der Ausweitung seiner Herrschaft helfen.

Es waren Nazis gewesen, die ihn, Indy, bei der Suche nach der Bundeslade behindert hatten. Tatsächlich hatte er sie kaum gefunden, als schon des Führers Schergen darauf warteten, sie ihm abzujagen. Zuerst hatte er Hitlers Motive überhaupt nicht begriffen, bis er selbst die seltsame Ausstrahlung der Bundeslade erlebt hatte, die er sich nicht erklären konnte. Obwohl er es am Ende dann tatsächlich geschafft hatte, die Bundeslade nach Amerika zu bringen, hatten ihm die Bürokraten die unbezahlbare und geheimnisvolle Reliquie beschlagnahmt. Sie lag wohl immer noch irgendwo in einem abgelegenen Lagerhaus und verstaubte dort.

Er hatte auch schon gehört, daß Hitler hinter der biblischen

Lanze her war, mit der ein Legionär die Seite Christi am Kreuz aufgeschlitzt hatte. Und zweifellos würde der Führer des Dritten Reiches auch liebend gern seine Hand an den Gral legen, in dem das Blut Jesu gewesen war. Nichts anderes als dies, spürte er, war der Grund, warum sein Vater in Gefangenschaft war.

Ein Knacken ließ ihn zurückfahren. Sie eilten lautlos weiter den Korridor entlang. An dessen Ende befanden sich drei Türen. Er sah von einer zur anderen und deutete schließlich entschlossen auf die linke.

»Diese da.«

«Warum gerade diese?« flüsterte Elsa.

Er deutete auf eine elektrische Leitung. »Weil sie eine Stromleitung hat. Wir müssen einen anderen Weg hinein finden.« Er trat zurück und studierte die Lage einen Augenblick lang. Dann versuchte er es mit der Tür nebenan.

Er drückte die Klinke. Die Tür war verschlossen. Er griff in die Tasche seines Gürtels und brachte einen Dietrich zum Vorschein. Es schien bereits eine ganze Ewigkeit her zu sein, seit er ihn zum letzten Mal verwendet hatte – an der Kabinentür des Frachters, um an den Safe mit dem Kreuz des Coronado zu gelangen. Dabei war dies noch keine zwei Wochen her. Er schob den schlanken, schmalen Dietrich in das Schlüsselloch und arbeitete eine Weile. Dann war das Schloß offen. Die Tür knarrte, als er sie öffnete.

Der Raum war schwach beleuchtet und bis auf ein Bett und eine Kommode leer. Sobald Elsa mit hereingekommen war, schloß er die Tür hinter ihr.

»Was war das?« fragte sie, als er sein Einbrecherwerkzeug wieder in den Gürtel steckte.

»Geschäftsgeheimnis.«

»Ach, du meinst also, du verrätst deinen Studenten davon nichts?« fragte sie mit gespieltem Ernst.

»Nur den fortgeschrittenen«, gab er im gleichen Ton zurück. Er ging zum Fenster.

Draußen prasselte der Gewitterregen heftig gegen die Scheiben. Er zog die Jalousie hoch, öffnete das Fenster und steckte den Kopf hinaus. Es war schon fast dunkel. Der Regen platschte ihm ins Gesicht und durchnäßte ihm sofort den ganzen Kopf. Er zwinkerte, damit er sehen konnte. Unter dem Fenster des Raumes nebenan war ein schmaler Sims. Er endete einen knappen Meter neben dem Fenster, aus dem er herausschaute.

Er zog den Kopf wieder ins Zimmer zurück und lockerte seine Lederpeitsche.

»Was willst du machen?«

»Ich nehme eine Dusche«, sagte er.

Sie sah zum Fenster. »Du willst doch wohl nicht sagen, du...?« Sie sah, wie er die Peitsche zog. »Das gibt es doch nicht!«

»Paß auf. Das gibt es.«

Er lehnte sich aus dem Fenster und schnalzte die Peitsche um den Wasserspeier auf dem Schloßdach über dem benachbarten Fenster. Er hatte perfekt gezielt. Die Peitschenschnur wickelte sich um den dicken Nacken des Wasserspeierkopfes. Er zog heftig und sicherte so, daß sie sein Gewicht aushielt.

Er stieg auf das Fensterbrett und blickte zu Elsa hinab. »Warte hier auf mich. Es dauert nicht lange.«

»Indy, das ist Wahnsinn. Du kannst nicht...«

Er hob eine abwehrende Hand. »Keine Sorge. Das ist ein Kinderspiel. Ich bin gleich wieder da.«

Er schwang sich aus dem Fenster. Seine Beine schaukelten frei in der Luft. Aber er hatte recht gehabt. Es war nur ein kurzer Schwung. Nur eines hatte er nicht bedacht. Der Platzregen hatte den Fenstersims glitschig gemacht und er rutschte weg, als er aufsetzte. Ein Bein hing ganz über den Sims, mit dem anderen landete er auf dem Knie und wackelte einen Augenblick bedenklich. Dann zog er rasch an der Peitsche und kam zum Stehen.

Als nächstes mußte er einen Weg finden, die Fensterläden zu öffnen, die geschlossen waren. Er zog an ihnen, doch sie blieben zu. Er wollte es eben noch einmal versuchen, als er ein Geräusch hörte. Er blickte nach unten. Zwei Posten waren mit Taschenlampen und Hunden unterwegs.

Sie haben den Butler gefunden!

Der eine leuchtete mit der Taschenlampe die Hauswände des Schlosses ab. Ihr Strahl näherte sich seinem Standort. Er drückte sich , so flach es ging an das Fenster, und stand reglos. *Die Peitsche*! Er hätte sie abziehen sollen. Jetzt war es zu spät. Der Lichtstrahl glitt über ihn weg. Er wartete mit angehaltenem Atem, daß er zurückkam. Doch die Posten gingen weiter. Sie hatten ihn und die Peitsche glatt übersehen.

Er wandte sich wieder dem Fensterladen zu. Er klemmte die Finger in den Schließspalt und zog, was er konnte. Nach wie vor bewegte sich nichts. Er versuchte es mit der Schulter, aber er stand zu unsicher, um viel ausrichten zu können.

Na gut, dachte er. Dann eben etwas drastischere Maßnahmen. Es mußte jedoch genau im richtigen Moment sein. Er wartete den nächsten Blitz ab. Der Regen, merkte er, hatte etwas nachgelassen. Als der Blitz kam, zählte er die Sekunden bis zum Donner mit.

Beim nächsten Blitz packte er dann die Peitsche mit beiden Händen, stieß sich von der Schloßmauer ab, rechnete eine Sekunde dazu, weil er sich ausgerechnet hatte, daß das Gewitter wohl am Nachlassen sei, und schwang sich dann mit angezogenen Beinen auf das Fenster zu. Er krachte im gleichen Augenblick mit beiden Füßen durch den Fensterladen, als der Donnerschlag kam. Gut gerechnet!

Er kam taumelnd in das Zimmer gestolpert und fiel zu Boden. Regen und kalte Luft fegten durch die zerbrochenen Fensterläden in den Raum. Er rappelte sich hoch und sah sich um. Er mußte sich erst orientieren. An ihm selbst schien alles noch ganz zu sein.

Eben als er festgestellt zu haben glaubte, daß entgegen allen Erwartungen sein Vater doch nicht hier sei, krachte etwas Schweres auf seinen Kopf herunter und zerbrach.

Er stolperte und knickte in den Knien ein. Vor seinen Augen verschwamm alles. Er war sehr verblüfft und starrte hilflos dem Etwas entgegen, das aus dem Schatten trat.

»Junior!«

»Ja, Sir« sagte er ganz automatisch, wie immer damals in seinen Schultagen. Er hielt sich den Kopf und versuchte, wieder einen klaren Blick zu bekommen.

»Bist du's wirklich, Junior?«

Er kam allmählich wieder zu sich. Und sofort war er wütend. »Hör gefälligst auf, mich so zu nennen!«

»Was zum Teufel willst du denn hier?«

Er fragte sich, ob die Nazis seinem Vater vielleicht bereits den Geist verwirrt hätten. »Was glaubst du wohl? Dich hier rausholen, natürlich!«

Henry Jones blickte auf seine Hand hinunter und war plötzlich von etwas ganz anderem in Anspruch genommen. Er war geradezu alarmiert von dem, was er sah. »Augenblick.«

Indy hielt den Atem an und blickte sich rasch um. »Was ist?«

»Spätes vierzehntes Jahrhundert, Ming-Dynastie«, murmelte sein Vater mehr zu sich selbst.

Indy runzelte die Stirn, als er merkte, daß sein Vater die auf seinem Kopf zerschlagene Vase meinte.

»Da kann einem ja das Herz brechen«, jammerte sein Vater.

»Und der Schädel dazu«, sagte Indy vorwurfsvoll. »Dad, du hast mir das Ding auf den Kopf gehauen!«

Henry Jones blickte auf die Vase und sagte nur: »Ich werde mir das nie verzeihen.«

Indy mißverstand das. Er glaubte, sein Vater meinte den Schlag. Doch er sprach noch immer von der Vase. »Keine Urache. Ich bin schon wieder in Ordnung.«

Henry Jones schien erleichtert zu sein, als er eine der Scherben näher betrachtete. »Eine Fälschung, zum Glück. Da, schau her, man sieht es an…«

»– den Gußlinien«, sagten sie beide gleichzeitig.

Sie sahen einander verblüfft an und grinsten. »Tut mir leid wegen deinem Kopf!« sagte Henry Jones und runzelte ein wenig die Stirn, als sähe er seinen Sohn zum allerersten Mal. »Ich hielt dich für einen von denen.«

»Die«, sagte Indy, »kommen durch die Tür. Die haben es nicht nötig, durch das Fenster zu springen.«

»Stimmt schon. Aber sicher ist sicher. Mein Gott, es war richtig, dir dieses Notizbuch zu schicken! Ich habe es gespürt, daß irgend etwas kommen würde. Du hast es doch bekommen?«

Indy nickte. »Bekommen und benutzt. Ich habe auch den Eingang zu den Katakomben gefunden.«

Henry Jones war mit einem Schlag hellwach und interessiert. »In der Bibliothek! Und du hast ihn gefunden?«

»Richtig«, sagte Indy lächelnd. Es gefiel ihm, daß er seinen Vater endlich einmal richtig beeindrucken konnte.

»Ich wußte es.« Er hieb die Faust in die Luft. »Ich wußte es ganz einfach. Und die Grabstätte von Sir Richard?«

»Gefunden.«

Seinem Vater blieb die Luft weg. »Er war tatsächlich dort? Du hast ihn selbst gesehen?«

»Was noch übrig war.«

Henry Jones wurde ganz aufgeregt leise und flüsterte fast. Er zitterte vor Erwartung. »Und der Schild? Die Inschrift auf seinem Schild?«

Indy nickte wieder, pausierte kurz und antwortete nur mit einem einzigen Wort. »Alexandretta.«

Seinem Vater fiel das Kinn herunter. Er trat einen Schritt zurück, strich sich über den Bart und bedachte alles, was er soeben gehört hatte. Dann begann er gedankenversunken vor sich hinzubrabbeln.

»Alexandretta, aber natürlich. Lag doch auf dem Weg des Pilgerpfades des Ostreichs.« Er wandte sich Indy zu: »Junior...!«

Indy wand sich und hätte ihn am liebsten wieder unterbrochen, weil er ihn schon wieder mit diesem verhaßten Namen aus seiner Kindheit belegte. Aber er ließ es sein. Jetzt war nicht der geeignete Zeitpunkt dafür.

»...also du hast es tatsächlich geschafft!« rekapitulierte Henry Jones noch einmal.

»Nein, Dad. Nicht ich. Du! In vierzig Jahren Recherche und Forschung.«

Henrys Augen begannen zu glänzen. Er starrte über Indy hinweg in eine weite Ferne. »Hätte ich doch nur dabeisein können!« Seine Augen flackerten erregt. »Wie war es?«

»Eine Menge Ratten.«

»Ratten?« Sein Interesse ließ merklich nach. An so detaillierten Einzelheiten war er wieder nicht interessiert.

»Ja. Ziemlich große sogar.«

»Aha.«

»Weil wir grade von Ratten reden... wie haben dich diese Nazis hier behandelt?«

»Ach, soweit ganz ordentlich. Sie haben mir noch einen Tag Zeit gegeben, um zu reden. Dann aber wollen sie ein wenig härter werden, haben sie mir versichert. Doch auch morgen hätte ich kein Sterbenswörtchen gesagt, Junior. Ich war ziemlich sicher, wenn ich umkäme, würdest du die Suche für mich fortsetzen. Ich wußte, ich konnte auf dich zählen, damit dieses Buch den Nazis so unerreichbar bleibt wie nur möglich.«

Indys Hand fuhr in die Jackentasche. Seine Finger fuhren die Umrisse des Notizbuches ab. *Rate mal, Dad. So unerreichbar auch wieder nicht.*

»Das stimmt wohl«, sagte er mit leichtem Unbehagen. »Doch jetzt los. Wir müssen raus hier.«

Ein hallendes Geräusch unterbrach ihn. Sein Kopf fuhr zur Tür, die in diesem Augenblick aufflog. Drei Posten marschierten herein, zwei mit MPs im Anschlag. Der dritte war ein SS-Offizier.

»Dr. Jones!« rief er.

»Ja?« antworteten Indy und Henry zur gleichen Zeit.

»Ich darf um das Buch bitten.«

»Welches Buch?« sagten sie beide wieder zugleich.

Der Offizier wandte sich an Henry. »Sie haben das Notizbuch in der Tasche.«

Henry lachte aus vollem Halse. Indy konnte ihm dabei leider nicht folgen. *O Gott. Mir wird schlecht.*

»Sie Narr!« lachte Henry. »Sie glauben doch nicht im Ernst, daß mein Sohn so dumm ist und dieses Notizbuch wieder den ganzen Weg zurückbringt, den es...«

Dann brach er abrupt ab und drehte sich langsam Indy zu. »Hast du doch nicht, oder, Junior?«

Indy lächelte verlegen. »Nun ja...«

»Du hast?« donnerte ihn Henry an.

»Die Sache ist so...«

»O Gott! Also doch!«

»Können wir darüber später diskutieren, Dad? Das ist jetzt wohl nicht der richtige...«

»Warum habe ich es nicht gleich den Marx Brothers geschickt?!« schimpfte Henry außer sich.

Indy hielt eine Hand hoch und klopfte in die Luft. »Dad, bitte, rege dich nicht auf!«

»Wozu glaubst du wohl, habe ich es dir geschickt?« regte sich Henry indessen sogar sehr auf. Er deutete auf die SS-Leute. »Damit die da es nicht in die Finger bekommen!«

»Immerhin bin ich ja hierhergekommen, um dich rauszuhauen«, sagte Indy etwas lahm und blickte in die Mündungen der MPs.

»Und wer glaubst du, kommt jetzt dich raushauen, Junior??« brüllte sein Vater ihn mit rotem Kopf an.

Was dann geschah, ging so schnell, daß Indy kaum begriff, was er getan hatte, als es vorüber war. Seine Augen funkelten, seine

Nüstern blähten sich zornig auf. Er sah aus, als werde er seinen Vater im nächsten Augenblick niederschlagen – so echt, daß Henry unwillkürlich zurückwich, um dem Schlag, den er kommen sah, auszuweichen. Statt dessen schoß Indys Arm plötzlich und völlig unerwartet vor und entriß einem der verblüfften Posten seine Maschinenpistole. Mit der gleichen Bewegung stieß er auch dem anderen die seine mit einem schnellen Fußtritt aus der Hand. Einige Schüsse lösten sich aus ihr und fuhren in die Decke. Dann hatte er selbst bereits den Finger am Abzug. Die drei Nazis taumelten unter der Wucht der Kugeln zurück und sanken in sich zusammen, während Indy wie von Sinnen brüllte: »Und ich habe dir nun schon tausendmal gesagt, nenne mich nicht Junior!«

Henry starrte völlig ungläubig auf die drei in ihrem Blute liegenden und sterbenden SS-Leute. Er war völlig schockiert und verstört. »Was hast du da getan? Du hast sie erschossen!«

Indy packte ihn nur wortlos am Arm und zog ihn mit sich zur Tür hinaus. Er hatte die Hand schon auf der Türklinke zum Raum daneben, in dem Elsa wartete.

»Ich kann nicht glauben, was du da getan hast!« flüsterte Henry heiser und mit glasigen Augen. »Du hast drei Männer erschossen!«

Indy blieb in der Tür stehen. »Was glaubst du eigentlich, was die mit uns getan hätten?«

Sein Vater sah ihn nur an und schien zu versuchen, irgendeine Rechtfertigung für die Tat seines Sohnes zu finden.

Indy öffnete die Tür ganz und hob die Hand, um Elsa zu signalisieren, daß es Zeit war, zu fliehen. Aber sein Arm blieb mitten in der Luft stehen. Er starrte mitten in das Gesicht eines weiteren Nazis. Er hatte einen Arm wie eine Schlange um Elsa gelegt. In der anderen hielt er eine Luger, deren Mündung an ihrer Schläfe lag.

»Das genügt jetzt, Dr. Jones.«

Es war ein großer Mann. Ein SS-Oberst; Standartenführer, nannten sie das. Kantiges Kinn, kleine, dunkle Augen – Insektenaugen. Er war der Inbegriff des Wortes brutal, kein Zweifel.

»Die Pistole weg! Auf der Stelle«, befahl er mit starkem, aber nicht unbeholfenem Akzent. »Sofern Sie Ihre Freundin hier nicht auch tot sehen möchten.«

»Hör nicht auf ihn«, sagte Henry.

»Werfen Sie sie weg!« wiederholte der Standartenführer.

»Nein!« schrie Henry Jones. »Sie gehört zu denen!«

»Indy, bitte«, sagte Elsa. In ihren Augen war Angst.

»Sie ist ein Naziweib!« schrie sein Vater.

»Was?« sagte Indy kopfschüttelnd. Er wußte nicht mehr, was er glauben sollte. Er sah Elsa an, dann wieder seinen Vater. Alle schrien gleichzeitig.

»So glaub mir doch!« schrie sein Vater.

»Indy, nein!« bat Elsa.

»Ich warne Sie, ich erschieße sie!« zischte der SS-Offizier durch die Zähne.

»Na, los doch!« sagte Henry Jones.

»Nein, nicht schießen!« schrie Indy.

»Keine Angst, das tut er schon nicht«, sagte sein Vater.

»Bitte, Indy!« bettelte Elsa noch einmal. »Tu bitte, was er verlangt!«

»Um Himmels willen, hör nicht auf sie!« beschwor ihn sein Vater.

»Genug jetzt, dann stirbt sie eben«, sagte der Standartenführer und stieß Elsa die Mündung seiner Luger in den Nacken.

Sie schrie vor Schmerz auf.

»Nein!« rief Indy, ließ die Maschinenpistole fallen und stieß sie mit dem Fuß zur Seite.

Sein Vater stöhnte auf.

Der Standartenführer ließ Elsa los und schob sie Indy zu. Er fing sie in seinen Armen auf und hielt sie fest, während sie ihr Gesicht an seiner Brust verbarg.

»Tut mir leid, Indy.«

Er tröstete sie. »Schon gut.«

Indys Vater,
Professor Henry Jones

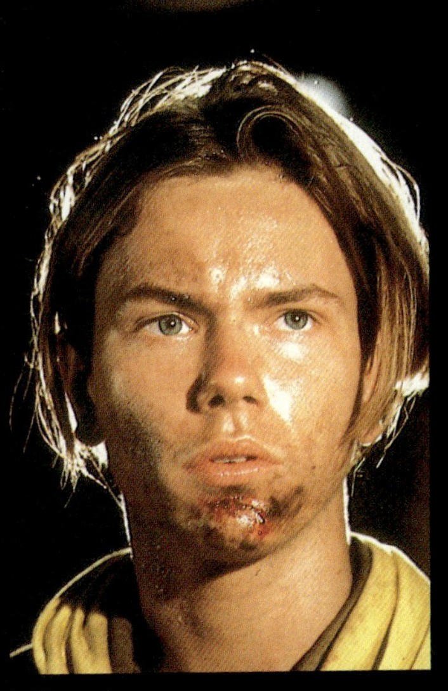

Indiana Jones,
genannt »Junior«,
als Pfadfinder

Verfolgungsjagd auf dem Zirkuszug

Donovan engagiert
den Archäologen
Indiana Jones

Brody und Indy
auf dem Weg
nach Europa

Ankunft in Venedig:
Indy lernt
Dr. Elsa Schneider
kennen

In der Bibliothek: Indy sucht den geheimen Zugang zu den Katakomben . . .

. . . und stößt dort mit Elsa auf ein Rattenheer

Indy und sein Vater in höchster Gefahr

Knapp der Gefahr entronnen, werden Indy und sein Vater von einem Flugzeug verfolgt

Sallah, Indys treuer Freund

Indy flieht vor einem Panzer

Der letzte Kreuzritter vor dem Gralsaltar

Donovan und Elsa greifen nach dem falschen Gral ...

... und Indy kann seinem Vater den echten Gral bringen

»Tut mir wirklich leid.«

Sie fuhr mit der Hand in seine Jackentasche und holte das Gralstagebuch heraus.

Sie lächelte ihn traurig an. »Aber du hättest doch lieber auf deinen Vater hören sollen.«

»Hat er doch noch nie«, sagte Henry Jones in verzweifeltem Ton. »Noch nie.«

Verraten

Elsa machte sich von ihm frei und ging zu dem Standartenführer zurück. Indy stand einfach nur da wie vor den Kopf gestoßen. Er war sprachlos und wütend über das böse Lächeln des SS-Menschen und die harmlose Unschuld in Elsas Augen. Er hätte sie am liebsten an den Schultern gepackt und so lange geschüttelt, bis sie ihm alles erklärt hatte. Er mußte die Gründe wissen.

Doch der SS-Mann hob drohend seine Luger, und so blieb er stehen, wo er war, und starrte nur. *Wie kannst du mir so etwas antun?* versuchte er ihr in Gedanken mitzuteilen.

Sie lächelte ein wenig, fast, als habe sie ihn verstanden. Schließlich wandte er sich von ihr ab und sah seinen Vater an.

Und bereute es sogleich.

Wenn Blicke töten könnten... *Kein Wunder, daß er mich immer noch Junior nennt.* Er war ebenso erstaunt über die Wendung der Dinge wie ein paar Minuten zuvor sein Vater, als er nebenan die drei Posten niedergeschossen hatte.

»Kommen Sie jetzt mit mir und Standartenführer Vogel.« Elsas Stimme war schlagartig hart und kalt geworden. Die Stimme einer ihm völlig unbekannten Frau. Selbst ihr Gesicht sah jetzt verändert aus. Ganz anders, als er es in Erinnerung hatte. Das Kinn war jetzt kantiger, härter und entschlossener; die Haut blasser und blutlos wie Porzellan. Und ihre Augen waren Eiswürfel, welche nichts schmelzen konnte.

Der SS-Mensch machte eine herrische Geste mit der Pistole. Indy sagte resigniert: »Ja, dann gehen wir wohl.«

»Weil wir so viel Auswahl haben«, murmelte sein Vater. Seine Stimme war ein einziger Vorwurf.

Als sie mit Waffengewalt durch das Schloß geführt wurden, konnte Indy die Verachtung seines Vaters spüren. Sie entströmte ihm wie Wärme oder ein Geruch. Er konnte sie mit allen Sinnen wahrnehmen, und sie wurde nicht geringer, bis sie am anderen Ende des Flurs in einen großen herrschaftlichen Raum kamen.

Die Wände waren mit alten Tapisserien und Ritterrüstungen dekoriert. In einem riesigen Kamin prasselte ein Feuer, das seine flackernden Schatten an die Decke und an alle Wände warf. Ein Hauch des Geruchs von Elsas Haut streifte ihn, als sie ihn an sich vorüberließ und den beiden Posten Platz machte, die nun kamen.

Man fesselte ihnen die Hände auf dem Rücken. Jetzt wird es wirklich ernst, dachte Indy, als ihm die Schnur schmerzhaft in die Gelenke schnitt. Während die Wachen an ihnen arbeiteten und Elsa sich mit Vogel besprach, sah sich Indy verstohlen um. Es gab mehrere Fenster, sie waren im dritten Stock. Außerdem waren sie ja jetzt gefesselt, von den Wachen gar nicht zu reden. Die Fluchtchancen waren also gleich Null. Aber trotzdem konnte es nie schaden, seine Phantasie anzustrengen.

Als ihm nichts mehr einfiel, dachte er an Elsa und was er gerne mit ihr tun würde, wenn er freikäme. Er folgte ihr mit seinem Blick, als sie durch den Raum zu einem Stuhl mit hoher Lehne vor dem Kamin ging. Sie blieb daneben stehen und hielt das Gralstagebuch hin. Das ließ ihn erst erkennen, daß in diesem Stuhl jemand saß. Er blickte unauffällig zu seinem Vater hinüber und rückte etwas näher zu ihm hin.

»Woher wußtest du, daß sie zu denen gehört?« fragte er flüsternd.

»Weil sie im Schlaf redet.«

»Was?« Es riß ihm den Kopf herum. »Du meinst, du – – du und sie – – ihr...?«

»Ruhe!« bellte Vogel.

Auch das noch. Sie und mein Vater...

Jetzt wurde ihm alles klar. Elsa selbst hatte sein Zimmer in Venedig durchwühlt und nach dem Notizbuch gesucht. Dann hatte sie zur Tarnung auch ihr eigenes Zimmer verwüstet, damit es aussah, als sei ein Fremder eingedrungen!

Und ich falle auch noch darauf herein.

»Ich habe ihr von Anfang an nicht getraut«, sagte Henry. »Warum du?« Er hatte den Kopf etwas zu ihm hergebeugt.

Der Mann auf dem Stuhl stand auf und beantwortete Henrys Frage. »Weil er meinen Rat nicht befolgt hat. Deshalb.«

Indy glaubte, die Augen fielen ihm heraus. Niemand anderer als Walter Donovan kam auf sie zu, mit ebenso herrischer und aristokratischer Attitüde, wie sie den ganzen Raum beherrschte.

O Gott. Auch das noch!

»Oder habe ich Ihnen vielleicht nicht gesagt, Dr. Jones, sie sollten niemandem trauen, niemandem?« Er lächelte gutmütig, während er Henrys Notizbuch durchblätterte.

Indy hatte keine schlagfertige Antwort zur Hand. Das war doch alles – – ! Der gleiche Mann, der ihm selbst gesagt hatte, daß sein Vater vermißt wurde, der ihm angekündigt hatte, daß er in Venedig von Dr. Schneider abgeholt würde... ausgerechnet er war dieser Bastard hinter der ganzen Schweinerei! Was gab es da noch groß geistreiche Bemerkungen zu machen, und wozu?

Alles ging viel zu schnell. Allein in den letzten paar Minuten war er zweimal verraten worden – von Elsa und Donovan. Und um allem die Krone aufzusetzen, hatte er auch noch erfahren, daß sie mit seinem Vater ins Bett gegangen war. (Und er hatte ihm, wenn auch wohl unabsichtlich, eine Vase über den Kopf gehauen...!)

Henry gab ein verächtliches Knurren von sich. Als er sprach, wirkte er jedoch müde und alt. »Ich habe mich leider sehr in Ihnen getäuscht, Walter. Ich wußte zwar, daß Sie für eine etruskische Vase auch Ihre Mutter verkaufen würden. Aber ich hätte wirklich nicht gedacht, daß Sie Ihr Land und Ihre Seele an diesen Haufen von Verrückten da verkaufen könnten.«

Donovan ignorierte ihn einfach. Die Falte auf seiner Stirn vertiefte sich, als er immer schneller durch das Notizbuch blätterte. Irgend etwas stimmte offenbar nicht.

»Dr. Schneider!« stammelte er.

Elsa kam zu ihm geeilt. »Was ist denn?«

Donovan hielt ihr das Gralstagebuch vor die Nase und schüttelte es. »In diesem Buch hier befand sich eine Karte – eine Karte ohne Namen, aber mit präzisen Richtungsangaben von der unbekannten Stadt aus bis zu der geheimen Schlucht des Heiligen Grals.«

»Ja«, sagte sie. »Die Schlucht des Zunehmenden Mondes.«

»Wo ist diese Karte?«

Elsa zuckte mit den Schultern und sah etwas verlegen aus. Sie wisse es nicht, sagte sie. Sie habe gedacht, sie sei in dem Buch. Donovans Gesicht war zornesrot. Er blickte von Elsa zu Indy. »Also, bitte, wo sind die fehlenden Seiten? Wir müssen sie haben!«

Henry sah Indy an und sah überrascht und sehr zufrieden aus.

Indy schürzte die Lippen.

»Sie vergeuden nur Ihre Zeit, wenn Sie es aus ihm herausbringen wollen«, sagte Elsa. »Er wird es uns nicht sagen. Und das muß er auch gar nicht. Es ist ja völlig offensichtlich, wo die Karte ist.«

Sie warf Indy einen triumphierenden Blick zu und wandte sich dann wieder Donovan zu. »Er hat sie Marcus Brody gegeben.«

Henry preßte die Augen zu, als wolle er einfach nicht zur Kenntnis nehmen, was er soeben gehört hatte. Als er sie wieder öffnete, suchte er Indys Blick. »Marcus? Du hast den armen Marcus mitgeschleppt? Mein Gott, Junior! Er ist doch nicht der Mann für eine solche Aufgabe!«

»Wir finden ihn«, sagte Donovan und entfernte sich.

»Seien Sie sich da nicht so sicher!« rief ihm Indy nach. »Er hat immerhin zwei Tage Vorsprung vor Ihnen. Das ist mehr, als er braucht.«

Donovan blieb stehen und dachte darüber nach. Indy sprach bereits weiter. »Brody hat Freunde in jeder Stadt und in jedem Dorf zwischen hier und dem Sudan. Er spricht ein Dutzend Sprachen und ist mit sämtlichen lokalen Gebräuchen vertraut. Er bekommt überall Schutz und Hilfe. Er kann spurlos verschwinden. Sie werden ihn nie wieder sehen. Mit ein bißchen Glück hat er den Gral inzwischen ohnehin schon gefunden.«

Sein Vater lächelte gequält. »Sehr eindrucksvoll«, murmelte er. »Hoffen wir nur, daß du recht hast.«

Donovan kam zurück und musterte Indy so intensiv, als suche er ein Kunstwerk nach winzigen Fehlern ab. »Wirklich schade, Dr. Jones«, sagte er dann, »daß Sie nicht mehr lange genug leben werden, um es zu erfahren.«

Die Art, wie er ihn ansah, gab Indy das Gefühl, Donovan wisse mehr, als er sagte. Mochte wohl sein. Plötzlich kam ihm der Gedanke, ob Donovan nicht vielleicht auch etwas mit dem Kreuz des Coronado zu tun habe. Der Mann mit dem Panamahut hatte ihm doch gesagt, sein Käufer wolle ihn, Indy, tot sehen. Vielleicht war der Grund dafür nicht allein das Kreuz gewesen, sondern auch der Wunsch, ihn von der Suche nach seinem Vater abzuhalten? Vielleicht hatte sich das erst geändert, als alles schiefgegangen und obendrein auch noch das Tagebuch verschwunden war?

Doch im Moment war dies alles nur Spekulation. Er zweifelte auch nicht daran, daß Donovan, fragte er ihn danach, so tun würde, als wisse er von nichts. Der Mann war viel zu arrogant, um jemals einzugestehen, daß irgendwer ihn durchschauen könnte.

»Worüber denken Sie so intensiv nach, Dr. Jones?«

Indy starrte ihn an, schwieg aber.

Donovan winkte die Wachen herbei. »Schafft sie fort.«

Vater und Sohn wurden Rücken an Rücken auf Stühlen aneinandergefesselt und von zwei bulligen Posten bewacht. Man hatte sie in einen anderen Raum des Schlosses verfrachtet, in welchem schwere, bodenlange Vorhänge zugezogen waren und selbst den Blick hinaus in die Regennacht verwehrten. Auch hier befand sich ein gewaltiger Kamin, in dem freilich kein Feuer brannte. Der ganze Raum war dunkel und kalt.

Nach einigen Stunden erschienen Elsa und Donovan wieder bei ihnen. Donovan fragte die Posten auf deutsch, ob die beiden Gefangenen irgendwelche Schwierigkeiten gemacht hätten.

»Müssen wir hier so gefesselt sein?« beschwerte sich Henry, nachdem der Posten versichert hatte, es habe keine besonderen Vorkommnisse gegeben. »Wir sind Gentlemen und keine Kriminellen.«

Donovan lachte. »Ich habe gesehen, was Ihr Sohn da oben angerichtet hat. Und die Posten hier übrigens auch. Ich würde das nicht gerade das Benehmen von Gentlemen nennen. Sie etwa, Henry?«

»Sie sind ja wohl kaum zu solchen Kommentaren legitimiert, Walter. In Anbetracht Ihrer Komplizen.«

Donovan verschränkte die Arme. »Es dauert nicht mehr lange, bis Sie beide nicht mehr gefesselt sein müssen. Dann wird überhaupt alles vorbei sein.«

Das klang nicht besonders verheißungsvoll. Und Donovans triumphierendes, höhnisches und irgendwie auch schon irres Lächeln klang erst recht nicht besonders angenehm.

Donovan, kam es Indy in den Sinn, paßte durchaus zu den Nazis. Es fiel ihm nicht schwer, ihn sich im angeregten Gespräch mit Hitler über Reliquien und Altertümer und deren Wert und Gebrauch vorzustellen.

Er wandte seine Aufmerksamkeit Elsa zu. Sie stand im Hintergrund im Schatten. Es war gerade hell genug, um zu erkennen, daß sie ihn unverwandt anblickte. Sie schien betrübt, zurückhaltend und introvertiert zu sein. Aber vermutlich war auch dies nur

Wunschdenken. Und wieso sollte ausgerechnet er sich darum kümmern, was sie dachte? Sie hatte ihn schließlich hereingelegt. Benützt. Betrogen und verraten. Und sogar mit seinem eigenen Vater geschlafen.

Vielleicht mag sie sich wegen all dem selbst nicht mehr?

Eine Tür ging auf. Er hörte die Stimme des Standartenführers Vogel. »Dr. Schneider! Nachricht aus Berlin. Sie haben unverzüglich zurückzukehren. Morgen ist eine Sitzung im Institut für Arische Kultur.«

»Und wieso – ?«

»Man wünscht Ihre Anwesenheit auf dem Veranstalterpodium.« Er räusperte sich. »Von höchster Stelle.«

»Vielen Dank, Standartenführer.«

Ihre Augen wanderten wieder zu Indy und danach zu Donovan. »Wir treffen uns dann in Iskenderun, sobald ich wieder weg kann.«

Donovan gab ihr das Gralstagebuch. »Nehmen Sie das an sich. Ohne die Karte nützt es uns überhaupt nichts, aber Sie können ihnen damit zeigen, daß wir Fortschritte machen. Übergeben Sie es dem Reichsmuseum. Es gibt ein ganz hübsches Erinnerungsstück ab.«

Vogel trat zwischen Donovan und die Gefangenen. »Überlassen Sie sie mir. Dann haben wir keine Zwischenfälle mehr zu befürchten. Wie den da oben.«

»Nein«, lehnte Elsa ab. »Wenn wir Brody und die Karte nicht erwischen sollten, brauchen wir die beiden lebendig.«

Donovan zögerte. Er war sich nicht sicher. Er betrachtete Indy und seinen Vater wie ganz interessante und vielleicht sogar wertvolle Kunstgegenstände. Dann sagte auch er: »Tun Sie am besten, was das Fräulein Doktor sagt. Warten wir noch. Wir kriegen sie schon.«

Standartenführer Vogel zeigte deutlich Unzufriedenheit, verkniff sich allerdings einen Kommentar, obwohl seine Blicke auf

Indy und dann Donovan Bände sprachen. Ohne Zweifel hielt er es für das Beste, wenn die beiden Gefangenen auf der Stelle exekutiert würden. Er war vermutlich auch mehr an der sofortigen Vergeltung für den Tod seiner Leute interessiert als an der Auffindung des Grals.

»Kommen Sie«, sagte Donovan und ging zum Kamin, in den er hineintrat und eine Geheimtür darin öffnete. Vogel und die Wachen folgten ihm. Er ließ sie vorangehen und blickte zurück zu Elsa.

»Kommen Sie?«

»Ich habe vor meiner Abreise noch einige Dinge zu erledigen. Ich bin in ein paar Minuten bereit.«

Donovan nickte und verabschiedete sich von Indy und Henry mit einem freundlichen Lächeln, als gingen sie ganz normal wie Freunde oder Geschäftspartner auseinander. Er muß wirklich verrückt sein, dachte Indy, als er ihn durch den Kamin verschwinden sah.

Elsa wartete, bis sich die Geheimtür geschlossen hatte. Dann wandte sie sich zu Indy, und ihr Gesichtsausdruck war dem in ihren intimsten Stunden in Venedig sehr ähnlich. Was zum Teufel bedeutete das?

Er sah weg.

»Indy«, sagte sie, »der Grund, warum ich den Standartenführer davon abhielt, euch sofort zu exekutieren, war nicht wirklich der, den ich nannte.«

Er hob den Blick und schnitt ein Gesicht. »Ach wirklich? Ich höre doch immer, daß es auch gute Nazis gibt. Bist du am Ende eine davon?«

»Sieh mich nicht so an. Wir wollten beide den Gral. Ich hätte alles dafür getan. Genau wie du.«

»Sehr bedauerlich, Fräulein Doktor.« Seine Stimme war tot wie abgestandener Sprudel.

Sie strich ihm mit der Hand über das Gesicht, doch er drehte den

Kopf weg. Elsa beugte sich noch näher zu ihm. Sie sprach ganz ruhig. Er spürte ihren Atem nahe an seinem Ohr und über sein Gesicht streichen. Sie roch schwach nach Seife und Parfüm. Es erinnerte ihn an Augenblicke, an die er sich jetzt lieber nicht erinnern mochte.

»Ich weiß, daß du aufgebracht bist, und es tut mir leid. Aber du sollst wissen, daß ich nie vergessen werde, wie wundervoll es mit dir war.«

Henry, der Elsa nicht sehen, aber alles mithören konnte, antwortete, als spräche sie mit ihm. »Ja, es war wundervoll, danke.«

Elsa beachtete ihn nicht. »Indy, du mußt meine Situation verstehen.«

Indy wollte ihr eigentlich nur ins Gesicht spucken. Doch statt dessen nickte er; in der Hoffnung, daß sie vielleicht seine Fesseln lösen und ihm eine Chance zur Flucht geben werde.

Sie beugte sich zu ihm und küßte ihn leidenschaftlich, während sie ihm mit der Hand den Kopf streichelte.

»Dr. Schneider!«

Elsa richtete sich abrupt auf und blickte über die Schulter zum Kamin. Standartenführer Vogel war noch einmal zurückgekommen.

»Ja, Standartenführer?« Sie blickte ihn zwar an, blieb jedoch mit dem Rücken zu ihm stehen.

»Ihr Auto wartet.«

»Vielen Dank.«

Sie lächelte Indy zu und strich sich eine Haarsträhne aus dem Gesicht. »So sagen wir in Österreich Lebewohl.«

Sie ging zu Vogel. »Ich bin soweit.«

Und sie verschwand durch die Geheimtür im Kamin.

Doch diesmal blieb der Standartenführer zurück. Er kam zu Indy marschiert, jeder Zoll ein strammer Soldat, im militärischen Schritt. Er blieb vor ihm stehen und kräuselte die Lippen.

»Und so sage ich Ihnen Lebewohl, Dr. Jones.«

Und er holte aus und schlug ihm hart ins Gesicht. Indys Nase begann zu bluten. Vogel verschwand ebenfalls im Kamin.

»Die österreichische Art gefällt mir besser«, murmelte Indy.

»Quassele nicht!« tadelte Henry. »Ich muß nachdenken.«

»Toll!« sagte Indy. »Aber während du denkst, kannst du nebenbei vielleicht ein bißchen Handarbeit machen. Wir müssen diese Knoten aufkriegen. Wir müssen zu Marcus, ehe die Nazis ihn sich schnappen.«

»Ich dachte, du sagtest, er habe zwei Tage Vorsprung und könne so perfekt untertauchen?«

»Soll das ein Witz sein? Natürlich habe ich das nur erfunden. Du kennst doch Marcus. Der hat sich schon mal in seinem eigenen Museum verirrt.«

Sein Vater unterdrückte einen Fluch. »Na, ist das nicht wunderbar. Nicht genug, daß dieser Vogel uns nur zu gerne abknallen würde, sie bringen uns auch noch Marcus um und schnappen sich den Gral selbst.«

»Darüber kann man in der Tat ein Weilchen ins Sinnieren kommen«, sagte Indy, während er an seinen Fesseln zerrte.

Henry begann nun von seiner Seite ebenfalls zu ziehen. Doch je heftiger sie zerrten, desto enger zogen sie ihre Fesselstricke, die ihnen nun noch mehr in die Handgelenke schnitten.

Schließlich gaben sie auf und entspannten die Arme. Das war besser. Tat weniger weh. Aber hier zu sitzen wie die Ölgötzen brachte auch nichts.

Denke nach. Überlebe.

Vermutlich standen Posten vor der Tür und auch hinter der Geheimtür im Kamin. Und wenn schon. Erst mal mußten sie die Fesseln von den Händen bekommen. Warum fiel ihm dazu einfach nichts ein?

Es war ganz still im Raum, und eine Ewigkeit schien zu vergehen. War sein Vater etwa eingeschlafen? Doch dann bewegte sich Henry auf seinem Stuhl hinter ihm und stieß ihn mit dem Kopf an.

»Sag mal, Junior, was ist eigentlich aus dem Kreuz geworden, hinter dem du dauernd her warst?«

Das Kreuz von Coronado war seit eh und je ein Streitpunkt zwischen Vater und Sohn gewesen. Schon als Indy noch ein Junge gewesen war. Henry hatte Indys Geschichte, wie er den Dieben das Kreuz abjagte, das er tatsächlich nach Hause brachte und dann wieder hergeben mußte, nie geglaubt. Indy aber hatte ihm damals geschworen, sich das Kreuz wiederzuholen, und wenn er sein ganzes Leben dazu brauche. Die ganzen Jahre über hatte Henry das Thema niemals ernst behandelt. Und er brauchte Indy, wenn er ihn tüchtig ärgern wollte, nur danach zu fragen, wo denn das Kreuz sei.

Üblicherweise unterdrückte Indy seinen Zorn und konterte allenfalls mit der Bemerkung, so sehr viel komischer als Henrys Jagd nach dem Gral sei seine nach dem Kreuz auch nicht.

Diesmal aber hatte er eine klare Antwort parat. »Ich habe es Marcus für sein Museum gegeben, bevor wir aus New York abreisten. Ich hatte es mir endlich zurückgeholt.« Er sprach ganz gelassen. »Wie ich es schon immer sagte.«

Henry war sprachlos. Als er schließlich wieder etwas sagte, klang es versöhnlich. »Marcus war sehr an deiner Suche nach diesem Kreuz interessiert. Ich kann mir gut vorstellen, wie aufgeregt er gewesen sein muß. Doch jetzt... wenn Donovan ihn kriegt, hat er nicht einmal mehr Gelegenheit, sich daran zu freuen, daß es bei ihm ausgestellt ist.«

»Wenn er sonst keine Sorgen hat...«

Und wenn ich sonst keine Sorgen habe. Er überlegte, ob er seinem Vater seine Überlegungen hinsichtlich Donovans Verbindung mit dem Kreuz mitteilen sollte. Doch das konnte wirklich warten. Im Augenblick war erst einmal wichtig, aus ihrer mißlichen Lage hier herauszukommen.

Donovan und Sturmführer Vogel standen auf einem Laufgang in einem unterirdischen Lagerraum im Berg unter dem Schloß. Sie blickten dem Wagen nach, der Elsa fortbrachte. Ein zweiter fuhr bei ihnen vor. Donovan war schon am Einsteigen, als er sich noch einmal zu Vogel umwandte.

»Wir finden Brody schon. Kein Problem. Sie können die beiden da oben ruhig beseitigen. Jetzt sofort.«

Brennende Wünsche

Indys Kopf fuhr hoch. Plötzlich war ihm eingefallen, wie er die Fesselschnüre abbekommen konnte.

Verdammt. Und die ganze Zeit hat man es vor der Nase und erkennt es nicht.

Wieso war er so hirnvernagelt? Wären seine Hände nicht immer noch gefesselt gewesen, er hätte sich selbst an den Kopf geschlagen.

»Dad, kannst du mal in meine Tasche greifen?«

Henry wurde lebendig. »Wozu das denn?«

»Tu's einfach.«

»Schon gut, schon gut.«

Indy bot alle Kraft auf, um sich so weit zur Seite zu drehen, daß seine rechte Seite der Hand seines Vaters so nahe wie nur möglich kam.

Es dauerte einige Minuten, bis Henry seine Tasche überhaupt erreichte. Hineingreifen konnte er auch jetzt noch nicht. Sie mußten sich beide noch eine Weile winden, bis es ihm gelang, mit den Fingern hineinzukommen.

»Wonach suche ich überhaupt?«

»Nach meinem unverschämten Glück.«

»Fühlt sich wie ein Feuerzeug an.«

Indy antwortete nicht und wartete, bis bei seinem Vater der Groschen von alleine fiel.

»Lieber Himmel, natürlich! Junior, du bist nicht schlecht!«

Indys Ungeduld war kaum mehr zu zähmen. »Nun mach es endlich an!«

Henry mühte sich, bekam den Deckel noch nicht auf, und versuchte es noch einmal.

Indy wartete und wagte kaum zu atmen. »Tu mir einen Gefallen, Dad, und laß es nicht runterfallen.«

»Verlaß dich drauf, Junior. Wo hast du übrigens ein Feuerzeug her? Du rauchst doch gar nicht!«

»Es gehört Elsa. Ich vergaß, es ihr zurückzugeben, als wir aus den Katakomben wieder heraus waren.«

Beim nächsten Versuch sprang der Deckel auf. Henry drehte mit dem Daumen das Rädchen. Indy fühlte Funken, aber angehen wollte das Feuerzeug nicht. »Verdammtes Dings«, schimpfte Henry. »Braucht wahrscheinlich Benzin.«

Na großartig.

»Na los, versuch's noch mal, Dad, verdammt!«

Henry versuchte es noch einige Male. Dann brannte es plötzlich. »Brennt«, sagte er.

Indy fühlte gleich darauf die Flammenhitze an seiner Hand. »Die Schnur, Dad, nicht meine Hand!«

Henry hielt die Feuerzeugflamme minutenlang an die Schnur. Einmal verlöschte sie, und es dauerte erneut, bis er sie wieder an hatte.

Indy begann wegen der verqueren Haltung, zu der er gezwungen war, der Rücken zu schmerzen. Er biß auf die Zähne und versuchte seine Hände ruhig zu halten.

Die versengende Schnur stank. Es kitzelte in der Nase. Als sie zu schmoren und nachzugeben begann, fluchte Henry plötzlich.

»Was ist?«

»Runtergefallen.«

Indy verrenkte den Kopf, so gut es ging, aber er konnte das Feuerzeug nicht entdecken. Die einzige Möglichkeit, es wiederzubekommen, war, wenn sie sich beide mit ihren Stühlen zu Boden fallen ließen und dann seitwärts suchend herumrobbten. Er erklärte es Henry. »Also, können wir es jetzt probieren?«

Henry antwortete nicht.

»Dad?«

»Junior, ich muß dir was sagen.«

Indy mißverstand den entschuldigenden Tonfall seines Vaters. »Werden wir jetzt nicht sentimental, Dad. Später, wenn wir hier raus sind. Ja?«

Dann schnüffelte er. »He, was zum Teufel brennt da?«

»Genau das wollte ich dir sagen. Der Fußboden.«

»*Was?*« Er beugte den Kopf nach hinten und sah die züngelnden Flammen. »Na, dann aber Tempo. Los, wir schaukeln uns mit den Stühlen rüber!«

Sie rutschten durch Hin- und Herbewegungen über den Fußboden an das andere Ende des Raumes, runter vom brennenden Teppich. Die Stühle kratzten auf dem Boden und fielen beinahe um.

»Zum Kamin hin!«

Sie arbeiteten sich zum Kamin, dem einzig sicheren Platz im ganzen Raum. Hinter ihnen schien sich das Feuer an sich selbst weiterzuentzünden. Es breitete sich sehr rasch aus und fraß sich den ganzen Teppich entlang.

Indy rubbelte die ganze Zeit die Hände am Stuhl auf und ab, um die Fesselschnur ganz durchzuscheuern. Als sie sich in den Kamin ruckelten, fuhr Indys Bein unabsichtlich hoch und gegen den Riegel der Geheimtür, die sofort aufging. Der ganze Kaminboden drehte sich wie ein Teufelsrad. Im nächsten Moment befanden sie sich auf der anderen Seite der Wand in einem Nachrichtenraum, in dem vier Funker mit Kopfhörern an einer großen Schalttafel mit Drehhebeln und Instrumenten saßen. Sie wandten ihnen den Rükken zu und merkten gar nicht, daß sie Besuch hatten.

»Auch nicht viel besser hier«, flüsterte Henry. Doch seine Stimme war trotzdem zu laut.

Einer der Funker blickte sich um und starrte verblüfft auf die Szene, die sich ihm plötzlich bot: zwei Rücken an Rücken auf Stühle gefesselte Männer.

Henry stöhnte auf. »So, und was nun, Junior? Noch irgendwelche großartigen Einfälle?«

Indy blickte sich in Panik nach dem Riegel um, der sie noch einmal auf die andere Seite drehen könnte. Der Funker war aber bereits aufgesprungen und alarmierte seine Kollegen. Indy erblickte den Riegelhebel direkt vor sich und trat mit dem Bein danach. Zu hoch. Es ging nicht. Blieb nur noch eine Möglichkeit.

»Stoß dich mit den Füßen ab!« schrie er und ruckte sich gleichzeitig selbst so heftig nach vorne, wie es ging. Er stieß mit dem Kopf an den Hebel, und sofort drehte sich der Boden wieder mit ihnen. Keinen Lidschlag zu früh. Der Funker hatte bereits seine Pistole gezogen und schoß mehrere Male.

Indy und Henry waren wieder mitten im Feuer. Inzwischen brannte nicht nur der Teppich. Auch die Vorhänge und Möbel standen bereits in hellen Flammen. Dicker schwarzer Rauch beizte ihnen die Augen. Feuer fiel selbst von der Decke. Indy hustete, er bekam kaum noch Luft.

»Auf der anderen Seite wäre es immer noch besser«, versuchte Henry das Donnern des Brandes zu überschreien.

Indy hatte keine Zeit, sich groß auf Gespräche einzulassen. Er hatte inzwischen weiter an seinen schon angesengten Fesselschnüren gezerrt, und tatsächlich rissen sie nun mit einem Ruck. Er ließ sich von seinem Stuhl fallen und begann, hastig seinem Vater die Fesselschnüre zu lösen.

Er blickte sich um. Er entdeckte eine Nische im Kamin und drückte mit der Hand dagegen. Tatsächlich rotierten sie daraufhin erneut mit dem Kaminboden. »Rasch, hier rauf!« keuchte Indy, stellte sich auf seinen Stuhl, faßte in die Nische und zog sich durch deren Öffnung in der Mitte nach oben. Er drückte sich gegen die Wände, griff nach unten und zog seinen Vater am Arm mit hoch. Er brachte ihn im gleichen Moment durch das Loch, als die vier Funker unten auf der Drehscheibe in den brennenden Raum hereinkamen.

Sie hatten ihre Pistolen gezogen und im Anschlag. Sie sahen die leeren Stühle und berieten sich einen Augenblick. Dann kehrten zwei von ihnen in den Nachrichtenraum zurück. Die anderen beiden bewegten sich mit abschirmender Hand über den Augen suchend auf die Flammen zu.

Indy war klar, daß sie sich nicht lange oben im Kamin halten konnten. Schon unter normalen Umständen wäre es in der unbequemen Stellung, in der sie waren, schwierig gewesen. Nun aber kam auch noch die in den Kamin ziehende Hitze des Feuers dazu. Nach einer kurzen Weile kamen die beiden anderen Funker aus dem Nachrichtenraum zurück. Sobald sie den Kamin verlassen hatten, ließ sich Henry hinabfallen und Indy zog sofort wieder den Hebel für den Drehmechanismus. Während sie sich hinausdrehten, sah Indy kurz die Tür des brennenden Raumes, in dem ein verblüffter Standartenführer Vogel stand. Die Zugluft der offenen Tür ließ die Flammen auf ihn zuschießen. Er sprang zurück und entkam der Walze von Feuer und Rauch nur knapp.

»Sie werden gleich wieder da sein«, warnte Henry, sobald sie im Nachrichtenraum waren.

»Ich weiß ja, ich weiß.«

Er schmetterte einen Holzstuhl auf den Boden und brach ihm ein Bein ab. Die Wand begann sich gerade wieder zu drehen, als er das Holzbein in das Drehgetriebe steckte und es so blockierte. Die Drehtür war erst einen Spalt geöffnet. Die Funker waren in dem brennenden Raum drüben eingeschlossen.

Henry starrte auf die Tür und hörte die Schreie der Männer. Indy sah ihm an, wie verstört er über das war, was er soeben getan hatte. Aber schließlich war die Alternative ganz einfach. Entweder das, oder sterben. So sah die Realität aus. Töten oder getötet werden.

Er drehte sich um und suchte nach einem Fluchtweg. Es mußte noch einen anderen Ausweg geben, noch eine Geheimtür vielleicht. Oder ein Fenster. Irgend etwas. Er tastete und klopfte die Wände ab, ob es irgendwo hohl klang.

»So finden wir nichts raus«, sagte Henry. »Setzen wir uns hin und überlegen.«

»*Hinsetzen*?« Indy bekam ganz große Augen. »Bist du verrückt?«

»Keine Panik jetzt. Ich weiß das aus Erfahrung. Wenn ich mich ruhig hinsetze, findet sich rasch der erlösende Gedanke.«

Und Henry ließ sich auf ein dickgepolstertes Sofa fallen, das an einer Wand stand – so heftig, daß es ein Stück rutschte. Und dadurch öffnete sich ein Schlitz im Boden.

Indy sprang rasch mit auf das Sofa. Er hatte sofort begriffen, daß sein Vater, wie unabsichtlich auch immer, den richtigen Ausgang gefunden hatte. »Jetzt weiß ich, was du meinst!« rief er ihm zu, während sie auf einer wohl hundert Meter langen Rutschbahn abwärts sausten, bis sie unten an einem Dock ankamen. Sie befanden sich in einem riesigen Kanaltunnel im Berg mit einem Laufgang daneben. Der Tunnel war offensichtlich zu einem Depot zweckentfremdet worden.

Sie hasteten zu einem Stapel großer Versandkisten. »Wir müssen in dem Berg unter dem Schloß sein«, flüsterte Henry.

Indy musterte verblüfft die ganze Ansammlung von Kanonenbooten, Rennbooten und Frachtkähnen, die sich hier befand.

»Na, großartig. Schon wieder Boote.«

Sie warteten, bis eine eben die Runde machende Patrouille vorüber war, und hasteten dann über das Dock auf eines der Boote zu. Indy ließ eben den Motor an, als Standartenführer Vogel am Dock erschien, stehenblieb und die Boote absuchte. Als er einen Motor aufröhren hörte, rannte er mit einigen Männern von der Wache zum nächsten Rennboot, sprang hinein und begann sofort die Verfolgung von Dr. Jones, Vater und Sohn.

Indy und Henry hatten das Boot jedoch bereits wieder verlassen und sich ein Motorrad mit Beiwagen geschnappt, in den sich Henry zwängte, während Indy fuhr.

Sie rasten das Dock antlang. Henry brüllte ihm zu: »War das vielleicht auch wieder mal ein ganz stinknormaler Tag für dich?«

»Mehr los als sonst war schon!« schrie Indy zurück. Er drehte das Gas auf und raste auf einen Lichtkreis zu, den er für den Tunnelausgang hielt. Wenn nicht, dann wußte er auch nicht, was als nächstes passierte.

Fahrstraße und Wasserkanal liefen zum Tunnelausgang hin eng zusammen. Vogels Rennboot eröffnete MG-Feuer auf sie.

»Runter!« schrie er seinem Vater zu, der das wilde Kommando sofort und kommentarlos befolgte.

Indy duckte sich selbst tief in das Motorrad hinein. Im nächsten Augenblick schossen sie hinaus ins helle Tageslicht. Die Fahrstraße machte einen scharfen Knick weg vom Wasserkanal und damit von der unmittelbaren Gefahr.

Er warf einen schnellen Blick auf seinen Vater, der aus dem Beiwagen hervorspitzte und sich vergewisserte, daß die Luft vorerst wieder rein war. »Und dabei geht gerade erst ein neuer Tag los.«

***

Sie kamen auf eine Kreuzung zu. Er bremste kurz und orientierte sich. Rechts ging es nach Budapest, links zeigte ein Schild nach Berlin. Er schickte sich an, nach rechts einzubiegen.

»Nein, nicht!« schrie Henry. »Halt!«

»Was stimmt denn nicht?« Er fuhr langsamer und sah zu seinem Vater hinüber.

Henry gab ihm aber nur weiter hektische Zeichen, stehenzubleiben. Also fuhr er von der Straße herunter und in ein Gebüsch, wo sie nicht gesehen werden konnten.

Er stieg ab und streckte sich, während Henry aus dem Beiwagen kletterte. »Also, was ist, was winkst du mir dauernd?«

»Die andere Richtung. Wir müssen nach Berlin.«

»Dad, Marcus Brody ist in dieser Richtung!«

»Und mein Notizbuch in dieser!« antwortete Henry und deutete mit dem Daumen nach links.

»Wir brauchen doch dein Notizbuch gar nicht.«

»Und ob wir es brauchen! Du hast nicht genug Seiten herausgerissen, Junior!« Er blickte ihn scharf an.

»Also schön, worum geht es?«

»Wer den Gral findet, muß auch noch das letzte Hindernis überwinden – Vorrichtungen von tödlicher Raffinesse.«

»Du meinst, eine Falle?«

»Vor acht Jahren fand ich die Hinweise, wie wir an diesen Fallen vorbeigekommen wären. Ich fand sie in den Aufzeichnungen des Hl. Anselm.«

»Hast du sie denn nicht auch im Kopf?«

»Ich schrieb alles genauestens in das Notizbuch, damit ich es eben nicht im Kopf behalten mußte.«

Draußen auf der Straße donnerten zwei Motorräder der Wachmannschaft vom Schloß in Richtung Osten vorbei.

»Die halbe SS und womöglich die Gestapo und was weiß ich noch alles sind hinter uns her, und du willst, daß wir ihnen direkt in den offenen Rachen fahren?«

»Richtig. Für mich zählt allein der Heilige Gral.«

»Und was wird aus Marcus?«

»Marcus, da bin ich ganz sicher, würde mir rückhaltlos beipflichten.«

Indy verdrehte die Augen. Diese Litanei hatte er schon so oft gehört, daß er sie im Schlaf aufsagen konnte. »Ach, ihr Gelehrten!«

Henrys Hand klatschte ihm ins Gesicht. Nicht sehr fest, aber doch sehr überraschend. Er hatte das mehr im Spaß gesagt, doch sein Vater nahm es offensichtlich ernst und fühlte sich beleidigt.

Er hielt sich stirnrunzelnd die Backe.

»Das ist für deine Blasphemie!« fauchte ihn Henry an. »Hast du denn alles vergessen, was du über Parzival gelesen hast? Hast du gar nichts aus Wolfram von Eschenbach oder Richard Wagner gelernt? In den Händen des Gralsritters Parzival ist der Gral ein geheiligter Kelch mit heilender Kraft. In den Händen des bösen Klingsor ist er jedoch ein Werkzeug für schwarze Magie!« Er schüttelte mißbilligend den Kopf. »Die Suche nach dem Gral ist keine Archäologie. Es ist ein Wettlauf gegen das Böse! Wenn der Gral in die Hände der Nazis fällt und ihrem Kult einverleibt wird, werden die Armeen der Finsternis über das Angesicht der Erde marschieren!« Seine Augen funkelten. »Hast du mich verstanden?«

In der versponnenen Gedankenwelt seines Vaters hatten sich Mythos und Realität schon lange untrennbar ineinander verwoben. Für ihn war auch der Mythos Wirklichkeit.

»Ich habe dein Obsessionen, was dieses Thema betrifft, niemals verstanden. Und Mutter übrigens auch nicht.«

Und er funkelte Henry seinerseits an. Die Erwähnung seiner Mutter war eine gewagte Herausforderung. Und tatsächlich hörte er seinen Vater nun zum ersten Mal seit über dreißig Jahren von ihr sprechen.

»O doch, sehr gut sogar. Zu gut. Eben deswegen wollte sie nicht, daß ich mir ihretwegen Sorgen machte, und verschwieg mir also ihr Leiden. Solange, bis ich sie nur noch betrauern konnte.«

Ihre Blicke trafen sich. Und in diesem Moment wußte Indy: Jetzt waren sie einander ebenbürtig. Endlich hatte er seinem Vater ein Wort über den Tod seiner Mutter entlocken können. Endlich hatte sein Vater über seine Gefühle für sie gesprochen und sogar Fehler eingestanden. Die Erwähnung allein heilte die alte Wunde zwischen ihnen.

Er legte Henry die Hand auf die Schulter. »In Ordnung, Papa. Fahren wir also nach Berlin.«

Feuer in Berlin

Flaggen, Fahnen und Fähnchen mit Hakenkreuzen wurden wild geschwenkt, immer wieder und im gleichen Takt mit der fanatischen Bewegung der Menge. Den Mittelpunkt der Massenkundgebung bildete ein gewaltiger Scheiterhaufen aus einem drei Meter hohen Bücherberg. Rundherum standen Studenten und SA-Braunhemden, die immer neue Bücher in das Feuer warfen. Viele davon waren Klassiker, die die Nazis und ihre Sympathisanten als verwerflich und unpatriotisch verdammt hatten und die nun »dem Feuer übergeben« wurden.

Indy ging auf den Platz zu. Er knöpfte sich die Jacke seiner Nazi-Uniform zu, die ihm gleich mehrere Nummern zu groß war.

Nach ihrer Ankunft in Berlin waren sie mit ihrem Motorrad eine ganze Weile herumgefahren, bis sie einen einzelnen uniformierten Nazi gefunden hatten, der nicht bei seiner Einheit war. Henry hatte getan, als sei ihm schlecht geworden, und hatte sich direkt vor dem Mann auf die Straße fallen lassen. Der war stehengeblieben, um nachzusehen, was los war. Sofort war Indy herbeigeeilt und hatte ihn um Hilfe gebeten, seinen Vater an einen ruhigen Ort wegzutragen. Sie brachten ihn in einen Hauseingang, und dort hatte Indy den Mann ohne mit der Wimper zu zucken k. o. geschlagen und ihm die Uniform ausgezogen.

Henry an seiner Seite trug noch seine normalen Kleider. Sie näherten sich entschlossen der aufgeheizten Kundgebung. »Mein Junge«, flüsterte Henry, »wir sind Pilger in einem unheiligen Land.«

»Ja, nur leider ist das kein Kino, sondern Wirklichkeit«, sagte Indy und nickte zu einem Kameramann hin, der die ganze Szene filmte. Plötzlich blieb er abrupt stehen und starrte zu der erhöhten Tribüne hinauf.

»Was ist?« fragte Henry.

Indy deutete mit dem Kopf. Das überdachte Podium war mit hohen Würdenträgern des Dritten Reichs dicht besetzt. Sie thronten über ihren Untertanen wie eine Königsfamilie. Zwei bekannte Gesichter waren darunter: Adolf Hitler und, direkt an seiner Seite, Dr. Elsa Schneider.

»O Gott«, stöhnte Henry und schüttelte ungläubig den Kopf. »Zur Rechten des Satans persönlich. Glaubst du es jetzt endlich, daß sie zu den Nazis gehört?«

Indy sagte nichts. Er bahnte sich weiter seinen Weg durch die Menge. Henry blieb wie ein Schatten hinter ihm. Sie näherten sich der Tribüne, so weit er es nur wagen konnte.

Neben dem Kameramann, der versuchte, auch Hitler, Elsa und andere der ganz hohen Bonzen zu filmen, stand eine Frau. Indy begriff, daß sie wohl die Regisseurin war, weil sie unaufhörlich rief und winkte, um die Aufmerksamkeit der hohen Herrschaften auf der Tribüne zu erregen. Sie hatte es nicht leicht; es war ein ziemlich erregtes Durcheinander und ein allgemeines Hin und Her.

»Einen Schritt vorwärts, bitte, mein Führer!« rief sie Hitler zu.

Hitler trat einen Schritt zurück.

»Sehr schön. Wunderbar! Sehr schön. Alle anderen ebenfalls einen Schritt zurück!« Statt dessen traten alle einen Schritt vor, und Hitler war kaum noch zu sehen.

Die Regisseurin warf die Hände in die Luft und schüttelte den Kopf. »Bitte! Bitte! Sie verdecken doch den Führer!«

Indy verkniff sich ein Lachen. »Sieht so aus, als verstünde ich besser deutsch als die ganze Reichsführung«, sagte er zu seinem Vater, der ihn gezwungen hatte, mehrere fremde Sprachen zu lernen, noch ehe er achtzehn gewesen war. Damals hatte er ihm dies sehr übel genommen. Aber längst war er sehr froh darüber. »Dank dir«, sagte er mit einem sanften Ellenbogenstoß in Henrys Rippen.

Henry war wenig erfreut. »*Jetzt* dankt er mir. *Jetzt* hört er auf mich!«

Indy lachte.

Die Kundgebung war zu Ende, und Indy drängte sich durch einen Trupp Fackeln tragender Nazis. Diese Eiferer machten ihn zornig, aber nach außen hin blieb er gelassen und unbeteiligt. Er ging um die Tribüne herum und suchte sich einen Weg durch die Naziführer und ihre Dienstwagen.

Er nützte die sich zerstreuende Menge aus, in der er schließlich Elsa wahrnahm. Sie ging allein. Ihr dichtes Haar schimmerte golden in der Sonne.

Henry blieb in diskretem Abstand etwas zurück. Er war einverstanden gewesen, als Indy erklärt hatte, er wolle sich ihr allein nähern. In einer halben Stunde, hatten sie vereinbart, wollten sie sich an der Seite der Tribüne wiedertreffen.

Er beschleunigte seine Schritte, um sie einzuholen, wurde wieder langsamer, als er direkt hinter ihr war, und wartete, bis er niemanden mehr in unmittelbarer Nähe sah.

»Hallo, Fräulein Doktor.«

Sie fuhr herum und brachte den Mund nicht mehr zu. »Indy!«

Seine Stimme war ruhig, aber entschlossen, sein Blick hart und unversöhnlich. »Wo ist es?«

»Du bist mir gefolgt.«

Sie sagte das auf eine Weise, die ihn unsicher werden ließ, ob sie sich nicht noch immer zu ihm hingezogen fühlte.

Es schien, daß ihre Gefühle sie in die eine Richtung zogen, ihr Verstand aber in die andere – letztere war tödlich für ihn und seinen Vater.

Sie legte ihm ihre Hand auf das Gesicht, ihr Mund öffnete sich leicht, und ihre Augen glänzten sehnsüchtig. »Du hast mir wirklich sehr gefehlt, Indy.«

Er schob ihre Hand heftig von sich und begann sie am ganzen Körper abzutasten. Er suchte nach dem Notizbuch. »Wo ist es ? Ich will es wiederhaben!«

Seine harte Stimme und die Grobheit, mit der er sie abgesucht hatte, brachte sie in die Realität der Situation zurück. Einen Augenblick lang glaubte er, sie werde ihn um Verzeihung für alles bitten. Ihr Mund bebte, ihre Beherrschung schien sich aufzulösen. Dann aber veränderte sich etwas an ihr, es war deutlich sichtbar. Ganz tief in ihrem Inneren hatte sie sich offensichtlich selbst den Befehl gegeben, sich zusammenzunehmen. Als sie antwortete, war sie kühl und spröde.

»Alles ist immer noch an seinem Platz wie das letzte Mal, als du nachgesehen hast.«

Er ignorierte sie jedoch und setzte seine Leibesvisitation fort. Er fuhr mit den Händen ihre Beine entlang und hielt an, als er etwas fühlte.

Er blickte sich rasch um, griff dann mit schnellem Griff unter ihr Kleid und holte das Gralstagebuch hervor, das sie mit einem Gummi um ihr Bein gespannt hatte.

»Entschuldigung, mußte aber sein.«

Sie schüttelte nur den Kopf. Seine hektische Suche verwirrte sie doch etwas. »Ich verstehe es nicht, Indy. Nur wegen dieses Notizbuches bist du mir bis Berlin gefolgt? Warum?«

»Weil mein Vater es nicht gerne sähe, wenn es bei einer eurer hübschen Partys ebenfalls verbrannt würde.«

Sie musterte ihn intensiv. »Du scheinst tatsächlich zu glauben, daß ich zu diesem Braunhemdenverein gehöre?«

»Was soll ich denn sonst glauben?« antwortete er kalt.

»Ich glaube an den Gral, nicht an das Hakenkreuz.«

»Wie man sieht!« Er deutete mit dem Daumen über die Schulter zur Tribüne hinter ihnen. »Da oben bist du doch schließlich mitten unter all denen gestanden, die die Feinde all dessen sind, was der Gral bedeutet! Wen interessiert da noch, was du glaubst oder zu glauben vorgibst?«

»Dich«, sagte sie kurz.

Wie im Reflex fuhr seine Hand an ihre Kehle. »Ich brauche nur zuzudrücken.«

»Und ich brauche nur zu schreien.«

Es war eine Pattsituation, das war ihm klar. Liebe und Haß, Hin und Her – – ein Tauziehen. Er würde natürlich niemals wirklich zudrücken, und das wußte sie genau. Ebenso wie er genau wußte, daß sie niemals schreien würde. Allem, was geschehen war, völlig ungeachtet, war die Anziehungskraft und Faszination ihrer Gegenwart so stark wie eh und je.

Er ließ sie los und trat etwas zurück. Sie wechselten einen Blick, der ihnen beiden alles sagte. Es war der Blick von Liebenden, deren Leben durch Kräfte jenseits ihrer Einflußmöglichkeiten gleichzeitig zueinander führte und getrennt wurde. Und doch wußte er auch, daß es auch ihre eigenen Entscheidungen gewesen waren, die sie zusammengebracht hatten. Und auch wieder trennten.

»Indy!« rief sie.

Er wich noch einen Schritt zurück, drehte sich dann hastig um und rannte davon.

Sein Vater wartete bereits an der Tribüne.

»Los, nichts wie weg hier!«

»Hast du es?« fragte Henry auf dem Weg.

»Ja.«

»Wunderbar. Und wie hast du es der Nazihure abgenommen?«

Die Bemerkung ärgerte ihn. Irgend etwas rührte sich in ihm, das ihn zwang, sie zu verteidigen. Er wollte gerade zu einer harschen Entgegnung ansetzen, als er gewahr wurde, daß die Menge, durch die sie sich eben drängten, aus Hitler und seiner Begleitung bestand. An die fünfzig Jugendliche drängten sich mit Autogrammbüchern um Hitler herum.

Hitler blieb tatsächlich stehen und gab Autogramme. Dabei fiel sein Blick auf Indy, der aus der Menge der Kleinen herausragte. Ihre Augen trafen sich einen Augenblick. Es war nur ein kurzer Moment, aber Indy verspürte mit einem Schlag die Macht von Hitlers Charisma. Zum ersten Mal verstand er, warum dieser Mann eine so ergebene und blinde Gefolgschaft hatte. Er aber wußte es doch besser! Er wußte doch, was für ein Terrorregime Hitler ausübte, welche Verwüstungen und Schrecken er anrichtete und über was für ein fürchterliches Potential für ein weltweites Chaos er verfügte! Und eben dies machte seine Anziehungskraft um so beängstigender.

Hitler brach den Bann, als er ihm das Gralstagebuch aus der Hand nahm, um sein Autogramm hineinzuschreiben. Er schlug es auf, noch ehe Indy irgendwie reagieren konnte. Nur das Aufstöhnen seines Vaters hinter ihm war deutlich zu vernehmen. Aber Hitler schrieb ganz mechanisch nur seine Unterschrift und reichte das Büchlein zurück.

Indy kam aus seiner Erstarrung rasch wieder zu sich. Er schlug die Hacken zusammen und grüßte mit erhobenem Arm. Gleichzeitig machte er diese Ergebenheitsadresse wieder unwirksam, indem er den anderen Arm hinter seinem Rücken nach unten hielt und die Finger kreuzte.

Im nächsten Augenblick, Indy hatte kaum seine Grußhand wieder unten, war Hitler bereits in seinen herbeigerollten Wagen eskortiert worden und verschwand. Indys direkte Begegnung mit Hitler hatte inzwischen jedoch die Aufmerksamkeit anderer Nazis erregt. Einer von ihnen, ein SS-Offizier, der sein beträchtliches Übergewicht unter einem langem Mantel versteckte, kam hinter ihm her, um den Untergebenen zur Rede zu stellen.

»Was haben Sie hier zu suchen?« belferte er ihn an. »Dies hier ist abgesperrte Zone. Begeben Sie sich sofort zu Ihrer Einheit!«

Indy stand stramm und riß erneut die Hand hoch. »Heil Hitler!« Als er sah, daß sonst niemand mehr um sie herum war, holte er in der gleichen Bewegung aus, ballte die Hand zur Faust und verpaßte dem Dicken einen perfekten Haken unters Kinn.

Henry stöhnte wieder auf.

»So, jetzt geht es aber so, wie ich will«, erklärte Indy ihm.

»Was meinst du damit?«

»Nichts wie raus aus Deutschland!«

Er fuhr mit dem Beiwagen-Motorrad, das sie immer noch hatten, vor dem Gebäude des Flughafens Berlin vor. Er stieg ab und richtete sich den Mantel des übergewichtigen SS-Offiziers.

»Wenn du schon pausenlos anderen Leuten die Kleider abnimmst«, sagte Henry, »warum hältst du dich da nicht gleich an deine Größe?«

»Nächstes Mal denke ich daran.«

Sie stellten sich an einen Schalter in die Warteschlange, um Flugscheine zu kaufen. »Wenn wir Glück haben, sind wir in einer Stunde aus dem Land raus, und morgen haben wir Marcus schon gefunden«, sagte er zuversichtlich.

»Wenn«, sagte Henry leise und deutete mit dem Kopf auf den Platz neben dem Flugscheinschalter.

Dort wurde jeder, der Flugscheine kaufte, von Gestapobeamten befragt.

Indy nahm seinen Vater am Arm und führte ihn aus der Schlange weg. Sie waren noch keine zehn Schritte gegangen, als sie neue Probleme auf sich zukommen sahen. Standartenführer Vogel betrat die Abfertigungshalle.

»Sieh mal, wer da kommt.«

Sie klappten beide rasch den Kragen hoch und drückten sich die Hutkrempen tiefer ins Gesicht, um sich dann rasch in die entgegengesetzte Richtung zu entfernen. Sie sahen gerade noch, wie Vogel den Gestapobeamten ein Foto zeigte.

»Hoffentlich nicht gleich ein Familienporträt«, flüsterte Indy, während sie sich davonstahlen. Das Gebäude nebenan war eine weitere Flugabfertigungshalle, kleiner und neuer und mit Jugendstil-Blumenornamenten dekoriert.

Er ging zu einem der Schalter und stellte sich hinter einigen gutgekleideten Männern und Frauen an. Dann muß es wohl Erster Klasse sein, dachte er.

»Warum hier?« fragte Henry.

»Weil man hier nicht kontrolliert wird!«

Es ging nur langsam voran. Die Minuten verrannen. Indy blickte sich unablässig nervös um. Er haßte das. Warten zu müssen, bis etwas geschah. Er zog es vor, den Dingen direkt ins Gesicht zu blicken und sie sofort hinter sich zu bringen.

Er begann unruhig zu werden und zwang sich, eine Weile lang einfach nur auf seine Schuhspitzen zu starren. Schließlich hob er wieder langsam die Augen und sah sich vorsichtig um; wie ein gelangweilter Reisender, der sich überlegt, wo er sitzen würde, sobald er erst im Flugzeug saß. Um sich zu zwingen, sich nicht umzudrehen, las er eine Tafel an einer der Säulen.

Sie erinnerte an den Flug des Zeppelins »Hindenburg« vom 9. bis 11. August 1936 von Lakehurst, New Jersey, nach Friedrichshafen in zweiundvierzig Stunden, dreiundfünfzig Minuten – Weltrekord.

Er sah wieder auf seine Schuhe hinunter und klopfte ungeduldig auf den Boden. Dann hielt er es nicht mehr aus. Seine Augen wanderten neugierig und hastig durch die ganze Abfertigungshalle. Die stämmige Frau hinter ihm in der Schlange musterte ihn. Er sah wieder auf die Erinnerungstafel auf der Säule und las die letzte Zeile. »Bestätigt durch FAI/Federation Aeronautique Internationale.«

»Na, was ist denn?« mahnte ihn Henry. Er schreckte auf. Die Schlange vor ihm hatte sich weiterbewegt, und sein Vater wartete bereits am Schalterfenster auf ihn. Sie kauften ihre Flugscheine und erkundigten sich nach dem nächsten Flug. Auf dem Weg zurück in die Wartehalle fragte Indy seinen Vater, ob er überhaupt wisse, wohin sie flögen.

Henry verdrehte die Augen, als sei dies eine sehr seltsame Frage, erklärte dann jedoch zu seiner Verblüffung: »Also eigentlich nicht. Du?«

Es war im Grunde auch von geringer Bedeutung, wohin sie flogen, solange sie einfach aus Deutschland herauskamen. Er sah trotzdem auf dem Flugschein nach. »Athen. Das ist nicht gerade die Umgebung von Iskenderun, aber immerhin, die Richtung stimmt.«

»Athen, natürlich«, wiederholte Henry und gab nickend seine Zustimmung zu erkennen.

»Das sieht schon ganz gut aus.«

Indy blieb stehen, als er die Abbildung auf seinem Flugschein wahrnahm und daraus ersah, daß sie gar nicht mit dem Flugzeug nach Athen flogen. »He, Dad.«

Henry ging schon voraus und hörte nicht. Indy eilte ihm nach. Sie standen draußen auf dem Flugfeld und hatten ihr Verkehrsmittel nach Athen direkt vor sich.

»Ich werd' verrückt«, sagte Henry.

Ein Zeppelin, mehr als zehn Stockwerke hoch und zwei Fußballfelder lang, war am Flugfeld verankert. Sie hatten sich nicht nur keine Mühe gemacht, festzustellen, wohin sie eigentlich flogen. Alle beide hatten sie auch nicht bemerkt, daß sie für einen Zeppelin gebucht hatten. Sie waren recht verblüfft über den Stand der Dinge.

»Sieh dir das an«, sagte Indy und deutete auf einige Doppeldekker, die unter dem riesigen Zeppelin an großen Haken hingen. »Wie würde es dir da unten in denen gefallen?«

Henrys Antwort war sehr bestimmt. »Vielen Dank, nein.«

Sie fanden ein leeres Abteil und machten es sich bequem, während der Zeppelin das Ablegen vorbereitete. Indy ließ sich in seinen Sitz sinken und verschränkte die Arme.

»Geschafft, Dad.«

Henry holte ein Taschentuch heraus und wischte sich die Stirn ab. »Langsam! Erst mal müssen wir wirklich in der Luft sein und außerhalb von deutschem Hoheitsgebiet.«

Indy blickte zum Fenster hinaus. »Was soll noch passieren? In ein paar Stunden sind wir in Athen und fahren dann gleich los nach Iskenderun und zu Marcus. Entspanne dich und genieße die Landschaft.«

Er hatte kaum zu Ende gesprochen, als er eine ihm mittlerweile nur allzu bekannte Gestalt über das Flugfeld laufen sah. Es war Standartenführer Vogel, gefolgt von einem der Gestapobeamten, die sie zuvor im Hauptabfertigungsgebäude gesehen hatten.

Er fühlte sich mit einem Schlag bleischwer, als er sie an Bord kommen sah.

Schien doch kein so angenehmer Flug zu werden.

Luftakrobatik

»Warte hier«, sagte Indy zu seinem Vater.

Er war draußen, ehe Henry etwas sagen konnte. Seine Gedanken jagten sich. Er mußte etwas tun, nur was? Sein einziger Vorteil bestand darin, daß er wußte, daß Vogel an Bord gekommen war. Wie er dieses Wissen nützen konnte, war ihm zwar noch nicht klar, aber er hegte auch keinen Zweifel daran, daß ihm rechtzeitig etwas einfallen würde. Es war ihm noch immer etwas eingefallen, wenn ihm unbedingt etwas hatte einfallen müssen, also warum nicht auch jetzt?

Er war wie eine Katze mit neun Leben. *Neun Leben. Aber habe ich noch eines übrig?*

Er war kaum aus dem Abteil, als er Vogel schon sah. Vorne im Gang. In seiner Richtung. Er drückte sich in die nächste Tür, auch wenn auf ihr stand *Nur für Besatzungsmitglieder*. Als Vogel draußen vorbeikam, hörte er, wie ein Steward ihm eröffnete, der Zeppelin lege gleich ab und er müsse sich deshalb setzen. Er öffnete die Tür einen Spalt. Vogel betrat eben, gefolgt von zwei anderen noch in letzter Minute an Bord gekommenen Passagieren, genau das Abteil, das er soeben verlassen hatte.

»O Gott«, flüsterte er entsetzt. Wie würde sein Vater mit Vogel zurechtkommen?

Noch ehe er irgend etwas unternehmen konnte, kam der Steward herein und rannte ihn fast um. »Was machen Sie denn hier drin?« fragte er laut. »Das hier ist nur für die Besatzung, können Sie nicht lesen? Außerdem legen wir jeden Moment ab.«

Indy deutete vielsagend nach oben. Der Steward folgte seinem Blick automatisch. Und hatte im nächsten Moment bereits einen Uppercut am Kinn. Nicht, daß Indy gerne unschuldigen Unbeteiligten etwas zuleide tat, aber unter den gegebenen Umständen – Vogel in unmittelbarer Nähe – blieb ihm nichts anderes übrig, als den Mann schnell außer Gefecht zu setzen.

Doch anders als der Butler im Schloß taumelte der Steward hier nur zurück. In seinem Bemühen, ihm nicht zu weh zu tun, hatte er zu schwach geschlagen. Jetzt blickte der Mann ihn ziemlich verblüfft an und schlug dann seinerseits zu. Indy blockte ihn leicht ab und ließ einen nachdrücklicheren Schwinger hinterherfolgen. Das reichte diesmal. Der Steward fiel um wie ein gefällter Baum.

Als der Zeppelin einige Minuten danach aufzusteigen begann, kehrte Indy in das Abteil zurück – jetzt allerdings in Uniform und Mütze des Stewards. Diesmal stimmte sogar die Größe.

»Die Flugscheine bitte. Flugscheinkontrolle«, verkündete er.

Henrys Augen lugten über den Rand der Zeitung, hinter der er sich verschanzt hatte, hervor und wurden groß, als er sah, wer der Flugscheinkontrolleur war. Er reichte ihm wortlos sein Ticket. Indy nickte ihm zu.

»Ihr Flugschein, bitte sehr!« sagte er zu Vogel und steckte fordernd die Hand aus.

Der Standartenführer blickte hoch, erkannte Indy sofort und griff in seine Innentasche nach der Waffe. Indy hatte ihn aber bereits am Arm und im Schwitzkasten, holte ihm mit schnellem Griff die Luger aus der Tasche, nahm sie ihm ab und hievte ihn aus dem Sitz hoch. Mit rascher Nachhilfe seines Vaters hatte er ihn dann am Fenster, durch das sie ihn hinausstießen. Vogel landete unsanft draußen auf dem Flugfeld.

Die anderen Passagiere des Abteils wichen bestürzt und erschrocken über den rauhen Umgang des Stewards mit dem ausländischen Akzent zurück.

Indy lächelte sie achselzuckend an. »Kein Ticket!«

Worauf sich alle beeilten, ihm ihre eigenen Flugscheine entgegenzuhalten.

Während er sie entgegennahm, warf er einen Blick aus dem Fenster nach Vogel. Er kniete mit Händen und Füßen japsend am Boden und starrte dem aufsteigenden Zeppelin nach. »Nächstes Mal«, schrie Indy zu ihm hinunter, »kaufen Sie sich gefälligst zuerst ein Ticket!«

Er verließ das Abteil und eilte zurück in den Besatzungsraum. Er mußte überlegen, was er als nächstes unternehmen sollte. Vogel war ja nicht allein gewesen.

Gleich darauf kam auch schon der Gestapoagent den Gang draußen entlanggelaufen. Er sah verstört und ziemlich ungemütlich aus, und der Grund dafür war nun wirklich nicht schwer zu erraten. Der arme Tölpel hatte weder ihn noch seinen Vater gefunden, und jetzt fand er nicht einmal mehr Vogel.

Indy trat aus dem Personalraum hinaus in den Gang und tippte dem Mann auf die Schulter. Er holte eben aus, um ihm den Kolben von Vogels Luger überzubraten, als einer der Passagiere, die mitangesehen hatten, wie er Vogel zum Fenster hinausgeworfen hatte, aus seinem Abteil herauskam. Indy beschränkte sich hastig darauf, den Gestapoagenten nach seinem Flugschein zu fragen.

»Ich brauche keinen«, schnarrte der ihn an.

Der Passagier drückte sich auf dem Weg zur Toilette an ihnen vorüber. »Wird Sie teuer zu stehen kommen«, murmelte er dem Agenten zu.

»Er hat recht«, sagte Indy und hieb ihm den Kolben der Luger hinter das Ohr. Der Agent sackte zu Boden. Er schleppte ihn in den Personalraum, nahm ihm seine Pistole ab und öffnete die Besenkammer, wo er schon den Steward verstaut hatte.

»Sie kriegen Gesellschaft«, sagte er und packte ihm den Agenten zur Seite.

Der Steward war längst wieder bei Bewußtsein und gurgelte schreiend in seinen Knebel hinein. Indy brachte ihn augenblicklich zum Verstummen, indem er ihn ebenfalls mit dem Kolben der Luger Bekanntschaft machen ließ.

Er bemerkte ein Knäuel Leitungsdrähte, die in ein Radio-Funkgerät liefen. Er riß sie alle zusammen mit einem Ruck heraus. An einem Haken hing eine Lederjacke. Sie sah genau wie seine eigene aus. Er konnte der Versuchung, sie anzuprobieren, nicht widerstehen.

Auch sie paßte wie angegossen.

***

An der Bar des Gesellschaftsraums des Zeppelins hörte Indy, wie ein deutsches Flieger-As aus dem Ersten Weltkrieg von seinen großen Taten erzählte, wozu er einige Modellflugzeuge als anschauliches Hilfsmittel benützte. Er hatte eine faszinierte Zuhörergemeinde, aus deren Mitte ihm ein Drink nach dem anderen spendiert wurde, was logischerweise zur Folge hatte, daß auch die Fliegergeschichten immer verwegener wurden.

Indy und Henry saßen nur wenige Tische von dem mittlerweile recht betrunkenen Flieger-As entfernt. Der Steward servierte eben ihre Getränke. Sie hatten sich beide für Nichtalkoholisches entschieden. Sie konnten sich keineswegs sicher sein, daß sie fortan von allen Nazis unbehelligt blieben. Wenn ja, dann um so besser. Aber falls es weitere Schwierigkeiten geben sollte, war es schon besser, nüchtern zu sein.

Henry war so tief in sein Gralstagebuch versunken, daß er gar nicht merkte, wie die Getränke serviert wurden. Er studierte eben die Seiten, welche die »tödlichen Vorrichtungen« beschrieben, die den Gral schützten. Gelegentlich sprach er murmelnd mit sich selbst, und wie er so da saß, war es Indy, als sähe er ihn wieder in weit zurückliegenden Kindheitstagen in seinem Arbeitszimmer, absorbiert von seinen Studien, völlig versunken in uralte Vergangenheit. Es gab Dinge, fand er, die sich absolut nie änderten.

Er starrte aus dem Fenster, wo gelegentlich Wolkenstreifen vorüberzogen. Er dachte an Elsa und überlegte, was sie im Augenblick wohl tun mochte. Und ob sie vielleicht ihrerseits eben an ihn dachte. Irgendwie glaubte er ihr doch: daß sie, auch wenn sie dort oben zusammen mit Hitler gestanden war, eigentlich nur am Gral interessiert war. Es war eine Obsession, die er gut verstand. Sie teilte sie immerhin mit seinem eigenen Vater. Doch er kam nicht darüber hinweg, daß sie dennoch so eng mit dem Mann verbunden war, der womöglich der schlimmste Mensch auf dieser Erde seit Dschingis Khan war...

Er riß sich von seinen geheimen Sehnsüchten los. Er sah seinen Vater an und warf einen Blick in das Gralstagebuch mit Henrys winziger Handschrift in mittelalterlichem Latein. Er hatte drei komplizierte Diagramme skizziert. Sie sagten ihm nichts. Das einzig Verständliche an ihnen waren ihre Überschriften. *Das Pendel* hieß das erste, *Pflastersteine* das zweite, und *Die unsichtbare Brücke* das dritte.

Er wollte ihn eben danach fragen, als Henry selbst den Kopf hob. »Es ist eine nicht uninteressante Erfahrung«, sagte er, »an deinen Abenteuern beteiligt zu sein.«

»Das ist nicht alles, was wir gemeinsam haben«, sagte Indy, und dazu fiel ihm Elsa wieder ein. »Was übrigens sagte Elsa im Schlaf?«

»Mein Führer.«

»Na, wenn das nicht eindeutig ist.« Er erinnerte sich an die letzten Augenblicke mit ihr in Berlin. Er war sich eigentlich ganz sicher, daß sie ehrlich gewesen war. Und doch...

»Desillusioniert, wie? Zugegeben, sie war eine sehr schöne Frau. Und ich bin in dieser Hinsicht genauso ansprechbar wie jeder andere Mann auch.«

»Ja, ja. Der andere war in diesem Fall ich.«

Henry lächelte versonnen, als denke er an seine eigenen Erlebnisse mit ihr. »›Schiffe, die in der Nacht vorübergleiten‹, oder wie das heißt. Trinken wir darauf?«

Er hob sein Glas. Indy folgte ihm. Sie stießen miteinander an. »Schiffe, die in der Nacht vorübergleiten«, wiederholte Indy. Er überlegte etwas. »Und nachmittags auch.«

Henry räusperte und straffte sich. »Schön, also wieder an die Arbeit.«

Er beugte sich über sein Notizbuch und begann zu lesen. »Der Hindernisse werden ihrer drei sein. Zunächst wird sein der Atem Gottes, und nur der Büßer wird ihn passieren. Danach wird sein das Wort Gottes, und nur der wird vorankommen, der in den Fußstapfen Gottes schreitet. Als drittes wird sein der Weg Gottes, und seine Gangbarkeit wird sich nur in dem Sprung vom Haupte des Löwen erweisen.«

»Und das bedeutet was?«

Henry klopfte mit dem Finger auf die Seite. »Das, denke ich, werden wir erfahren, sobald wir hinkommen.«

Die Sonne brach durch die Wolken. Ihr Strahl fiel zum Fenster herein und teilte ihren Tisch genau in der Mitte in gleiche Hälften von Licht und Schatten. Während Indy nach seinem Glas griff, nahm er wahr, daß der Sonnenstrahl wie ein Uhrzeiger über den Tisch hinweg wanderte. Er starrte fasziniert darauf. Dann begriff er auf einmal, was es bedeutete.

»Dad.«

»Ja, was ist?«

»Wir kehren um. Der Zeppelin fliegt zurück nach Deutschland.«

Sie standen hastig auf und eilten zum Personalraum. Die Abstellkammer stand weit offen, der Steward und der Gestapoagent waren fort. Bei einem schnellen Rundblick sah Indy, daß auch die Funkleitungen, die er abgerissen hatte, provisorisch wieder geflickt waren.

»Mist.«

»Ach Gott, Junior, wir haben schon wieder ein Problem.«

»Ich weiß, ich weiß. Das brauchst du mir nicht extra zu sagen.« Er begann fieberhaft zu überlegen.

»Nein«, sagte Henry, »ich meine etwas anderes. Mein Notizbuch. In der Hast habe ich es an dem Tisch in der Bar liegen gelassen.«

»Du hast – was??«

Henry lächelte schwach und schuldbewußt. »Ist leider so.«

Na, wenn das keine Glanzleistung ist, Dad. »Schön. Bleib hier und rühr dich nicht vom Fleck. Ich bin gleich wieder da.« Er hastete durch den Gang zurück zum Gesellschaftsraum und war gerade dabei, die Tür zu öffnen, als er Stimmen hörte, die ihn stehenbleiben ließen. Er spähte vorsichtig hinein. Der Gestapomensch und mehrere Leute von der Besatzung standen mitten im Raum beieinander, ganz in der Nähe des Tisches, an dem sie eben noch gesessen waren. Das Notizbuch lag noch darauf. Noch hatte es niemand entdeckt.

Der Gestapomann gebot allgemeine Ruhe. »Es sind Spione an Bord dieses Luftschiffs! Wer Führer, Reich und Vaterland loyal zur Seite steht, folgt mir auf der Stelle!«

Einige blasierte Passagiere blickten kurz auf und widmeten sich dann weiter ihren Cocktails und Gesprächen, ohne die Aufforderung des Beamten weiter zu beachten. Der einzige, der sofort herbeikam, war das Flieger-As aus dem Ersten Weltkrieg. Er stieg unsicher vom Barhocker und taumelte vorwärts.

Jetzt hieß es sich sputen. Indy schlug den Kragen der Lederjacke, die er immer noch trug, hoch und holte ein Taschentuch heraus. Er gab vor, zu niesen, als er in den Gesellschaftsraum hineinging, was ihm den Vorwand gab, den Kopf nach unten zu halten. Doch der Gestapomensch zitierte ihn sogleich zu sich. Er zeigte mit dem Finger auf ihn und erklärte ihm: »Auch Sie kommen mit uns. Wir suchen amerikanische Spione.«

Indy hielt sich weiter das Taschentuch an die Nase. »Ich habe Schnupfen«, sagte er. »Tut mir leid.« Dabei griff er unauffällig hinter sich, holte das Notizbuch vom Tisch und ließ es in seine Gesäßtasche gleiten. Der Steward neben dem Gestapomann war genau der, den er niedergeschlagen und gefesselt hatte. Er war im Unterhemd und begann ziemlich argwöhnisch zu ihm herzusehen.

»Ich bleibe lieber in meinem Abteil«, sagte Indy und hastete zur Tür.«

»Das ist er!« schrie der Steward plötzlich laut. »Haltet ihn!«

Doch Indy war bereits draußen und rannte den Gang entlang und in den Personalraum. »Dad, wo bist du?«

Henry streckte den Kopf aus der Abstellkammer. »Hast du's?«

»Ja, aber die Meute ist hinter uns her. Los, schnell!« Er sah sich suchend nach einem Versteck um. Er blickte nach oben zur Decke.

»Ärger?« fragte Henry.

»Nur der übliche.«

Er zog sich eilig einen Stuhl heran und kletterte nach oben in die Deckenluke. Dann streckte er seinem Vater die Hand nach unten entgegen.

»Nicht schon wieder in den Kamin«, protestierte Henry.

Indy zog ihn durch die Luke hoch und kletterte dann weiter ganz nach oben. Sie krochen zusammen oben hinaus und fanden sich im »Bauch« des Zeppelins selbst. Dessen Außenhaut war über eine Metallgitterkonstruktion gespannt. Schmale Laufgänge verbanden die riesigen Heliumgassäcke, die dem Luftschiff seinen Auftrieb verliehen.

Henry blieb in Ver- und Bewunderung stehen. Indy äugte durch die Oberluke nach unten – und direkt in die zu ihm heraufblickenden Gesichter des Gestapoagenten und des Stewards. Er packte seinen Vater am Arm und hastete mit ihm einen der engen Laufgänge entlang.

Doch sie waren nicht schnell genug. Die anderen beiden kamen ihnen bereits nachgestiegen.

Der Agent zog eine kleine Pistole aus einem Handgelenkshalfter, zielte auf Indy und wollte bereits schießen, als ihm der Steward erschrocken den Arm beiseite schlug.

»Nein! Nicht doch!«

Er deutete entsetzt auf einen der Gassäcke und machte entsprechende Gesten. »Peng! Das fliegt doch in die Luft!«

Der Laufsteg endete an einer Doppeltür in der Außenhaut des Zeppelins. Hinter ihnen war das Trappeln der Schritte ihrer Verfolger.

Indy öffnete eine der Türen und hielt sich sofort am Rahmen fest, als ihn der Wind fast umriß. Er blickte direkt in den Himmel und in die Wolken.

Einige Meter unter ihnen hingen die Doppeldecker an den Haken am Stahlgitter.

Er deutete auf den, der ihnen am nächsten war. Auf dessen Rumpf war das Emblem eines Pelikans mit weit geöffneten Schwingen.

»Klettere hinunter, Dad! Wir machen einen Ausflug.«

Henry sah etwas furchtsam aus, als er durch die Tür nach draußen blickte. »Seit wann kannst du fliegen?«

Fliegen schon. Landen weniger. »Los doch!«

Henry gab sich einen Ruck und kletterte auf der abwärts führenden Metalleiter zu dem Doppeldecker hinunter. Indy sah ihm ungeduldig zu und konnte es dann nicht mehr mit ansehen. Wenn sein Vater jetzt abstürzte, konnte er gar nichts machen. Aber wenigstens wollte er es nicht auch mitansehen müssen.

Als er wieder hinunterblickte, saß Henry schon sicher in dem Doppeldecker. Er machte sich daran, ihm zu folgen, als auch der Gestapomensch schon da war und ihn am Arm zurückzuziehen versuchte. Er kämpfte sich frei und stieß ihn weg. Er wollte eben weiter abwärts klettern, doch da schwang sich der Steward ebenfalls auf die Leiter und kam ihm nach. Er ließ sich auf ihn herabfallen und schlang ihm die Arme um den Hals. Indy klammerte sich an die Leiter und sah zu seiner Überraschung, wie sein Vater wieder nach oben geklettert kam und den Steward am Kragen packte und wegriß. Er nützte den Augenblick und stieß, so heftig er konnte, nach hinten.

Der Steward verlor den Halt und fiel mit panisch ausgebreiteten Armen, als suche er irgendwo Halt in der Luft, ins Leere, bekam aber tatsächlich noch eine der Verstrebungen zu fassen, die direkt über den Flugzeughaken vom Rumpf des Luftschiffs ausgingen. Dort hing er nun. Seine Beine baumelten frei in der Luft.

Indy starrte seinen Vater völlig verblüfft an. »Nun schau dir an, was du gemacht hast!« schrie er.

Henry stieg wieder in das Flugzeug hinab und kletterte in den hinteren Sitz, Indy sprang einfach nach unten in den vorderen. Er suchte den Anlasser und schaltete ihn ein. Der Propeller vorne begann ein wenig zu stottern, sprang dann aber an.

Er suchte noch nach dem Hebel, der die Haken löste, als er hörte, wie ihm Henry von hinten etwas zuschrie. Er blickte nach oben. Dort stand der Gestapomensch in der offenen Tür und zielte mit seiner kleinen Pistole auf ihn. Er hatte Mühe, sie in dem heftigen Fahrtwind ruhig zu halten. Dann schoß er, traf aber nicht. Dafür fand Indy jetzt den Hebel und zog ihn. Ihr Doppeldecker fiel unter dem Zeppelin weg, an dem der Steward immer noch zappelnd hing, während der Gestapomensch ohne Treffer in der offenen Tür stand.

Indy kreiste einmal um das Luftschiff. Das Flieger-As aus dem Ersten Weltkrieg war eben dabei, in den zweiten Doppeldecker unter dem Zeppelin zu klettern; er gab dem Gestapomenschen Zeichen, mit ihm zu kommen. Der machte es Indy nach, kletterte heraus und beendete den Abstieg mit einem Sprung in den hinteren Sitz; wohl ein wenig zu hart, denn er schlug mit den Füßen glatt durch den Rumpf und hing nun mit seiner unteren Hälfte in der freien Luft.

Das Flieger-As aus dem Ersten Weltkrieg hatte nicht bemerkt, was sich da hinter ihm getan hatte und seinen Doppeldecker bereits vom Haken gelöst. Er war nur leider so betrunken, daß er vergessen hatte, den Motor zu starten. Es fiel deshalb wie ein Stein nach unten, und es war klar, daß er auch bei all seiner Erfahrung keine Chance mehr hatte, den Motor zum Laufen zu bringen und seine bereits wie wild trudelnde Maschine noch abzufangen.

Sie bohrte sich kurz danach in einen Berg unten. Eine Stichflamme schoß hoch.

***

Indy hatte sich ein klares Flugziel für den Doppeldecker vorgenommen: so weit wie möglich weg von Deutschland und so nahe wie möglich auf Iskenderun zu. Vor der Landung hatte er einen gewissen Bammel. Er beschloß, lieber irgendwo auf einem freien Feld herunterzugehen als auf einem Flugplatz. Zumindest entgingen sie damit einer Menge Fragen. Jederlei Erregung von Aufmerksamkeit, mit der sie nur erneut die Nazis auf ihre Spur setzten, konnte für sie nur von Nachteil sein.

Hinten schrie Henry irgend etwas. Er verstand es nicht und drehte sich zu ihm um. Henry hob einige Male den Daumen rauf und runter.

Er lächelte und gab das Zeichen zurück. Sah doch wirklich alles sehr gut aus bis jetzt. Er strotzte vor Selbstbewußtsein.

Doch Henry meinte offensichtlich etwas anderes. Sein heftiges Kopfschütteln signalisierte es.

Dann begriff er. Henrys Daumen war ein Deuten nach oben. Er schrie wieder etwas dazu, was unverständlich blieb. Dafür hörte er jetzt etwas anderes. Ein Geräusch, das eine Mischung aus Donnern und Heulen war. Er sah nichts über ihnen, doch das Geräusch wurde immer lauter und unheimlicher. Er beugte den Kopf weit zurück.

Und dann sah er es. Aus den Wolken schossen zwei Messerschmitt-Jagdbomber durch den Himmel. Sie duckten sich beide tief in ihre Sitze, als die Flugzeuge zu beiden Seiten an ihnen vorbeidonnerten.

»Schieß mit dem MG!« schrie Indy.

Henry besah sich das MG und versuchte herauszufinden, wie man damit umging.

Indy drehte sich nach hinten und deutete. »Diesen Hebel zurückziehen und dann den Abzug durchdrücken!«

Es war jetzt ein Vorteil für sie, daß ihr Flugzeug so klein und langsam war. Die pfeilschnellen Messerschmitts konnten nichts Rechtes mit ihnen anfangen. Sie waren vorbeigebraust, ehe sie richtig zielen konnten. Und sie brauchten Meilen, bis sie umgekehrt waren und zurückkommen konnten. Selbstverständlich würden die Piloten sie wiederfinden.

Bei ihrem zweiten Angriff bekam Henry einen von ihnen ins Visier und zog den Abzug durch. Das MG ratterte zu seiner Verblüffung derart heftig los, daß er fast aus seinem Sitz gefallen wäre. Die Messerschmitt wechselte nach links hinüber, Henry zog das MG mit, schoß weiter, verfehlte sein Ziel und knatterte dafür unabsichtlich ihr eigenes Seitensteuer weg.

»Uups!«

»Sind wir getroffen?« schrie Indy.

»Mehr oder weniger«, brüllte Henry zurück.

Indy blickte sich um, sah, daß das Leitwerk hinten fehlte, warf einen Blick auf seinen Vater, und das Herz fiel ihm plötzlich bis in die Zehenspitzen, um dann wie ein Aufzug bis in die Kehle hinaufzusausen. *Das sieht nicht so gut aus, Papa. Das sieht sogar verflucht ungut aus.*

»Tut mir leid, Junge. Jetzt haben sie uns.«

Indy versuchte das rasch abwärts trudelnde Flugzeug wieder in die Gewalt zu bekommen.

»Halt dich fest! Das gibt eine Bruchlandung!«

In hundertfünfzig Metern Höhe sah er eine geteerte Straße. Sie war ihre einzige Hoffnung. Überhaupt ihre einzige Wahl. Weil sie ohnehin auf sie hinunterfielen. Er tat, was er konnte, um das Flugzeug einigermaßen zu stabilisieren. Und dann setzten sie mit einer vollen Bauchlandung auf. Das Flugzeug schlitterte, war nicht mehr zu halten oder zu steuern und fegte in den Parkplatz einer Autoraststätte.

Indy hatte die Bruchlandung mächtig durchgeschüttelt, doch er schaffte es immerhin, sich aus dem Wrack zu arbeiten. Er half auch Henry heraus. »Geht's dir gut, Dad?«

»Sieht so aus, als sei ich noch ganz«, sagte Henry, während sie von dem Doppeldecker forthumpelten.

Sie mußten so rasch wie möglich weg. Ein Autofahrer war eben dabei, weiterzufahren. Indy hielt ihn winkend an. Sobald der Mann ausgestiegen war, um helfend herbeizukommen, saß Indy bereits am Steuer, trat aufs Gas, fuhr einen Kreis auf Henry zu, ließ ihn einsteigen und raste davon. Der Fahrer lief ihnen fäusteschüttelnd und schimpfend noch eine Weile hinterher. Und im nächsten Moment sah Indy im Rückspiegel die beiden Messerschmitts ganz tief und aus allen Rohren feuernd aus dem Himmel heruntergejagt kommen. Sie fegten über den Parkplatz, während der Besitzer ihres Autos sich mit einem Hechtsprung in den Straßengraben in Deckung brachte, und hackten Löcher durch die abgestellten Wagen.

Indy trat das Gaspedal voll durch und packte das Steuerrad mit eisernem Griff. Er konzentrierte sich ganz auf die Straße, während Henry ächzte und stöhnte und Entsetzensschreie ausstieß.

»Sind wir aus dem Schneider?«

»Na hoffentlich.«

Statt dessen wurde das typische Messerschmitt-Donnern wieder hörbar. Indy blickte in den Seitenspiegel. Einer der beiden Maschinen kam direkt von seitwärts auf sie zu.

»O verdammt.«

»Was ist?«

Doch da schlugen bereits die Geschosse durch das Auto. Wie

durch ein Wunder blieben sie selbst beide unverletzt. Und während die Messerschmitt über sie weg davonjagte, fielen Sonnenstrahlen durch die Einschußlöcher ins Wageninnere.

»Großer Gott«, stöhnte Henry. »Bring mich nach Princeton zurück. Diese Art Leben ist nichts für mich.«

Indy hörte das sich nähernde Singen der zweiten Messerschmitt. Seine Nackenhaare sträubten sich. »Aufpassen, da kommt der andere!«

Vor sich sah er einen Tunnel auftauchen. Er drückte aufs Gas, um ihn zu erreichen. Doch der Jäger war bereits da und feuerte auf sie herunter.

Dann waren sie doch noch im Tunnel und vor den Bordkanonen der Jäger erst einmal sicher. »Warten wir hier erst mal«, sagte Henry.

Doch selbst der Tunnel war nicht sicher. Im nächsten Moment hob sie eine ohrenbetäubende Detonation fast aus den Sitzen. Die Messerschmitt hatte nicht mehr rechtzeitig hochziehen können und war voll in den Tunneleingang geprallt. An beiden Seiten riß es ihr die Tragflächen ab, der Rumpf fuhr wie ein Geschoß in den Tunnel hinein, kratzte den Asphalt auf, scheuerte gegen die Seitenwände und ging in Flammen auf.

Der flügellose Flugzeugrumpf fegte durch den Tunnel wie eine Flutwelle und jagte auf sie zu. Indy hatte längst wieder das Gaspedal bis zum Anschlag durchgedrückt und holte aus dem Wagen heraus, was nur in ihm war. Er beugte sich weit vor, als könne er so noch etwas Geschwindigkeit dazugewinnen, und umklammerte das Steuerrad so heftig, daß ihm die Knöchel weiß wurden.

Die Feuerwalze hatte sie fast erreicht, als sie aus dem Tunnel heraus wieder ins Freie schossen. Indy steuerte zur Seite und versuchte bremsend, den Wagen unter Kontrolle zu halten. Der brennende Flugzeugrumpf flog förmlich an ihnen vorbei, prallte gegen einen Baum und explodierte endlich.

Indy steuerte auf die Fahrbahn zurück und jagte durch die

Wand aus Flammen und öligem Rauch hindurch. Er kam hinter ihr wieder zum Vorschein, die Augen weit aufgerissen und mit heftigem Herzklopfen.

Henry sah aus, als treffe ihn jeden Augenblick der Schlag. »Noch näher können sie ja wohl nicht kommen.«

»Darauf schwören würde ich nicht«, bemerkte Indy trocken. Er hatte bereits die andere Messerschmitt gesehen, wie sie eben wieder aus dem Himmel auf sie herabgestürzt kam.

Der Jäger warf eine Bombe. Sie traf genau die Straße vor ihnen, wo sie nur wenige Meter voraus explodierte. Indy riß das Steuer heftig herum. Der Wagen prallte gegen eine Seitenplanke, durchbrach sie und stürzte die Böschung hinab. Sekundenlang waren sie in der Luft. Jetzt ist alles aus, dachte er und preßte die Augen zu.

So schnell das Auto von der Straße abgehoben hatte, so rasch landete es mit einem trockenen Plumpslaut im weichen Sand eines einsamen Strandstücks am Mittelmeer.

Sie kletterten mühsam aus dem Fahrzeug. Indy hielt sich den Kopf. Er war beim Aufprall gegen das Lenkrad geknallt. Weit und breit keine Menschenseele. Dafür tausend Möwen, die den ganzen Sand mit einem Teppich aus weißen, gefiederten Leibern überzogen.

Doch da war schon wieder das tödliche Singen. Noch einmal flog die zweite Messerschmitt einen Angriff auf sie.

Vater und Sohn tauschten wortlos Blicke aus. Sie machten sich gar nicht die Mühe, zu rennen. Es war sinnlos. Es gab nichts, wohin sie sich hätten flüchten können.

Indy prüfte die Pistole. Leer.

Der Jäger kam im Tiefflug keine dreißig Meter über dem Strand herangefegt.

Und Henry rannte plötzlich wie verrückt auf die Möwen zu, gestikulierend und schreiend.

Die aufgescheuchten Vögel stoben massenhaft wie eine Wolke auf, ihr Flügelschlag rauschte lauter als der Motor des Jagdbombers und dessen feuerspuckende Bordkanonenrohre, deren Geschosse in den Strand fetzten und Sandfontänen hochjagten.

Und dann war es passiert. Es war gespenstisch. Ein Massaker. Der Jagdbomber war in die Möwenwolke gerast. Hunderte der Vögel wurden zerschnitten oder zerfetzt. Es regnete buchstäblich gefiedertes Hackfleisch, und es klatschte auch gegen die Scheiben der Pilotenkanzel des Jägers und verstopften dessen Motor.

Nur wenige Meter vor ihnen hörte das Flugzeug zu schießen auf, und sein Motor begann zu stottern. Die Maschine trudelte und verschwand hinter der nächsten Biegung.

Dann ließ die Explosion nach dem Absturz den Sand erzittern. Eine hohe Flammen- und Rauchsäule stieg jenseits der Bucht in den Himmel.

Indy sank über und über besudelt in den Sand nieder.

Henry kam herbei und setzte sich neben ihn. »Ich mußte an Karl den Großen denken. ›Die Felsen und die Bäume seien meine Soldaten und die Vögel am Himmel!‹«

Indy blickte hinüber zu der Rauchsäule. »Nicht schlecht für damals. Für jetzt erst recht nicht.«

Hatay

Aufmarsch der Fronten

Am gleichen Tag, an dem Indy und Henry aus Deutschland entflohen, traf Marcus Brody mit dem Zug in Iskenderun ein. Er war total erschöpft und wünschte sich nichts sehnlicher, als wieder in New York und in der Geborgenheit seines Museums zu sein. Die Probleme seines alltäglichen Lebens dort erschienen ihm mittlerweile, verglichen mit den Strapazen, die er auf dieser Reise durchgemacht hatte, als ganz unbedeutend. Und wer wußte schon, was ihm und Sallah noch alles bevorstehen mochte!

Vorausgesetzt, er fand Sallah überhaupt.

Eigentlich hätte er schon am Tag zuvor hier sein sollen. Doch er hatte in Venedig den falschen Zug bestiegen und sich, ehe er es recht gewahr wurde, in Belgrad befunden. Und dort hatte er in völliger Verwirrung noch einen vollen Tag zugebracht, ehe er endlich seinen richtigen Zug hatte. Die Fahrt hatte den ganzen Tag gedauert, die folgende Nacht über und noch den halben nächsten Tag, ohne Halt. Endlich waren sie angekommen, doch als er ausstieg, hatte sich seine kühne Vorhersage, er werde den Gral schon finden, längst in die Erkenntnis verwandelt, daß dies reine Angeberei gewesen war; und völlig unrealistisch.

Die Augen brannten ihm wie Feuer. Er bewegte sich fast wie in Trance über den Bahnsteig und durch die Menschenmenge aus Hatayanern und Arabern, deren farbige fließende Gewänder sich ihm zu einer einzigen wogenden Bewegung verschmolzen. Sie schienen alle Teil einer kollektiven, geheimnisvoll koordinierten Aktivität zu sein, wie Fischschwärme. Und er allein, Marcus

Brody aus New York, gehörte nicht dazu und stand verwirrt und fremd abseits von allem. Er rieb sich die schmerzenden Augen. Was er jetzt dringender brauchte als alles, war eine heiße Dusche, eine anständige Mahlzeit und vorläufig einmal zirka zwanzig Stunden Schlaf.

Er fühlte sich nicht gut. Sein Schuldbewußtsein plagte ihn. Er hatte Indy und Henry schließlich versprochen, daß er jetzt den Gral längst haben würde. Oder ihm zumindest schon sehr nahe sein würde. Statt dessen wußte er noch nicht einmal, wie er Sallah finden sollte. Nun, schließlich war er ja auch Gelehrter und Museumsdirektor. Und kein Entdecker oder Forschungsreisender. Und schon ganz gewiß kein Abenteurer.

Er brauchte jetzt erst einmal einen Führer.

»Mr. Brody! Mr. Marcus Brody!«

Mit einem Schlag kam Leben in ihn. Tatsächlich bahnte sich dort vorne Sallah seinen Weg durch die Menge und kam auf ihn zu! Er war so erleichtert, ein bekanntes Gesicht zu erblicken, daß nicht viel gefehlt hätte, und er wäre Sallah um den Hals gefallen – etwas, was er nicht einmal in New York jemals in Erwägung gezogen hätte, geschweige denn in London, wo er herstammte.

»O mein Lieber, ich bin froh, Sie zu sehen!« *Wenn du wüßtest, Sallah, wie sehr.*

Sie gaben sich die Hand, und Sallah umarmte ihn. Brody klopfte ihm verlegen auf den Rücken. Allerdings kam er mit seinen Armen kaum halb um Sallah herum. Er rang sich ein verunglücktes Grinsen ab. Die öffentliche Aufmerksamkeit, die sie da erregten, war ihm äußerst peinlich.

»Wo, um Himmels willen, sind Sie abgeblieben, Marcus?« sagte Sallah, der ihn mit ausgestreckten Armen von sich hielt und ihn betrachtete wie ein verirrtes Kind. »Ich warte hier schon ewig auf Sie! Ich habe mir schon richtige Sorgen gemacht!«

Sallah war ein Bär von Mann mit kohlschwarzen Haaren und Augen und ein ausgeprägt mediterraner Typ. Seine volle Baritonstimme und sein herzhaftes Lachen trugen, zusammen mit dem Ruf seiner Loyalität, dazu bei, daß Marcus Brody sich rasch wieder sehr viel besser fühlte. Auf Sallah, das war bekannt, konnte man Häuser bauen, wenn man sein Freund war. Und wer sein Feind war, hatte nichts zu lachen.

»Ich war ein wenig vom Kurs abgekommen. Ist Indy schon da?«

Sallah schüttelte den Kopf. »Nein. Ich dachte, er käme mit Ihnen?«

Brody fühlte sich gleich noch etwas besser. Er hatte Indy also immer noch geschlagen, bis hierher. »Er kommt später nach. Er wurde aufgehalten.«

»Ah ja. Aufgehalten.« Sallah lachte. Er nahm Brodys Gepäck mit einer Leichtigkeit, als wenn die Koffer leer wären. »Eines dieser britischen Understatements, wie?«

Vor dem Bahnhof draußen kamen sie mitten in einen Straßenmarkt. Überall standen Verkaufswagen; die Verkäufer priesen mit lautem Geschrei und gestikulierend ihre Waren an. Ein schwindelerregender Geruch des von der Sonne aufgeheizten reifen Obstes und von Gemüse lag über dem ganzen Markt. Brody wurde fast übel davon. Für ihn war das alles wie auf einem anderen Planeten, Welten entfernt von der ruhigen Abgeschiedenheit seines Museums mit seinen Altertümern, die in ihrem kühlen Schweigen seiner Obhut anvertraut waren. Das hier, fand er, war gar nicht seine Welt, entsprach ganz und gar nicht seiner gewohnten Lebensart.

Sallah versicherte ihm, alles, worüber sie bei Brodys Anruf in Kairo gesprochen hätten, sei besorgt, und er sei schon sehr aufgeregt und gespannt auf ihre Reise. »Sobald wir...« sagte er und hielt mitten im Satz inne. Zwei Typen in Trenchcoats verstellten ihnen den Weg.

»Papiere, bitte«, forderte einer von ihnen in wenig verbindlichem Ton und streckte fordernd die Hand aus.

»Papiere?« nickte Sallah. »Aber gewiß. Habe ich bei mir. Grade erst selber gelesen.«

Und er holte eine Zeitung unter seinem Arm hervor und hielt sie dem Agenten vor das Gesicht. »*Laufen Sie!*« zischte er Brody zu.

Dann wandte er sich wieder den beiden Typen zu und wedelte ihnen lächelnd die Zeitung vor dem Gesicht herum. »Die *Egyptian Mail*. Frühausgabe. Eine Menge guter, neuester Nachrichten drin.«

Brody blickte ihn stirnrunzelnd an. »Was meinten Sie?«

»*Rennen sollen Sie!*« wiederholte Sallah. Aber diesmal brüllte er es laut.

Brody drehte sich um, kam aber nicht einmal einen Schritt weit, bis ihn der andere der beiden Typen schon am Kragen hatte und festhielt. Sallah stürzte sich auf beide mit einem wilden Gewitter von Faustschlägen. Passanten stoben erschrocken auseinander. Einige Verkaufsstände brachen zusammen, als der Kampf sich richtig entwickelt hatte und auf den Markt zukam. Obst und Gemüse fiel zu Boden und rollte herum. Ballen kostbarer Seide und Baumwollstoffe in lebhaften Farben landeten im Straßenschmutz.

Brody bahnte sich einen Weg durch die aufgeregte und schnatternde Menge. Er versuchte sich etwas auszudenken, wie er Sallah helfen konnte, aber es fiel ihm absolut nichts ein. Er selbst war nicht der Mann, sich mit einem der bulligen Kerle zu messen. Außerdem hatte Sallah ihn ausdrücklich aufgefordert, wegzurennen. Er pflügte sich durch Standreihen und im Wege stehende Verkäufer, bis er schließlich in einem Haustor etwas verschnaufen konnte.

Er sah, daß drüben der Kampf noch immer im Gange war. Sallah taumelte eben gegen ein Kamel – so heftig, daß er eine Sekunde brauchte, um sich zu schütteln; genug Zeit für die beiden Kerle, sich auf ihn zu stürzen. Aber auch jetzt war Sallah noch erstaunlich schnell und beweglich. Er versetzte dem Kamel einen Schlag auf die Nase. Das störrische Tier warf den Kopf nach hinten und spuckte heftig – mitten ins Gesicht des ersten der beiden Kerle. Da war Sallah schon davongesaust. Brody winkte heftig, um ihn auf sich aufmerksam zu machen.

Sallah hob die Hand zum Zeichen, daß er es gesehen hatte, und kam auf ihn zugestürmt, alles aus dem Weg räumend, was sich ihm entgegenstellte.

Im Laufen deutete er mit dem Finger auf ein dunkles Tor oben auf einer Rampe, vor dem ein Vorhang herabhing. »Machen Sie schnell, weg! Weg!«

Besondere Lust, sich dort zu verstecken, verspürte Brody nicht. Doch Sallah trieb ihn schreiend weiter an. Er trat also aus dem Tor, in dem er stand, und lief die Rampe hinauf, verbarg sich hinter dem bezeichneten Vorhang und spähte dahinter hervor. Im gleichen Moment, in dem Sallah seinetwegen die beiden Verfolger aus den Augen gelassen hatte, waren sie auch schon wieder bei ihm. Sie schlugen wie verrückt mit Fäusten und kurzen, schweren Knüppeln auf ihn ein. Sallah wehrte sich jetzt jedoch nicht mehr. Er winkte Brody nur noch heftiger zu und rief etwas, was dieser aber nicht verstand.

Von hinten kam jetzt ein Trupp Nazisoldaten den beiden Typen zu Hilfe. Brody war klar, daß Sallah keine Chance mehr hatte. Er zögerte. Er wünschte, er könnte etwas für den Freund tun. Aber es war ganz offensichtlich zwecklos. Er wollte auch nicht länger zusehen. Er duckte sich hinter den Vorhang und drehte sich um. Bevor er noch recht begriff, wo er war, hörte er, wie hinter ihm eine Metalltür zugeschlagen wurde. Er war im Innern eines geschlossenen Lastautos. An einer Wand war ein rotschwarzes Nazi-Emblem.

***

Sallah hob den Kopf. Er tat ihm überall weh, blutete, und seine Nase war voller Staub. Die beiden Typen waren verschwunden, aber sie hatten ja auch, was sie wollten. Brody hatte ihn völlig mißverstanden und war hinter den falschen Vorhang gelaufen – mitten in die Falle der Nazis hinein, statt von ihnen weg. Und jetzt war das Lastauto, in dem sich Brody selbst gefangen hatte, auch schon davon.

***

Am nächsten Tag saß der Sultan der Gegend in der Mitte seines Hofes in Iskenderun auf seinem Herrschersitz, der purpurfarben war und eine hohe Lehne hatte. Der Thron ließ den Sultan überlebensgroß wirken. Er war ein finster blickender Mann, was irgendwie seine herrscherliche Attitüde unterstrich. Sein voller Bart war schneeweiß und hing ihm seidig bis zur Brust herab. Er trug ein tiefrotes, vorne und an den Ärmeln mit goldenen Rankenblättern besticktes Gewand. Auf den Schultern hatte es Epauletten mit Ornamentstickereien. Um den Leib trug er eine breite Schärpe in Gold und Rot, dazu eine passende flache, runde Kopfbedeckung.

Um ihn herum stand sein Gefolge, vor ihm ein Amerikaner, den er auf seinen Reisen schon mehr als einmal getroffen hatte.

»Was kann ich für Sie tun, Mr. Donovan? Wie ich Ihnen bei unserem letzten Zusammentreffen sagte, bin ich nicht am Verkauf irgendwelcher Kunstgegenstände oder Altertümer interessiert.«

Donovan nickte. »Selbstverständlich. Ich habe vollstes Verständnis dafür, Hoheit. Ich möchte Ihnen auch nur etwas zeigen.«

Er überreichte dem Sultan die Seiten aus dem Gralstagebuch. »Diese Seiten sind dem Notizbuch von Professor Henry Jones entnommen. Sie enthalten auch eine Karte, die den exakten Weg zum Gral weist.«

Der Sultan studierte die Karte mit kaum mehr als höflichem Scheininteresse. Die Tatsache, daß sich der Gral auf seinem Herrschaftsgebiet befand, überraschte ihn nicht weiter. Wie ihn überhaupt nichts und niemand mehr mit irgend etwas überraschen konnte, seit er als Kind herausgefunden und begriffen hatte, daß er in eine wohlhabende und mächtige Familie hineingeboren worden war – in einem Land, wo es eher üblich war, daß man in Familien mit wenig oder nichts hineingeboren wurde. Er war privilegiert und nahm das als gegebene Tatsache hin.

Er faltete die Karte wieder zusammen und reichte sie gelassen zurück. »Und wie sind Sie in den Besitz dieser Karte gelangt?«

Donovan wandte sich um und nickte einer Gruppe beim Eingang des Hofes zu, in deren Mitte sich außer Elsa Schneider und einigen Naziwächtern auch Marcus Brody befand. Es war nicht schwer, zu erkennen, wer bewacht wurde. Brody.

»Der Mann dort in der Mitte ist ein Abgesandter von Dr. Jones. Er hat diese Papiere vom Sohn des Dr. Jones, Mr. Indiana Jones, bekommen.«

»Und was tat er damit?«

»Wir nahmen ihn in Iskenderun gefangen. Er wollte den Gral an sich bringen, ihn also aus Ihrem Herrschaftsgebiet entwenden.«

»Aha.«

Der Gral bedeutete dem Sultan nicht viel. Er wußte natürlich von ihm. Auch, daß es da eine alte Legende von seiner Wundertätigkeit gab. Aber er hielt nichts von solchem Aberglauben. Allenfalls irgendein Goldgefäß wie viele andere auch, das irgendeinem Museum oder einer privaten Sammlung einverleibt werden sollte. Er war ein moderner Mensch und sehr viel mehr an neueren, zeitgemäßeren Dingen interessiert. Objekten von wirklichem Wert und glaubhafter Macht. Allerdings war ihm auch das Gesetz von Angebot und Nachfrage geläufig. Es war ganz offensichtlich, daß Donovan selbst ein lebhaftes Interesse für den Gral hatte. Nachdem offensichtlich gleich mehrere rivalisierende Gruppen hinter diesem so geschätzten Kelch oder Gefäß oder Becher her waren, war er für ihn auch sehr viel mehr wert, als wenn er nur einen einzigen Interessenten gehabt hätte. Er wußte ganz genau, wo er selbst in dieser Sache stand – genau in der Mitte nämlich. Wenn also Walter Donovan wirklich in die Wüste ziehen und den alten Kelch finden wollte, dann war ihm dafür sicher auch – davon konnte man ausgehen – kein Preis zu hoch.

»Und was möchten Sie nun?« fragte er, als ob er es nicht längst wüßte.

Donovan räusperte sich. »Wie Sie sehen, ist der Gral schon so gut wie in unserer Hand. Wir würden aber selbstverständlich, Hoheit, niemals daran denken, Ihren Boden ohne Ihre ausdrückliche Erlaubnis zu betreten, noch daran, den Gral aus Ihrem Land ohne angemessene Entschädigung mitzunehmen.«

Der Sultan blickte zu ihm hinab. »Was haben Sie mir mitgebracht?«

Donovan drehte sich um und gab den Nazi-Soldaten ein Zeichen. »Die Kiste, bitte.«

Zwei Mann schleppten einen riesigen Schiffskoffer zu Füßen des Sultans.

Donovan bedeutete ihnen, den Deckel zu lüften.

Sie öffneten den Verschluß und hoben den Deckel ab. Als der Sultan keine Anstalten machte, den Inhalt der Kiste in Augenschein zu nehmen, befahl Donovan den Soldaten, die Kiste zu entleeren. Minutenlang holten sie daraufhin Stück für Stück eine Sammlung der verschiedensten Gegenstände aus Gold und Silber heraus und stellten sie auf: Becher und Pokale, Kerzenständer und Schalen, Platten und Schüsseln, wertvolle Dosen und Schatullen in allen Größen, Schwerter und Dolche.

»Diese Wertgegenstände, Hoheit, sind von einigen der vornehmsten Familien in ganz Deutschland gespendet worden.«

Der Sultan erhob sich indessen, ging achtlos an dem Schiffskoffer und den »Spenden« vorüber und direkt zu dem Nazi-Dienstwagen, der in der Ecke des Hofes geparkt war. Er begann ihn eingehend zu begutachten.

»Daimler-Benz 320 L.« Er hob die Kühlerhaube und besah sich den Motor. »Ah ja, 3,4 Liter, 120 PS, sechs Zylinder, einfacher Solex-Ansaugvergaser. Null auf hundert in 15 Sekunden.«

Er drehte sich zu Donovan um, der hinter ihm her geeilt war, und lächelte. »Sogar die Farbe gefällt mir.«

Donovan begriff die Situation sofort. Der Sultan pfiff ganz klar auf Gold und Silber. Wonach ihm der Sinn stand, war deutlich genug. Und nachdem sie seine Hilfe wirklich dringend brauchten, gab es da wenig zu diskutieren. Immerhin, er konnte noch ein wenig zu feilschen versuchen. »Die Schlüssel stecken, Hoheit. Bedienen Sie sich. Er gehört Ihnen zusätzlich zu den anderen Schätzen. Wenn Sie uns nur einige Ihrer Leute und etwas Ausrüstung zur Verfügung stellen würden?«

Der Sultan lächelte zustimmend. »Gut, Sie bekommen Kamele, Pferde, eine bewaffnete Eskorte, Proviant und ein Wüstenfahrzeug. Und einen Panzer dazu.«

Donovan nickte zufrieden.

Elsa kam über den Hof auf ihn zu. »Wir haben keine Zeit zu verlieren. Ich bin sicher, daß Indiana Jones und sein Vater schon auf dem Weg sind.«

***

Die Vorgänge im Hof des Sultans blieben nicht unbemerkt von noch jemand anderem, der an dem Gral interessiert war. Unter einem Torbogen in der Nähe stand der Mann, der Indy und Elsa in Venedig fast umgebracht hätte. Derselbe Mann, der sich als Kazim bezeichnet und Indy verraten hatte, daß und wo sein Vater gefangengehalten wurde.

Kazim steckte jetzt eine Hand in seine Tunika und fuhr die Konturen des schwertförmigen Kreuzes, das ihm auf die Brust tätowiert war, nach. Niemand holte den Gral aus seinem Versteck. Niemand. Nur über seine Leiche.

***

Der Zug traf im Morgengrauen in Iskenderun ein. So früh es auch war, der Bahnsteig war voll von ankommenden und abfahrenden Menschen.

Indy sah sich um. Er suchte Marcus Brody. Vielleicht holte er sie ab. Allerdings, das wußte er selbst, war das höchst unwahrscheinlich. Selbst wenn er noch in Iskenderun war, konnte er schließlich keine Ahnung haben, daß sie so früh ankamen.

Henrys Überlegungen schienen ungefähr in die gleiche Richtung zu laufen. »Ich frage mich, wie wir Marcus finden sollen.«

»Keine Spur von... Sieh mal da!«

Indy deutete auf die schwere, bärtige Gestalt, die sich durch die Menge zu ihnen durcharbeitete. Sallah!

»Hallo, Indy!« rief er ihm schon von weitem entgegen. »Mein Gott, bin ich froh, daß Sie da sind!« Er umarmte ihn nachdrücklich und hob ihn sogar hoch.

Als er ihn wieder ordentlich auf den Boden zurückgestellt hatte, wandte er sich Henry zu. »Vater von Indy?«

»Ja... also... Ja!«

»Sehr gut gemacht, Sir! Ihr Junge ist der Segen meines Lebens! Ein wunderbarer Mann, doch!« Und er warf seine mächtigen Pranken auch um Henry, der nicht recht wußte, wie er sich Sallah gegenüber verhalten sollte. Oder überhaupt allem gegenüber. »Ich freue mich wirklich, Sie kennenzulernen.«

Indy bemerkte Sallahs Schrammen und Beulen. »Was ist denn mit dir passiert? Sieht ja aus, als hätte dich ein Kamel getreten. Mitten ins Gesicht.«

»So ähnlich, ja. Ich erzähle es Ihnen nachher genau.«

Indy schwante nichts Gutes. Fast hatte er Angst zu fragen. »Sallah, wo ist Marcus Brody?«

Sallah kam mit beabsichtigter Unauffälligkeit näher und flüsterte: »Hier können wir nicht reden.« Er deutete auf einen verbeulten und verstaubten Wagen am Rand des Straßenmarktes. »Schnell. In den Wagen dort.«

Sobald sie alle eingestiegen waren, trat Sallah gewaltig auf das Gas, so daß der Wagen einen Satz nach vorne machte. Er raste durch die belebten, engen Straßen, bahnte sich einen Weg durch Tiere und Fahrzeuge, Fahrräder, Waggons und Trauben von Fußgängern. Er war pausenlos am Hupen, Schalten, Gasgeben und Bremsen.

Henry brachte kein Wort heraus, so verstört war er. Er hielt sich nur krampfhaft an der Armlehne seines Rücksitzes fest und wartete darauf, daß Sallah als nächstes in irgendeinen Karren raste oder bei seinem Pflügen durch die Menge jemanden totfuhr.

Schließlich fand er die Sprache wieder und beugte sich nach vorne. »Bitte«, japste er. »Rasen Sie nicht so, ich flehe Sie an. Ich bin schon auf dem Weg hierher für den Rest meines ganzen Lebens mit Rasen eingedeckt worden.«

»Tut mir leid, Vater von Indy!«

Sallah winkte wie wild mit der Hand und steckte den Kopf zum Fenster hinaus. »Schaff die Ziege weg!« schrie er einen an.

Die Ziege wurde weggeschafft und weiter ging's. Sally warf einen Blick zu Indy hinüber. »Was Marcus betrifft. Es waren zu viele. Ich konnte nicht mehr allen Herr werden.«

»Vorsicht doch!« rief Henry vom Rücksitz.

Sally stampfte auf die Bremse und stieß einen Fluch aus. Vorne war ihnen ein Mann mit einem Karren in den Weg gefahren. »Kauf dir doch ein Kamel!« rief Sallah zum Fenster hinaus.

Der Mann beachtete ihn gar nicht. Sallah kurvte um seinen Karren herum und trat danach gleich wieder aufs Gas. Er kam auf das Thema Marcus zurück. »Wenn ihr mich anseht, wißt ihr, daß ich getan habe, was ich konnte.« Er hob eine seiner verschrammten Fäuste und schüttelte sie. »Auf jeden Fall aber bin ich nicht der einzige, der was abgekriegt hat.«

»Was ist nun mit Brody?«

»Heute nachmittag sind sie losgezogen. In die Wüste hinaus. Nachdem sie vom Sultan Proviant, Material und Soldaten bekommen haben. Ich fürchte, sie haben Mr. Brody dabei.«

Henry flog fast nach vorne. Er beugte sich hektisch über den Vordersitz. »Das bedeutet, sie haben die Karte und sind auf dem Weg! Sie finden den Gral noch vor uns!«

»Beruhige dich, Vater. Wir finden sie schon«, versicherte ihm Indy. In Wirklichkeit war er keineswegs so zuversichtlich. Ganz im Gegenteil. Womöglich kamen sie nicht nur für den Gral zu spät, sondern auch für Brody.

»Mein lieber Junge, in diesem Rennen hier gibt es leider keine Silbermedaille für den Zweiten.« Henry war mit einem Schlag plötzlich ganz anderer Meinung, was Sallahs Fahrstil betraf. »Los doch. Schneller. Fahren Sie doch schneller!«

Sallah grinste, haute auf die Hupe und steckte den Kopf zum Fenster hinaus. »Du blinder ottomanischer Teppichhändler, geh mir aus dem Weg!«

Und auch Henry kurbelte jetzt sein Seitenfenster hinten herunter und plärrte hinaus: »Lahme Ente, machen Sie ein bißchen vorwärts, Mann!«

Indy überlegte. Eins war klar: Sobald Donovan und seine Nazibande sahen und wußten, daß sie auf dem richtigen Weg zum Gral waren, war das Leben von Marcus keinen Pfifferling mehr wert. »Kriegen wir sie noch?«

Sallah lächelte ihn verständnisvoll an. »Es gibt schließlich Abkürzungen.«

Er stürzte sich auf die Hupe und fluchte kopfschüttelnd in drei Sprachen. Zu Indy sagte er: »Warte nur ab.«

Offene Feldschlacht

Marcus Brody steckte seinen Kopf aus dem Panzer – einem noch aus dem Ersten Weltkrieg stammenden Tank – und blinzelte in die grelle Sonne. Er wischte sich mit einem Taschentuch die Stirn ab und murmelte: »Verrückte Nazi-Hunde.«

Sie fuhren durch eine Wüstenschlucht, die sich in nichts von der unterschied, durch die sie eben schon gefahren waren. Für ihn, der immer ein Stadtmensch gewesen war, war dies hier buchstäblich das Ende der Welt – fern von allem, rauh, häßlich und erbarmungslos heiß.

Dabei entging ihm die Ironie der Situation keineswegs. Es mochte sehr wohl sein, daß diese abweisende, tote Gegend am Ende der Welt wirklich das Ende seiner Welt wurde...

»Na, möchten Sie sich mal die Beißerchen anfeuchten, Marcus?«

Brody blickte zur Seite. Es war Donovan. Er saß in einem offenen Auto, das neben den Tank gefahren war. Und neben ihm saß die Verräterin Elsa Schneider. Außerdem hatten sie noch einen Nazi im Wagen, den er Elsa schon früher Standartenführer Vogel hatte nennen hören.

Hinter ihnen kam der Rest der Karawane – Reitkamele mit Soldaten aus der Privatarmee des Sultans, die alle mit Säbel und Karabiner bewaffnet waren und in groben Wüstenuniformen steckten. Dahinter folgten noch die Reservepferde, ein Proviant- und ein Materialwagen, ein deutscher Wagen, ein Jeep und noch ein paar Transporter mit Nazisoldaten.

Donovan reichte ihm seine Feldflasche und feixte. Brody hätte ihm viel lieber ins Gesicht gespuckt. Aber da er ohnehin so ausgedörrt war, daß er nicht einmal mehr Speichel hatte, nahm er lieber doch die Flasche und trank einen Schluck. Vor einigen Stunden hatten sie zwar kurz an einer Oase angehalten, aber er war inzwischen schon wieder halb verdurstet. Auf den Tank knallte erbarmungslos die Sonne. Er war ein Backofen. Hier oben auf dem Turm war es sogar noch schlimmer. Als säße man direkt auf einer heißen Herdplatte.

Das Wasser lief seine Kehle hinab. Er konnte sich nicht erinnern, daß jemals irgend etwas besser geschmeckt hätte. Er holte Atem, setzte die Flasche wieder an den Mund und trank noch einmal, diesmal lange und intensiv.

Donovan streckte aber bereits wieder die Hand fordernd nach

seiner Flasche aus. Er befürchtete wohl, Brody lasse ihm keinen Tropfen mehr übrig. »Nach Ihrer Karte, Marcus, sind wir höchstens noch drei oder vier Meilen von der Entdeckung des bedeutendsten Kunstgegenstandes der Menschheitsgeschichte entfernt.«

Brody wischte sich mit dem Handrücken über den Mund und überlegte ernsthaft, ob er dem Bastard die Feldflasche mitten ins Gesicht schleudern sollte. Doch das würde natürlich nur seine Überlebenschance noch weiter verringern. Er warf sie ihm ganz normal zu.

»Sie lassen sich mit Mächten ein, Walter, denen Sie unmöglich gewachsen sein können«, sagte er.

Donovan setzte bereits zu einer Entgegnung an, kam aber nicht mehr dazu.

Brody folgte seinem Blick. In der Ferne, irgendwo in den Bergen, blitzte etwas auf. Er glaubte zu wissen, was es war. Und er war sicher, Donovan ebenso.

***

Die Sonne blinkte auf dem Fernglas, als Indy es hinunter auf die Karawane richtete, die sich durch eine der Schluchten bewegte. Neben ihm lagen Sallah und Henry. Den Wagen mit ihren Vorräten hatten sie in einiger Entfernung hinter einem Felsvorsprung zurückgelassen.

»Sie haben einen Tank… mit einer Sechserkanone. Ich sehe Brody. Er sieht okay aus.«

Henry schirmte sich mit der Hand die Augen ab und blinzelte. »Paß auf, daß wir nicht gesehen werden.«

»Wir sind weit außer Reichweite.«

Doch im gleichen Moment blitzte es unten auf. Der Tank hatte in ihre Richtung geschossen. Indy warf sich zu Boden und hielt sich die Arme schützend über den Kopf. Die anderen machten es ebenso. Die Granate heulte vorbei und schlug dreißig Meter hinter ihnen ein. Gleich danach regneten die Trümmer von Sallahs Wagen, den das Geschoß genau getroffen hatte, auf sie herab.

Sallah stöhnte auf. »O Gott, das war das Auto meines Schwagers!«

***

»Volltreffer!« rief Standartenführer Vogel. »Gehen wir die Leichen einsammeln!«

Elsa griff zum Fernglas und sah selbst durch. Einerseits war ihr angesichts der Möglichkeit, daß Indy tot sein könnte, zum Weinen zumute, andererseits hingegen fühlte sie sich unendlich erleichtert. Wenn er tot war, war auch ihr innerer Konflikt zu Ende. Sie konnte die Jagd nach dem Gral fortsetzen, ohne dabei pausenlos im Widerstreit mit sich selbst zu liegen. Seit sie Indy begegnet war, befand sie sich in einer Achterbahn der Gefühle. Den einen Augenblick haßte sie ihn, den anderen glaubte sie, nicht mehr ohne ihn leben zu können. Wenn er also tot sein sollte, dann sollte es eben so sein.

Schließlich, mahnte sie sich selbst, war der Gral die wahre Leidenschaft ihres Lebens. Männer und die Politik waren dabei nichts als Mittel zum Zweck. Selbst mit Donovan machte sie dafür gemeinsame Sache. Doch auch mit ihm nur bis zu einem gewissen Punkt. Sie brauchte ihn, um an den Gral zu kommen. Dann jedoch mußte sie ihn ihm irgendwie abjagen.

Was der Besitz des Grals versprach, war zu verlockend, um ihm nicht zu erliegen. Sie mußte ihn haben, und wenn es ihr Leben kostete.

Als sie an der Stelle, wo der Wagen in die Luft geflogen war, ankamen, entdeckten sie nirgends Leichen. Elsa fühlte sich trotz allem gleich wieder besser. Indy lebte also noch.

Vogel teilte die Leute zur Suche ein. Donovan kam zu Elsa. »Vielleicht waren sie's überhaupt nicht.«

»Nein, nein. Das war schon er. Er ist hier.« Sie sah sich um und hatte das Gefühl, daß sie beobachtet wurden. »Irgendwo hier. Da bin ich ganz sicher.«

Donovan spürte es offenbar ebenfalls. Er sah sich angespannt um und befahl dann einem der Soldaten, Brody in den Tank zu sperren. Dann wandte er sich wieder an Elsa. »In der Hitze hier, ohne Transportmittel, sind sie schon so gut wie tot.«

Da prallte plötzlich eine Kugel singend von einem Felsen ab. Wie auf ein Zeichen war im nächsten Augenblick eine heftige Schießerei im Gange. Donovan rannte in Deckung und kümmerte sich nicht mehr um Elsa, die hinter ihm her hastete und ärgerlicher war über die Möglichkeit, daß es am Ende Indy sein konnte, der auf sie schoß, als über Donovan, der sich nur darum kümmerte, den eigenen Kopf zu retten.

»Das ist Jones«, schrie Donovan. »Er hat Waffen!«

***

Indy lag hinter einem großen Felsen in Deckung, als die Schießerei begann. Er sah Elsa und Donovan in Deckung laufen und die Soldaten das Feuer erwidern. Er tauschte verwunderte Blicke mit seinem Vater und Sallah. »Kommt. Sehen wir mal nach«, sagte er.

Sie kletterten von ihrem Versteck hinunter und erreichten nach einigen Minuten einen Felsen, von dem aus sie einen Überblick über die ganze chaotische Szene hatten. Die Nazis und die Krieger des Sultans beschossen einen unsichtbaren Gegner in den Höhlen entlang der Abhänge der Schlucht. Sallah versuchte, durch das Fernglas etwas zu erkennen und reichte es dann Indy.

Aus dem Schatten einer Höhle trat eine Gestalt hervor. An seinem Hemd erkannte Indy ein Emblem. Ein Kreuz, das in die Klinge eines Schwertes auslief. Der Mann trat mit Todesverachtung ins Freie. Indy richtete das Glas auf und stellte es scharf ein. Es war Kazim.

Also war die Bruderschaft vom Schwertförmigen Kreuz doch mehr als nur das Unternehmen eines einzigen Fanatikers!

Er reichte das Glas wieder Sally hinüber und besprach sich mit Henry. Sie verabredeten einen Plan. Henry schlich sich zu dem alten Tank, in den Brody gesperrt worden war. Indy und Sallah robbten indessen in die Nähe von Donovans hastig formierter Verteidigungsstellung.

Von dort sahen sie die Pferde. Indy suchte sich eines aus. Sie warteten auf den geeigneten Augenblick, in dem sie über die freie Strecke bis dorthin rennen konnten.

»Da!« sagte Sallah und deutete zum Hang der Schlucht.

Kazim kletterte eben abwärts. Von einer Deckung zur nächsten schoß er dabei wild um sich.

»Jetzt«, sagte Indy und gab Sallah das Zeichen.

Sie waren auf halbem Weg zwischen Felsen und Pferden, als einer der Nazi-Soldaten, der ebenfalls mit auf die Felshöhlen in der Schlucht gefeuert hatte, sich abwandte, um nachzuladen. Er sah sie laufen und wollte eben die anderen alarmieren, als Kazim vorstürzte, auf ihn schoß, traf und wie im Veitstanz wild schießend herumhüpfte, bis ihn selbst ein wahrer Kugelhagel auf kurze Entfernung traf.

Indy und Sallah duckten sich zwischen die Pferde, während Donovan zu Kazim lief. Er war keine fünf Meter mehr von ihnen entfernt.

»Wer sind Sie?« fragte er Kazim, der sterbend in seinem Blut lag.

»Ein Bote Gottes. Der Gral des Lebens bringt denen, die ihn sich unrechtmäßig aneignen, ewige Verdammnis.«

Es waren Kazims letzte Worte.

Dann krachten wieder Schüsse aus den Höhlen. Donovan rannte eilends in Deckung, während rings um ihn her Kugeln in den Boden fuhren.

Indy und Sally schwangen sich geduckt auf zwei der Pferde und ritten unbemerkt aus dem Feuergefecht davon.

Brody zerfloß fast in dem heißen Tank. Sie hatten ihn allein in ihm zurückgelassen. Er suchte fieberhaft nach einem zweiten Schlüssel. Er hatte keine Ahnung, ob er diesen Tank fahren konnte, aber selbst wenn er es nur versuchen wollte, brauchte er einen Zündschlüssel. Da ging oben plötzlich die Luke auf. Er wich hastig zurück.

»Marcus?«

Die Stimme kam ihm bekannt vor. Er blickte überrascht nach oben zur Lukenöffnung, doch noch ehe er reagieren konnte, kam Henry schon zu ihm heruntergesprungen.

Er feixte Brody an und zitierte einen alten Toast-Spruch ihres Universitäts-Clubs: »Genius der Auferstehung...«

»...steh uns bei, wenn wir selbst auferstehen!« vollendete Brody.

Sie umarmten sich. »Hoffentlich bist du nicht ungehalten über mein formloses und unangemeldetes Eindringen«, sagte Henry übertrieben.

»Aber keine Ursache, lieber Kollege. Freut mich durchaus, dich zu sehen. Was machst du hier?«

»Die Sache ist die, guter Mann. Ich bin hier auf einer Rettungsmission. Oder dachtest du, ich schaue zum Tee vorbei?«

»Dazu wäre es ja wohl schon ein wenig spät.«

Sie hatten keine Gelegenheit zu weiteren Flachsereien. Ein Nazi war durch die Luke herabgekommen und zielte mit seiner Luger auf sie beide. Zwei weitere folgten ihm, dann kam auch noch Vogel, der befahl:

»Durchsuchen.«

Doch die Durchsuchung Henrys brachte nichts zutage, weder eine Waffe noch das Gralstagebuch. Vogel war wütend und schlug ihm ins Gesicht.

»Was steht in dem Buch? In Ihrem blöden kleinen Buch?«

Als Henry nicht antwortete, schlug ihn Vogel noch einmal ins Gesicht. »Wir haben die Karte. Ihr Buch ist jetzt ganz nutzlos.

Trotzdem haben Sie den ganzen Weg bis Berlin nicht gescheut, um es wiederzubekommen. Ich wüßte gerne, warum, Dr. Jones!«

Henry blieb weiterhin stumm. Dies veranlaßte Vogel zu einem dritten Schlag ins Gesicht. »Was verbergen Sie? Was sagt dieses Notizbuch Ihnen, was es uns nicht verrät?«

Henry war nur flammende Verachtung. »Es sagt mir, daß Stechschritt-Bonzen wie Sie lieber versuchen sollten, Bücher zu lesen, statt zu verbrennen.«

Das Resultat war lediglich, daß Vogel erneut zuschlug, diesmal aber sehr viel heftiger, so daß Henry zurücktaumelte.

***

»Sie haben deinen Vater im Tank geschnappt«, sagte Sallah, während er Indy das Fernglas reichte. »Ich sah, wie ihn die Soldaten verfolgten.«

Indy verfluchte sich selbst. Er hätte nicht auf seinen Vater hören sollen. Er hätte Brody selbst herausholen müssen. Um die Pferde hätte er sich immer noch hinterher kümmern können. Er blickte noch einmal zu dem Tank hinüber und wandte sein Augenmerk dann Donovan und den anderen Soldaten zu. Sie waren noch immer im heftigen Gefecht mit den verbliebenen Leuten von Kazims Kampfgruppe.

»Schnappen wir sie uns, ehe es zu spät ist!«

***

»Standartenführer!«

Einer der Soldaten, der sich in den Fahrersitz des Tanks gesetzt hatte, winkte Vogel zum Sehschlitz.

Vogel blickte hinaus. Er sah Indy und Sallah durch eine Staubwolke zu Pferde eine Attacke auf den Tank reiten. Er wandte sich an den Bewacher Henrys und Brodys. »Bei der kleinsten Bewegung schießen Sie die beiden nieder!«

Dann setzte er sich an das Bordgeschütz.

»Vorsicht, Indy, die Kanone!« rief Sallah.

Indy hatte bereits gesehen, daß sich die Sechspfund-Kanone des Tanks gedreht hatte und auf sie zielte.

Es wurde ihm schlagartig klar, daß die Absicht, den Tank zu attackieren, eine nicht ganz so gute Idee war, wie er gemeint hatte. Er griff hart in die Zügel und galoppierte vom Tank weg in eine andere Richtung.

Sallah blieb dicht hinter ihm und brüllte, was er konnte: »Gute Idee, Indy! Pferde gegen Tanks ist nicht so gut. Ich bin völlig einverstanden!«

Sie jagten im Zickzack quer über die Wüste, während der Tank sie zu verfolgen begann und ihnen mehrere Schüsse hinterherschickte.

Aus den Sandwolken, die die Einschläge hochstieben ließen, tauchten sie jedoch jedesmal unversehrt wieder auf.

Indys Kopf fuhr herum. Der Tank holte auf. Und dann bemerkte er auch, daß er Begleitung hatte.

Ein deutscher Kleinwagen mit zwei Soldaten kam ebenfalls auf sie zu. Aber um ihn zu kriegen, brauchte es schon mehr als diese zwei, soviel stand fest.

Im gleichen Moment kam ihnen eine andere Granate aus dem Tankgeschütz hinterher und verfehlte sie nur knapp.

»Verdammt.«

»Das war knapp, Indy!« schrie ihm Sallah zu. »Reite um dein Leben!« Und er gab seinem Pferd die Sporen.

Indy begann wütend zu werden. Er knurrte, warf einen Blick nach hinten und erkannte nun, daß der Tank sein Geschütz nur innerhalb eines bestimmten Winkels schwenken konnte. Das brachte ihn auf eine Idee.

Er riß wieder die Zügel herum und wendete das Pferd. Der Tank drehte ebenfalls und verfolgte ihn weiter, war jetzt aber auf Kollisionskurs zu dem anderen Auto mit den beiden Soldaten. Dessen Fahrer versuchte verzweifelt, auszuweichen, doch Vogel sah ihn nicht und hatte auch nichts anderes im Sinn, als Indy im Visier der Bordkanone zu behalten.

Mit ohrenbetäubendem Krachen wurde das Auto seitlich gerammt und zwischen den Raupen des Tanks zermalmt. Der Zusammenstoß brachte den Tank nicht nur zum Stehen, er blockierte auch den Fronteinstieg und den drehbaren Geschützturm.

Indy zügelte sein Pferd, bückte sich nach unten und sammelte einige Steinbrocken neben einem Wasserkanal auf. Er trieb das Pferd wieder an, direkt auf das rechte Seitengeschütz des Tanks zu und warf einige der Steine in den Lauf. Dann wendete er das Pferd so, daß er direkt davor stand – scheinbar ein leichtes Ziel.

***

»Ich sehe ihn!« rief der Bordschütze. Henry riß es den Kopf nach oben.

Es war ihm klar, daß von seinem Sohn die Rede war.

»Na, dann kartätschen Sie ihn schon endlich nieder!« kommandierte Vogel.

»Nein!« schrie Henry und versuchte sich auf den Schützen zu werfen. Sein Bewacher aber vertrat ihm den Weg und stieß ihn unsanft zurück. Eben als der Bordschütze visierte und auf Indy schoß, zielte er ihm mit der Luger genau zwischen die Augen.

Es war ein klassischer Rohrkrepierer, und der Bordschütze bekam das meiste ab. Es warf ihn rückwärts. Sein Gesicht wurde buchstäblich zerfetzt. Er war bereits tot, ehe er zu Boden gefallen war.

Der ganze Tank war voller Rauch. Alle begannen zu husten und nach Luft zu schnappen. Vogel trampelte hastig über den toten Bordschützen und riß die Luke auf, um frische Luft herein und den Rauch abziehen zu lassen.

»Feuern Sie mit dem Turmgeschütz!« schrie er den Fahrer an. Er selbst ging das Risiko nicht ein.

Henry packte Brody am Arm. Auf Händen und Füßen krochen

sie bis zur Luke. Er wollte sich eben aufrichten, um hinauszuklettern, als wie eine aus dem Boden gewachsene Wand ihr Bewacher wieder vor ihnen stand, den es zunächst ebenfalls umgerissen hatte. Er hob die Luger und drückte sie Henry an die Schläfe.

***

Der Fahrer des Wagens war nach dem Zusammenstoß mit dem Tank sofort tot. Sein Beifahrer aber blieb unverletzt und versuchte sich nun durch das Stoffverdeck herauszuarbeiten. Er schaffte es, eine Krempe zu öffnen und es zurückzuschieben. Er steckte den Kopf oben heraus und starrte direkt in das Rohr des Turmgeschützes des Tanks.

Und im selben Moment feuerte es. Es pulverisierte alles, was ihm im Weg stand. Noch in fünfundzwanzig Metern Entfernung regnete es anschließend Teile des Autos.

***

Indy war längst hinter dem Tank und hatte eben Sallah erspäht, wie er auf ihn zugeritten kam, als das Turmgeschütz das Auto zerfetzte. Die herumfliegenden Metallsplitter regneten auf Sallah herab. Sein Pferd scheute und stieg hoch, Sallah fiel aus dem Sattel.

Er schwang sich eilends wieder hinauf, warf einen Blick auf den Tank und galoppierte davon.

Indy hatte das Gefühl, daß er von Sallah wohl nicht besonders viel Hilfe erwarten könne.

***

Nachdem ihm das Auto nicht mehr im Wege stand, konnte der Tank weiterfahren.

Vogel hatte nun doch das Turmgeschütz übernommen und schwenkte es auf der Suche nach Indy herum. Das Geschütz war jedoch nur in einem Winkel von neunzig Grad schwenkbar. Er war ganz sicher, daß Indy hinter dem Tank sein mußte. Wenn ihm der andere Reiter zu Hilfe kam, würden sie vermutlich versuchen, hereinzusteigen.

Für diesen Fall war er entschlossen, den alten Jones auf der Stelle niederzuschießen.

Er brauchte jedoch Verstärkung. Er griff sich das Mikrophon des Sprechgeräts und rief Donovan. »Lassen Sie diese Verrückten in den Bergen in Ruhe«, sagte er dringlich, »und kommen Sie mit allen Leuten hierher.«

Einen Augenblick war Stille, dann kam Donovans bellende Stimme. »Soll das vielleicht heißen, daß sie samt dem Tank noch immer nicht mit Jones aufgeräumt haben?«

Vogel schäumte fast und antwortete nur durch die Zähne: »Noch nicht, nein.«

Er starrte über das Geschützrohr nach draußen und versuchte, Indy zu entdecken. Links sah er den Eingang zu einer schmalen Schlucht und hatte einen Einfall. Er lächelte und befahl dem Fahrer, dort hineinzufahren.

Dann schaltete er das Sprechgerät wieder ein. »Bis Sie hier sind, habe ich mit Jones auf jeden Fall aufgeräumt – wie Sie sich ausdrücken.«

Er drehte, sobald sie in die Schlucht eingefahren waren, das Geschützrohr so weit herum, wie es ging, visierte direkt die Felswand an und wartete auf den richtigen Moment. Als er dann weiter oben einen überhängenden Felsen erblickte, stellte er das Zielvisier darauf ein und gab einen Schuß ab. Tonnen von Gestein donnerten herab.

Vogel grinste. Damit sollte ja wohl »aufgeräumt« sein.

Einer gegen alle

Nur wenige Augenblicke vor dem mächtigen Steinschlag war Indy noch hinter dem Tank und suchte wieder nach herumliegenden Steinen. Er wollte auch das linke Seitengeschütz verstopfen und so einen Rohrkrepierer wie auf der anderen Seite verursachen. Und diesmal würde er sofort, wenn die Luke aufging, Vogel überwältigen und sich dann des Tanks bemächtigen. Der Plan war einfach. Aber erst einmal mußte Vogel auf ihn hereinfallen.

Der Tank war jedoch in diese schmale Felsenschlucht gefahren, in der er nirgends lose Steine von geeigneter Größe finden konnte. Es gab Kiesel und Felsbrocken, die meisten waren aber halb so groß wie der ganze Tank oder noch größer. Außerdem war dies nicht das einzige Problem. Er war nun auch von Sallah abgeschnitten, der schon weit voraus außerhalb der Reichweite des Tankgeschützes galoppiert war und so vermutlich auch nicht mehr mitbekam, was mit ihm oder dem Tank geschah.

Er suchte den Boden ab. *Steine. Ich brauche Steine.*

Und genau in diesem Augenblick feuerte das Bordgeschütz des Tanks auf die Felswand, und mit einem Schlag kamen mehr Steine, als er sich wünschen konnte, in einer Lawine heruntergepoltert. Genau auf ihn herunter.

Er riß das Pferd herum und jagte davon. Links und rechts von ihm flogen bereits die Steine. Gefährlich nahe. Doch er entkam, ohne daß ihn auch nur einer getroffen hätte.

Ein Glück nur, dachte er, daß er nicht ganz mit dem Tank hatte Schritt halten können. Andernfalls hätte er nicht so viel Glück gehabt. Und wäre tot. Das war sicher.

Er hatte jetzt allerdings ein zusätzliches Problem. Der Weg durch die Schlucht war versperrt. Er mußte zurück und sie ganz umreiten, um den Tank wiederzufinden. Und das kostete wertvolle Zeit, vielleicht sogar Stunden.

So viel Zeit hatte er auf keinen Fall.

Dann sah er den Ausweg. Der Steinschlag hatte sich zu seinem Vorteil ausgewirkt. Er hatte eine Bresche in den Fels gerissen. *Es ist Zeit, den Höhenweg zu nehmen.*

Er dirigierte sein Pferd, so schnell es ging, durch das Geröll nach oben. Die Bresche ermöglichte es ihm tatsächlich nicht nur, überhaupt durch die Schlucht zu kommen, sondern erwies sich obendrein sogar als Abkürzung. Schon bald hatte er den Tank wieder vor sich, näherte sich ihm von oben und überholte ihn dort. Er überlegte eben, wie er am besten hinunterkommen sollte, als sich sein Glück unerwartet wieder wendete. Sein Weg endete abrupt vor einer Felswand.

Er sah in die Schlucht hinunter, wo der Tank fuhr. Er mußte umkehren; oder...

Da war er bereits aus dem Sattel, rannte, noch ehe er Zeit zum Nachdenken oder Zögern hatte, auf den Absturz des Felsens zu und sprang. Er landete auf seinen Füßen genau auf dem Tank, wo er sich auf Hände und Knie fallen ließ. Geschafft. Aber was nun?

Der Tank erreichte bereits das andere Ende der Schlucht, wo sie sich nach rechts wieder in die Wüste hinaus öffnete.

Eine Staubwolke hing über ihr.

Indy blinzelte in das grelle Licht. Ein Kübelwagen kam rasch auf sie zugefahren, hinter ihm, noch in einiger Entfernung, zwei Lastautos mit Nazitruppen. Sie bekamen Gesellschaft.

»Willkommen an Bord, Jones.«

Er fuhr herum. Aus der Luke blickte Vogels Kopf. Seine Augen durchbohrten ihn. Aber Indy hielt ihnen stand und starrte zurück. Er spürte, wie Wellen von Haß von diesem Mann über ihn hinfluteten. Aber er war entschlossen, sich von diesem Blick nicht niedermachen zu lassen. Vogel sollte in diesem Kampf der Willenskräfte nicht Sieger bleiben.

Und dann verspürte er plötzlich wieder das Kribbeln im Nakken. Das altvertraute Warnsignal. Er wußte sofort, was es war.

Vogel hatte versucht, ihn abzulenken, während einer der Soldaten behende und geschmeidig wie eine Spinne aus dem Kübelwagen auf den Tank herübersprang. Er war sofort überwältigt und wurde gegen den Tank gedrückt.

Er bäumte und wand sich, um sich zu befreien, aber er lag mit dem Gesicht direkt auf dem heißen Metall und konnte sich nicht rühren. In dieser Lage konnte er nicht sehen, was vorging. Eines der Lastautos mit Soldaten war inzwischen herangekommen. Wie Piraten, die ein Schiff entern, sprang eine Anzahl der Soldaten auf den Tank. Das sah nicht gut aus.

Es gelang ihm schließlich, sich aus dem Griff seines Gegners zu befreien und nach dessen Luger zu greifen. Sie rangen miteinander und rollten über den Tank. Jetzt drückte er den anderen auf den Tank. Die Luger war nach wie vor zwischen ihnen. Der andere umklammerte sie verbissen und konnte sich noch einmal herumrollen. Der Lauf seiner Pistole näherte sich Indys Schläfe bedrohlich, doch dieser nützte ein Holpern des Tanks, um die Waffe so wegzudrücken, daß sie nun auf den Soldaten selbst gerichtet war.

Er drückte mit aller Macht, so heftig er konnte, und zwang den Soldaten, abzudrücken und sich selbst zu erschießen. Die Kugel fuhr ihm in den Hals, durch den Leib eines zweiten und sogar noch in die Seite eines dritten. Alle drei fielen vom Tank, der nun schon ziemlich überfüllt war.

Drei raus, noch 'ne Menge mehr da. Aus den Augenwinkeln sah er, daß Vogel aus der Luke geklettert war, um den anderen Nazis zu Hilfe zu kommen.

»Das ist mein Junge! Mach sie fertig, Junior!«

Da war unverkennbar sein Vater, dessen Kopf auch schon in der Einstiegluke erschien.

Er griff nach der Peitsche an seinem Gürtel. Aber es war ein zu großes Gedränge, um sie ziehen und benützen zu können. Trotzdem war der akute Platzmangel hier oben zu seinem Vorteil. Von allen Seiten drangen sie mit Messern und Pistolen auf ihn ein, standen sich aber dabei selbst im Wege. Er war ja auch nicht gerade ein unbewegliches Ziel. Er wich gerade noch einer Messerklinge aus, die auf ihn zustieß und nun einem der anderen Nazis in den Schenkel fuhr. Im nächsten Moment traf ihn ein Kinnhaken, der ihn sich drehen ließ. Dabei schlug er ganz unabsichtlich einem weiteren Nazi die Waffe aus der Hand, der daraufhin die Balance verlor und vom Panzer stürzte. Ein dritter Mann schoß auf ihn, verfehlte ihn aber und traf einen seiner eigenen Leute. *Noch einer raus.*

»Mach sie fertig, Junior!« schrie Henry wieder.

Wie im Reflex sah Indy rot. Er schoß geradezu vorwärts, sein Zorn war wie ein mächtiger Adrenalinstoß. Er hieb seine Faust dem nächstbesten ans Kinn. Der Mann taumelte rückwärts in einen anderen. Sie purzelten beide vom Tank. Und schon hatte er dem nächsten eine verpaßt. Der fiel auf die Raupe hinunter und riß ebenfalls einen Kameraden mit. Sie stürzten beide so unglücklich auf den Boden, daß die Tankraupe sie unter sich zermalmte.

In blinder Wut schrie Indy zur Luke: »Und ich habe dir jetzt schon tausendmal gesagt, nenne mich verdammt noch mal nicht Junior!«

Er hatte kaum ausgeredet, als ihm eine von Vogel geworfene Kette zweimal um den Leib fuhr. Wie Weißglut durchschoß ihn der Schmerz. Er ging stöhnend in die Knie. Aber er behielt das volle Bewußtsein und seine Geistesgegenwart. Hinter ihm lag auf dem Tank noch die Luger seines ersten Gegners. Er stieß sie mit dem Fuß zur Luke. Jeder Fußballstar hätte seine Freude daran gehabt. Er schlenzte sie im Bogen genau in Henrys Schoß.

Als er wieder stand, sah er sich Vogel und dem letzten der noch verbliebenen Soldaten gegenüber. Noch immer lag die Kette um seine Schultern, aber er konnte immerhin die Arme bewegen, und keiner seiner beiden Gegner war bewaffnet. Nachdem er mit allen anderen fertig geworden war, hatte er genug Selbstbewußtsein, um sich auch diese beiden noch zuzutrauen.

Vogel jedoch lächelte ihn siegessicher an. Der Grund dieser Zuversicht wurde gleich darauf offenbar. Der zweite Lastwagen mit Soldaten war herangekommen und brachte Verstärkung. Mehr als er zu schaffen hoffen konnte. Verdammt, nicht einmal ein halbes Dutzend wie er hätten der Flut standhalten können, die hier anrollte.

***

Als ihm die Pistole in den Schoß segelte, ergriff Henry sie sofort. Keine Sekunde zu früh. Brody schrie bereits warnend; gleich darauf sank er zu Boden. Ein Hieb hatte ihn niedergestreckt. Von unten wurde Henry von seinem Bewacher aus der Luke hinabgezogen.

»Loslassen!« schrie Henry.

Als ihn der andere keineswegs losließ, sagte Henry sehr entschlossen: »Ich habe Sie gewarnt, Mann!« Und hieb ihm den Pistolenkolben über den Schädel. Der Wächter sank neben Brody zu Boden. Henry kletterte wieder in die Luke hinauf, um Indy beizustehen, als er das zweite Lastauto herankommen sah. Nicht der Hauch einer Chance, mit dieser ganzen Horde fertig zu werden. Sie brauchten Hilfe. Eine ganze Menge Hilfe sogar.

Er duckte sich wieder nach unten und machte sich an dem linken Seitengeschütz zu schaffen, als sein Bewacher wieder zu sich kam und sich hochrappelte. Henry zielte bereits auf das Transportauto mit der zweiten Ladung Soldaten und hatte den Finger am Abzug. Er war eben am Durchdrücken, als ihm der Wächter in den Arm fiel und ihn zurückriß.

Brody kam auf Händen und Füßen gekrochen, und der Wächter stolperte über ihn. Schon hatte Henry sich wieder befreit und war erneut an der Bordkanone, zielte hastig und feuerte.

Und er hatte Anfängerglück. Er traf mitten in den Benzintank. Das ganze Fahrzeug explodierte und wirbelte Trümmer und Soldaten durch die von Feuer und Rauch erfüllte Luft.

Die Explosion riß sie alle drei vom Tank – Indy, Vogel und den Soldaten, der auf den Sand fiel, während Indy und Vogel auf die rollende Raupe knallten, die sie einfach mitnahm. Nur Augenblicke, ehe sie vornüber und unter sie gefallen und zermalmt worden wären, warfen sie sich beide unter die Geschützlafette. Vogels Füße rammten sich in Indy, der von dem schmalen Metallstreifen zurück auf die endlos über die Räder laufende Raupe flog. Er klammerte sich mit einer Hand am Geschützrohr fest, dann auch mit dem anderen Arm. Seine Füße baumelten in der Luft, immer nur ganz knapp neben der Raupe. Er kämpfte verzweifelt darum, nicht herunterzufallen.

Vogel kam herbeigekrochen und stieß mit den Füßen nach seinen Händen.

***

Im Tank griff der Wächter sich Brody und schleuderte ihn an die Wand, daß ihm der Kopf gegen den Sehschlitz knallte. Brody sank zu Boden, befand sich auf der Grenze zur Ohnmacht und kämpfte heftig gegen die Schwärze an, die sich in seinem Kopf breitmachen wollte und wie ein Alptraum an ihm hochkroch. Er sah undeutlich, wie sein Bewacher die Luger hob und auf ihn zielte. Er wollte es nicht mehr mitansehen und schloß die Augen. Er wartete auf den Knall und den Tod.

Doch da sprang Henry schon den Wächter an und drehte ihm den Arm um, während sich der Schuß bereits löste. Die Kugel prallte mehrmals von den Eisenwänden des Tanks ab und pfiff als Querschläger hin und her.

Dann begann der Tank hin und her zu schleudern. Der Fahrer war leblos vornübergesunken. Ihn hatte die Kugel am Ende erreicht.

Henry kämpfte mit allem, was er hatte. Er rang nach Atem. Der Wachmann hatte seinen kräftigen Arm um seinen Hals und drückte mächtig. Henrys Hände waren um den anderen Arm des

Soldaten gekrallt und wehrten sich dagegen, daß er die Waffe auf ihn richten konnte. Er versuchte verzweifelt, bei Bewußtsein zu bleiben. Wenn er ohnmächtig wurde, war er auch gleich tot.

***

Brody kam wieder zu sich, als der Tank heftig über einen großen Felsen holperte. Er hatte ein Gefühl, als sei er von den Toten auferstanden, obwohl ihm sein Körper eigentlich überall weh tat und sein Kopf sich anfühlte, als stecke ein Speer in ihm. Trotzdem rappelte er sich auf und sah, wie Henry mit dem Wachmann auf Leben und Tod um die Waffe kämpfte. Er trat diesem heftig an die Hand. Die Pistole entfiel ihm und schlitterte über den Boden des Tanks.

Im gleichen Augenblick polterte der Tank wieder über einen Felsen. Brody fiel hin. »Wer, zum Teufel, fährt den Kasten eigentlich?« knurrte er.

***

Im gleichen Moment, da Brody dem anderen die Pistole wegtrat, griff Henry in die Tasche. Seine Finger suchten hastig nach seinem Füllfederhalter. Mit dem anderen Arm klammerte er sich noch immer an den Wachmann, der sich mühte, ihn abzuschütteln, um sich seine Luger wiederzuholen. Er zog den Füller heraus und stach den Mann damit, doch der schien völlig unempfindlich dagegen zu sein. Endlich bekam er die Kappe ab, hob den Arm und drückte.

Ein Tintenstrahl spritzte dem Wächter in die Augen.

Er jaulte auf, taumelte zurück und faßte sich instinktiv an die Augen. Inzwischen hatte Henry schon nach Luft geschnappt, tief eingeatmet und dem verdutzten Wachmann die Faust ins Gesicht geschlagen. Der knallte gegen die Eisenwand, fiel wie ein Baum nach vorne und war k.o.

»Du siehst«, schrie Henry triumphierend, »die Feder ist doch mächtiger als das Schwert!« Er half Brody auf die Beine. Dieser ganze Unsinn hier hatte kaum noch etwas mit dem Studium der alten Sprachen und Altertümer zu tun. Doch jetzt pumpte sein Organismus erst einmal tüchtig Adrenalin durch ihn.

Sie kletterten hinauf zur Luke und hinaus auf den Tank. Weit und breit weder Indy noch Soldaten. Erst als Henry über die Seite des Tanks hinunterblickte, sah er dort am Bordkanonenrohr seinen Sohn hängen, allerdings in tödlicher Umklammerung mit Vogel. Alle beide waren inzwischen von Vogels Kette behindert.

Indys Kopf aber war nur noch Zentimeter von der laufenden Raupe entfernt.

Henry ließ sich vorsichtig an der Seite hinab. Er war entschlossen, seinem Sohn in einer Weise beizustehen, wie er es sich nie hätte träumen lassen. Jetzt war der Moment, alle väterlichen Versäumnisse eines ganzen Lebens wettzumachen. Und wenn er Indy hinterher gegenüberstand, dann war auch Zeit und Gelegenheit, alle diese Versäumnisse endlich einmal auszusprechen, um reinen Tisch zu machen.

Ich bin ein verkalkter alter Knacker, und nie habe ich mich in meiner Sturheit um ihn gekümmert. Genau das würde er ihm dann sagen. Es war endlich allerhöchste Zeit, das offen zuzugeben.

***

Sallah war davongaloppiert, nachdem ihn die Trümmer des zermalmten Autos beinahe umgebracht hätten. Mit einem Pferd, sagte er sich selbst immer wieder, konnte man es nun einmal nicht mit einem Panzer aufnehmen. Doch wo war Indy abgeblieben? Er war genauso verschwunden wie der Panzer. Sallah war daraufhin ein Stück zurückgeritten. Er fand die schmale Schlucht und stand dort verblüfft vor dem von der Panzergranate verursachten Erdrutschgeröll. Vielleicht war Indy unter dem Gestein begraben. Er begann zu suchen.

Als er schließlich ziemlich sicher war, daß Indy nicht hier lag, verfolgte er die Spur noch etwas weiter und entdeckte den Tank weiter vorne. Als er näher kam, erkannte er rasch, daß dort etwas nicht stimmte. Der Tank fuhr direkt auf eine andere Schlucht zu, die kaum noch sechzig Meter entfernt war. Und Indy war nirgends zu sehen. Er gab seinem Pferd die Sporen und galoppierte auf den Tank zu. Als er neben ihm war, sah er Brody daran hängen und schrie ihm zu: »Springen! Spring, Mann!«

***

Brody hörte Sallah schreien. Er blickte zur Seite und sah jetzt die Schlucht vor ihnen zum ersten Mal. Er rutschte an der Geschützlafette vorbei zu der Seite, wo Sally ritt.

»Springen, hab' ich gesagt!« brüllte Sallah noch einmal.

Brody war sich ziemlich sicher, daß ihn das das Leben kosten würde, aber andererseits hatte er keine Wahl. Also sprang er. Er bekam Sallah am Hals zu fassen und landete halb auf dessen Pferd, halb hing er noch in der Luft. Sallah packte ihn und zog ihm den Fuß über den Pferderücken.

»Festhalten!«

»Andere Seite!« rief Brody ihm zu. »Sie sind auf der anderen Seite drüben!«

***

Indy und Vogel waren noch immer in die Kette verheddert und in einer Pattsituation. Warf der eine den anderen vom Tank hinunter, riß er den anderen unweigerlich mit.

Dann sah Indy die Schlucht auf sie zukommen, keine dreißig Meter mehr entfernt. *Verdammt, wer fährt diesen Tank eigentlich?*

Er bemühte sich verzweifelt, die Kette abzukriegen, während Vogel, der den Abhang ebenfalls gesehen hatte, abzuspringen versuchte. Zu Indys grenzenloser Verwunderung erschien gerade in diesem Augenblick sein Vater und packte Vogels Bein.

Vogel drehte und wand sich, um sich zu befreien. Dann trat er Henry heftig an den Kopf. Henry fiel auf die rollende Raupe hinab. Indy sah, wie sein Vater nach vorne gezogen wurde, und reagierte blitzschnell. Er hatte mit einer Bewegung die Peitsche aus dem Gürtel und schnalzte sie seinem Vater um das Fußgelenk, gerade eben, als er fast schon vorne von der Raupe fiel.

Er zog heftig an der Peitsche, und Henry flog zurück wie ein riesiger Fisch am Angelhaken.

***

Sallah war inzwischen herübergekommen und ritt neben der Raupenspur. »Schnell, Indy!« rief er. »Runter vom Tank!«

Indy warf einen schnellen Blick zu ihm hinüber. »Da, helfen Sie mir!« Er reichte ihm die Peitsche hinüber. Sallah griff sie sich, zügelte sein Pferd und beugte sich nach hinten, vom Tank weg.

Henry purzelte von der Raupe und fiel auf die Erde. Sallah war bereits am Absteigen, um ihm zu helfen, als er erkannte, daß Indy und Vogel gemeinsam auf dem Tank nach hinten rannten. Sie waren immer noch zusammen in die Kette verheddert und sprangen beide im gleichen Moment. Und sie hätten es auch geschafft. Doch das Ende der Kette blieb irgendwo an dem Tank hängen, und der Panzer zerrte sie beide hinter sich her auf den Absturz zu.

»O nein! Indy!« schrie Sallah.

***

Mit der letzten Kraft der Verzweiflung konnte Indy sich aus der Kette befreien, während der Panzer ihn hinter sich her zerrte. Allerdings verfing er sich gleich wieder mit dem Bein in ihr. Er riß sich einfach die Hose auf und zog sie sich herunter, über Hüften und Knie. Es sah aus wie bei einem Entfesselungskünstler, der seine todesmutigen und waghalsigen Kunststücke vorführt. Nur war das hier leider kein Bühnentrick. Auf jeden Fall keiner, den er schon einmal vorgeführt hatte.

Er hatte die Hose fast runter, als der Tank am Absturz angekommen war, über die Klippe kippte und in die tiefe Schlucht hinabstürzte.

***

Elsa sah in der Entfernung eine schwarze Rauchwolke aus der Schlucht aufsteigen. Sie setzte das Fernglas ab und befahl dem Fahrer, den Motor anzulassen.

»Der Tank ist erledigt«, sagte sie zu Donovan. »Sie sind alle erledigt.«

»Was ist mit Vogel?«

»Was soll mit ihm sein, Mr. Donovan?« Ihre Stimme war hart und eiskalt. Sie hatte alle ihre Gefühle unterdrückt. Jetzt zählte nur noch der Gral. Sie konnte nicht erwarten, daß Indy das alles überlebt hatte. Und wenn, was dann? Was würde es ändern?

Gar nichts.

Donovan nickte und stieg zu Elsa in den Wagen. »Sieht so aus, als sollten wir beide am Ende gemeinsam den Gral finden.«

Elsa antwortete nicht. Sie blickte nach vorne und starrte in die über der Wüste flimmernden Hitze. *Tot. Indy ist tot. Nichts ist wichtig außer dem Gral.*

»Kümmern Sie sich darum, daß der Materialwagen und alle anderen bereit sind«, sagte sie schließlich. »Wir haben zu tun, los!«

***

Henry starrte auf das brennende Wrack des Tanks in der Tiefe unten. Er mußte sich sehr zusammennehmen, um sich nicht von der aufsteigenden Woge seiner Gefühle überwältigen zu lassen. Er war selbst verletzt, hatte Schrammen und war total fertig. Aber was spielte das jetzt für eine Rolle. Er hatte seinen einzigen Sohn verloren – gerade jetzt, wo er die Dinge mit ihm endlich in Ordnung hatte bringen wollen, um die Jahre der Mißverständnisse aus der Welt zu schaffen und zu bereinigen.

»Ich muß nach ihm sehen«, sagte Sallah. »Er ist mein Freund.« Er begann, den Bergabsturz hinabzusteigen. Doch Brody hielt ihn am Arm zurück.

»Das hat keinen Sinn mehr, Sallah.«

Sallah machte sich sanft los, sank dann auf die Knie und verbarg sein Gesicht in den Händen. Henry blickte von Sallah zu Brody und wußte nicht, was er sagen sollte. Er war kaum imstande, seine eigene Trauer irgendwo einzuordnen. geschweige die eines anderen.

Brody versuchte ihn zu trösten. Er legte Henry den Arm um die Schulter und versicherte ihm sein Mitgefühl. In Henrys Augen standen Tränen. Sie brannten. Um sie herum war Staub und Sand in der Luft. Die Sonne brannte gnadenlos herunter.

Ich habe ihn niemals auch nur umarmt, dachte Henry und fühlte sich entsetzlich elend. Nicht ein einziges Mal habe ich ihm gesagt, daß ich ihn liebe.

***

Noch halb in Trance und verwirrt taumelte Indy hinter einem Felshaufen hervor. Er hatte seine Hose in der Hand. Sie war von oben bis unten aufgerissen. Ein paar Restfetzen von ihr hingen ihm noch um die Stiefel.

Er ging zu den anderen und starrte über den Absturz hinab auf das brennende Panzerwrack. Einer nach dem anderen nahm seine Anwesenheit wahr. Zuerst Brody, dann Sallah und zuletzt Henry.

Indy stieß einen leichten Pfiff durch die Zähne und sagte kopfschüttelnd: »Mein lieber Mann, das war knapp.«

»Junior!!« schrie Henry, warf die Arme um ihn und drückte ihn heftig an sich. Dann sagte er ein übers andere Mal: »Und ich dachte schon, ich hätte dich verloren.« Und er plapperte ohne Unterlaß alles mögliche über Söhne und Väter und Liebe.

Es dauerte eine ganze Weile, bis Indy begriff, daß ihn sein Vater wirklich und wahrhaftig umarmte und ihm versicherte, daß er ihn liebte. Seltsam, an so etwas war er nun wirklich nicht gewöhnt. Genau gesagt, er konnte sich nicht erinnern, dergleichen jemals gehört zu haben. Nicht zu reden davon, daß sein Vater ihn umarmte.

Wie von selbst erwiderte er die Umarmung heftig. Wie ein kleiner Junge, den die blinde Liebe zu seinem Vater überwältigt. »Ich dachte ebenfalls, ich hätte dich schon verloren«, flüsterte er.

Brody war über die unerwartete Versöhnungsszene zwischen Vater und Sohn sehr gerührt. Sallah allerdings war etwas verwirrt.

»Junior?« sagte er. »Du bist Junior?«

Indy schnitt ein Gesicht. Er war jetzt nicht in der Stimmung, über dieses Thema zu reden. Er trat etwas zurück und tat, was er konnte, um irgendwie das Wiederanziehen seiner Hose zu improvisieren.

Henry beantwortete für ihn Sallahs Frage. »Ja, so heißt er. Henry Jones junior.«

»Mir gefällt Indiana besser«, sagte Indy nachdrücklich.

Henry reckte sich auf. »Indiana haben wir den Hund getauft! Dich haben wir Henry junior getauft!«

Brody lächelte, und Sallah lachte laut. »Den Hund?« rief er.

Selbst Indy konnte nun ein Feixen nicht unterdrücken. »Ich habe eine Menge schöner Erinnerungen an den Hund!«

Sallah lachte noch lauter und schlug Indy auf den Rücken, was diesem die Hose wieder herunterrutschen ließ.

Der Weg zum Gral

Die Nachmittagssonne ließ die nackten Felsen um sie herum glühen. Elsa schloß einen Moment lang die Augen, um ihren Unmut etwas zu beruhigen. Sie tat ihr Bestes, um die Hitze zu ignorieren, aber da war auch noch Donovan. Sie hatte ihre Erfahrungen mit arroganten und überheblichen Männern, die sie lieber wie ein

Schmuckstück denn als Wissenschaftlerin zu behandeln beliebten, aber Donovan schoß den Vogel ab. Selbst der Führer, wie exzentrisch er sonst auch sein mochte, erkannte ihre intellektuellen Fähigkeiten an.

»Genau hier müßte es sein«, sagte sie und deutete auf eine Felswand vor ihnen.

»Hier ist gar nichts«, stellte dagegen Donovan abfällig und überzeugt fest.

»Ich habe die Landschaftsmerkmale wiederholt überprüft, Walter«, stellte sie sachlich fest. »Wenn die Karte stimmt, befindet sich die verborgene Schlucht genau hinter dieser Felswand. Und genau dort werden wir auch den Gral finden.«

Donovan sagte wegwerfend: »Wir haben doch schon jeden denkbaren Weg versucht. Hier gibt es nirgends einen Zugang. Das hier ist alles solider Fels.«

Mit jemandem, der so überlegen tat wie Donovan, hatte es wenig Sinn, zu diskutieren, wenn es an praktische Dinge ging. Für ihn wäre es klüger, dachte sie, jemanden zu beauftragen, den Gral für ihn zu finden. Dann konnte er ihn anschließend ja stehlen.

»Dann schaffen wir uns eben selbst einen Zugang.«

»Und wie soll das Ihrer Meinung nach geschehen?«

»Sie haben wohl noch nie mit Sprengstoff gearbeitet, wie?«

Er sah sie kurz mit einem eisigen Blick an, gegen den nicht einmal die Wüstenhitze aufkam. »Wohl kaum.«

Wen überrascht das schon. Sie drehte sich um und ging zum Materialwagen. Sie fühlte, wie er ihr nachstarrte. Soll er doch, dachte sie. Sie führte ihn schon zum Gral. Und dann, im richtigen Moment, würde sie handeln. Der Gral mußte ihr gehören, und galt es ihr Leben! So war die Lage.

***

Indy trug wie seine drei Gefährten ein weißes Tuch über dem Hut und versuchte sich an die Bewegungen seines Kamels zu gewöhnen. Es hatte nichts mit dem Reiten auf Pferden oder Elefanten zu tun. Es war vielmehr etwas ganz Eigenes – steil nach unten, dann nach oben, wieder nach unten, wieder nach oben. Niemals aber schien der Kamelrücken wirklich waagerecht zu sein. Er konnte sich einfach nicht an den Kamelrhythmus gewöhnen. Vermutlich, dachte er, mußte man als Nomade geboren und von Kind auf an das Wüstenleben gewöhnt sein, um sich jemals auf einem dieser Tiere wohl zu fühlen.

Das weiße Tuch und der Hut halfen etwas gegen die erbarmungslose Hitze. Gegen den Durst allerdings nützten sie wenig. Er dachte unablässig an Wasser, an ganze Flaschen, kühle, endlose Flüsse von Wasser. Er träumte davon, in ein Schwimmbecken einzutauchen und die Füße in kühlen, feuchten Schlamm zu stecken.

Sallah hatte sein Pferd wieder eingefangen, und sie waren zu viert – je zwei auf einem Pferd – bis zu der Stelle zurückgeritten, wo sie Donovans Karawane zuletzt gesehen hatten. Doch dort war weit und breit kein Donovan oder irgend jemand seiner Begleitung. Aber sie hatten die Reifenspuren gesehen, und es waren mehrere herrenlose Kamele dagewesen und sogar einige Feldflaschen Wasser.

Indy hatte seinen Vater und Brody bedrängt, zurückzubleiben und auf sie zu warten, während er mit Sallah die weitere Verfolgung Donovans zu Pferde aufnähme. Doch alle beide hatten sie davon überhaupt nichts hören wollen. Beide bestanden darauf, sie seien wieder ganz in Ordnung und könnten weitermachen. Sie konnten doch alle vier auf Kamelen weiterziehen, hatte Henry gemeint.

Sie rasteten nur kurz, bis sie ihre Schnitte und Schrammen und sonstigen Verletzungen versorgt hatten. Indy hatte bei den zurückgelassenen Sachen sogar eine brauchbare Hose für sich gefunden, und mit Tüchern, die ebenfalls dabei waren, hatten sie sich ihren Kopfschutz gemacht. Dann hatten sie die Kamele bestiegen und waren weiter durch die Wüste gezogen.

Ohne die Karte würden sie freilich niemals imstande sein, die Stelle zu finden, wo sich der Gral befand, hatte Indy gedacht. Doch war ihre Route klar durch die Spuren der Karawane vor ihnen vorgezeichnet. Donovan und Elsa, vermutete er, hielten sie wohl bereits für tot. Andernfalls wären sie gewiß nicht so sorglos mit ihren Spuren gewesen. Sollten sie also in diesem Glauben bleiben. Es konnte leicht der einzige Vorteil sein, den sie nun hatten.

Aus der Ferne rollte eine Detonation durch den Paß, die ihn aufmerksam werden ließ.

»Was war das?« fragte auch Brody.

»Die geheime Schlucht!« rief Henry. »Sie haben sie gefunden!«

Indy erinnerte sich an die Worte auf der Steintafel. *Jenseits der Wüste und durch den Berg hindurch zur Schlucht des zunehmenden Mondes, die nur so breit ist, daß ein einziger Mann hindurchkommt. Zum Tempel der Sonne, der heilig ist für alle.*

Er trieb sein Kamel an. »Kommt, wir müssen weiter!«

***

Als sie an der Stelle der Detonation ankamen, lagen im weiten Umkreis Steinbrocken herum, und ein klaffendes Loch in der Felswand führte in eine enge Schlucht. Ihre Wände stiegen sehr steil hoch und waren ockerfarben.

Indy reichte seine Wasserflasche herum. Sie waren alle müde, verschwitzt und erschöpft, aber sie wußten, daß sie keine Zeit zu verlieren hatten. Henry hatte die Jacke ausgezogen und ging voran. Er hatte das Hemd am Kragen geöffnet und den Hut tief ins Gesicht gezogen. Wie ein Mittelalter-Gelehrter sah er jetzt kaum mehr aus, fand Indy leicht amüsiert. Nein, sein Vater sah jetzt aus wie der geborene Abenteurer, der gerade das tapferste Abenteuer seines Lebens besteht und insgeheim jede Minute davon genießt.

Als Henry in die Schlucht eintrat, blieb sein Kamel stehen,

schnaubte und versuchte zurückzuweichen. Erst als er es mit Geschrei und Schlägen antrieb, bewegte es sich wieder vorwärts.

Allen anderen ging es mit ihren Kamelen genauso, als sie hintereinander einzeln in die Schlucht einritten. Brodys Kamel war am störrischsten. Indy mußte schließlich absteigen und es durchführen. Als sie dann in der Schlucht selbst waren, beruhigten sich die Tiere zusehends. Jetzt waren es dafür die vier Männer, die sich eigenartig und fremd fühlten.

Je weiter sie vordrangen, desto enger und steiler wurden die Wände der Schlucht. Es war unheimlich hier. Zu heiß, zu still, zu eng. Sogar die Tritte der Kamele hallten noch. Der Klang dieses Echos kam Indy höchst eigenartig vor, obwohl er nicht genau hätte sagen können, wieso.

Die Luft schien weicher zu sein, klarer. Als wären sie in großer Höhe. Und irgendwie schien es Indy, daß sie eine Art Höhenkoller hatten, der mit einem dumpf pochenden Kopfschmerz verbunden war. Selbst das Licht war hier anders. Nicht so hart und grell. Es reflektierte golden von den Wänden der Schlucht.

Indy fühlte sich unbehaglich. Die ganze Atmosphäre hier war beunruhigend. Den anderen ging es genauso. Henry ausgenommen. Er war jetzt am aufgekratztesten und lebhaftesten von ihnen allen. Und es war ja auch nur zu verständlich. Er näherte sich schließlich nichts Geringerem als dem größten Ziel seines ganzen Lebens. Noch hielt er den Gral nicht in der Hand, aber er war ihm nun nahe genug, um sich diesen Augenblick lebhaft vorstellen zu können. Er schien in der Tat sehr guter Stimmung zu sein.

»Siehst du, Marcus«, sagte er zu Brody, »wir sind jetzt wie die vier Helden der Gralslegende. Du bist Parzival, die heilige Unschuld. Sallah ist Bors, der einfache Mann. Mein Sohn ist der tapfere Ritter Galahad. Und sein Vater... der alte Kreuzfahrer, Lancelot, der abgewiesen wurde, weil er unwürdig war – so wie ich möglicherweise auch.«

»Ach, weißt du«, antwortete ihm Brody, »ich bin ein alter

Knacker, der besser zu Hause mit einem kleinen Whisky in der Hand aufgehoben wäre.« Er klammerte sich mit einer Hand an seinen Kamelsattel, um nicht herunterzufallen, und blickte unsicher um sich herum; die fleischgewordene Unsicherheit in Person.

Doch Henry schien das gar nicht zu hören. Er nickte sich selbst Bestätigung über seinen Vergleich zu. Dann wandte er sich an Indy. »Und vergiß nicht, es war Galahad, der am Ende den Erfolg errang, nachdem dies seinem Vater nicht gelungen war.«

Na großartig, dachte Indy. Die Art Verantwortung hatte ihm gerade noch gefehlt. »Dad«, sagte er abwiegelnd, »ich weiß ja nicht einmal, wie dieser Gral aussehen soll.«

»Das weiß auch sonst keiner!« entgegnete ihm Henry. »Doch derjenige, der des Grals würdig ist, erlangt ihn auch.«

Ja Ja. Wie König Artus und das Schwert Excalibur, wie? Als wäre dies alles wirklich eine ruhmreiche Entdeckungsfahrt und nicht ein gefährliches Wagnis. Die ganze Geschichte paßte ihm nicht. Sein Vater hatte sie hier zu Kreuzfahrern hochstilisiert.

Während Henry den Blick immer erwartungsvoller nach vorne richtete, starrte Indy vorwiegend auf die Erde. Sie brauchten jetzt zwar die Fahrzeugspuren der anderen nicht mehr als Fährte, doch die Tatsache, daß sie hier waren, in dieser Schlucht, die zu beiden Seiten fast bis auf Zentimeter an sie heranreichte, ließ ihn keine Sekunde vergessen, daß sie keineswegs allein waren.

»Da, seht mal!« sagte Sallah und deutete nach vorne.

Sie hielten abrupt an und starrten alle Sallahs ausgestreckter Hand nach. Die enge Schlucht mündete in einen breiten, offenen Platz. Wie eine Arena. Und tatsächlich war auf der gegenüberliegenden Seite in den Felsen eine großartige griechisch-römische Fassade gemeißelt. Breite Treppen führten zu einem Sockel mit massiven Säulen, hinter denen der Eingang zu einer im Dunkeln liegenden Kammer war.

Der Sonnentempel! dachte Indy.

»Los, kommt!« sagte Henry ungeduldig.

Die Kamele verweigerten erneut und mußten nachdrücklich angetrieben werden, ehe sie widerstrebend weitergingen, den großen Platz überquerten und vor den Treppen zum Tempel anhielten. Indy blickte verstohlen zu seinem Vater hin. Er war völlig überwältigt und hatte den Gesichtsausdruck eines Kindes, das glaubt, ein Wunder zu erleben. Nicht, daß er selbst völlig unbeeindruckt von der Szenerie gewesen wäre. Keineswegs. Aber doch nicht so total wie sein Vater. Henrys Faszination war fast mit Händen zu greifen. Und sie war ansteckend.

»Monumental«, sagte Brody ganz erschlagen.

»Von den Göttern selbst erbaut«, murmelte Sallah.

Indy begriff. Angesichts eines Bauwerks solcher Dimensionen war es nur natürlich, sich vorzustellen, es sei für Unsterbliche errichtet worden, die doppelt so groß und kräftig waren wie sie hier.

Lange Zeit brachte es keiner von ihnen fertig, einen ersten Schritt auf die Stufen der Treppe zu tun. Der Tempel übte tatsächlich eine Art verzaubernder Wirkung aus. Schließlich bewegte sich Indy als erster. Er blickte noch einmal auf den Platz hinunter, wo sich die Räder- und Reifenspuren zahllos kreuzten und häuften. Aber nicht ein einziges Fahrzeug war zu sehen. Wo waren sie alle?

Er blinzelte nach Westen, wo die Sonne schon tief über der Mauer der Arena stand. Dort, im Schatten, machte er dann einen Transporter aus, einen Materialwagen, ein normales Auto und mehrere Pferde.

Er deutete zum Tempel hinauf. »Nun kommt! Sehen wir es uns an. Aber seid leise!«

Er ging voraus, Henry, Sallah und Brody folgten ihm. Sie stiegen langsam die Treppenstufen hinauf auf den dunklen Eingang zu. Indy blickte sich noch einmal um, um sich zu vergewissern, daß ihm noch alle folgten. Dann trat er in den Tempel hinein.

Es dauerte etwas, bis sich die Augen an die Dämmerung im Inneren gewöhnten. Dann erkannte er jemanden, der direkt vor ihm stand – ein Ritter in voller Rüstung; eine großartige Statue einer Herkulesfigur von doppelter, nein dreifacher Lebensgröße.

Er verhielt, trat wieder etwas zurück und erfaßte die ganze Gestalt mit seinem Blick. Das Standbild war aus einem riesigen Steinblock gehauen.

Das ganze Innere des Tempels war mit genauen Nachbildungen dieses steinernen Wächters gesäumt, hinter ihnen standen ringsherum mächtige Säulen.

Er entspannte sich etwas und deutete auf alle Ritterfiguren.

Dann hörte er etwas. Es war ein Laut im Tempelinneren, der sofort alle seine Sinne alarmierte. Seine Muskeln spannten sich an. Er zuckte nervös. Angesichts der Faszination des Tempels hatte er einen Moment lang völlig vergessen, daß sich dort drinnen ja bereits Donovan und Elsa befanden.

Er bedeutete den anderen stumm, ihm zu folgen und sich so lautlos wie möglich zu verhalten. Sie arbeiteten sich von einer Säule zur anderen vor, bis sie nahe genug waren, um zu sehen, was sich im Inneren des Tempels begab.

Ein mit einem Schwert bewaffneter Soldat des Sultans stieg vorsichtig die Stufen einer Steintreppe zu einer Bogenöffnung an der Rückwand des Tempels hinauf. Unten an der Treppe standen Donovan und Elsa und beobachteten ihn.

Hinter ihnen standen mehrere Nazis und noch weitere Sultanssoldaten.

Elsa. Indy beobachtete sie.

Er sah, wie sie sich ganz auf den hinaufsteigenden Soldaten konzentrierte. Vermutlich hielt sie ihn, Indy, für tot. Er war für sie einfach nur ein Mann in ihrer Vergangenheit. Abgelegt, vergessen. Was sie auch Gegenteiliges sagen mochte, es war ganz offensichtlich, daß sie nur eine Liebe und Sehnsucht kannte: diesen Gral, seine Geschichte und Legende. Männer waren ihr lediglich ein Mittel zu diesem Zweck.

Aber diese einfache Erklärung befriedigte ihn nicht. Es hing wohl mehr damit zusammen. Etwas, das er nicht sah, von dem er keine Ahnung hatte. Bis ihm der Gedanke kam, daß es vielleicht alles sehr viel einfacher war, als es zu sein schien. Vielleicht glaubte sie ebenfalls an diese ganze Legende? Vielleicht hatte sie sich selbst eingeredet, daß dieser Gral wirklich Unsterblichkeit verlieh?

Und wie war es mit Donovan? Er hatte mit ihm über den Grals-Mythos gesprochen. Glaubte er wirklich daran? Mußte er wohl. Warum sonst sollte er sein Leben aufs Spiel setzen? Nur um den vielen Altertümern, die er ohnehin schon hatte, noch ein weiteres hinzuzufügen? Gewiß, er arbeitete hier mit Elsa zusammen. Aber es war ja wohl klar, daß er keine Absicht hatte, ihr den Gral zu überlassen. Daran gab es ja wohl keinen Zweifel.

Er sah wieder zu dem Soldaten hinauf, der mittlerweile fast ganz oben bei dem Bogen war, und erkannte nun noch etwas. Eine Gestalt. Nur einige Schritte von dem Soldaten entfernt lag ein anderer Soldat des Sultans auf der Treppe. Und daneben noch etwas. Er beugte sich vor und strengte seine Augen an.

Es war der Kopf des Soldaten.

»Gehen Sie weiter«, rief Donovan dem Soldaten zu. »Gehen Sie weiter! Sie haben es fast geschafft!«

Elsa schüttelte den Kopf. »Es geht nicht.«

Der Soldat blieb einen Schritt vor der Leiche stehen.

»Gehen Sie weiter!« rief Donovan noch einmal.

Der Mann ging den nächsten Schritt auf den Bogeneingang zu – und es war sein letzter. Ein lautes Luftrauschen war im ganzen Tempel zu hören, und dann fiel mit einem Schlag der Kopf des Soldaten von seinen Schultern, polterte auf die Stufen der Treppe und rollte bis ganz nach unten, Donovan und Elsa direkt vor die Füße.

Donovan gab einem der anderen Soldaten einen Wink, der hinlief und den Kopf aufhob, sich umdrehte und ihn nach hinten warf, wo Indy und die anderen hinter den Säulen verborgen waren. Der Kopf rollte nun fast Indy vor die Füße. Der Mund stand weit offen, das Gesicht zeigte einen Ausdruck von eingefrorenem Horror.

Indy blickte weg.

»Der Atem Gottes«, sagte Henry leise.

Indy war zuerst nicht sicher, was er damit meinte. Dann erinnerte er sich an die drei Hindernisse, von denen im Notizbuch seines Vaters die Rede war. Der Atem Gottes... Und was waren die beiden anderen gleich noch einmal? Es fiel ihm im Augenblick nicht mehr ein. Er faßte an seine Tasche, wo er das Notizbuch stecken hatte. Es war noch immer da. Er brauchte es, um zum Gral zu gelangen. Doch im Augenblick war das Wichtigste, erst einmal nur an Donovan und seiner Begleitung vorbeizukommen.

Donovan befahl einem der Naziwächter, einen anderen Sultanssoldaten zu schicken.

»Helmut, der nächste Freiwillige!«

Der angesprochene Helmut deutete auf einen der Soldaten, doch dieser schüttelte nur den Kopf und wich zurück. Zwei der Nazis packten ihn und zogen ihn nach vorne.

»Nein, nein, nein!« schrie er und wehrte sich mit Händen und Füßen.

Doch sie stießen ihn vorwärts, so daß er die ersten Stufen der Treppe hinaufstolperte. Er drehte sich jedoch wieder um. Seine Augen waren schreckgeweitet. Der Nazi Helmut zog seine Luger und zielte mit ihr auf den Soldaten, der sich zögernd umdrehte und den tödlichen Aufstieg die Treppe hinauf begann.

Aus den Augenwinkeln sah Indy, wie Brody angewidert wegsah, sichtlich nicht gewillt, Augenzeuge einer weiteren Enthauptung zu werden. Nicht, daß er selbst mehr Verlangen als Brody danach gehabt hätte. Aber welche andere Wahl hatten sie schon. Sie brauchten einen Angriffsplan, aber...

Brody tippte ihn auf die Schulter. »Indy.«

Die Falten in Brodys Gesicht waren scharf und tief und sahen aus wie Schatten. Indy legte den Finger an die Lippen, dann erst sah er, was Brody meinte. Hinter ihnen stand ein Nazisoldat und hatte eine Pistole auf sie im Anschlag.

»Raus hier!« schrie er. »Raus!« und fuchtelte wild mit seiner Pistole herum, zum Zeichen, daß sie sich schleunigst entfernen sollten.

Wie aus dem Nichts standen plötzlich drei weitere Nazis da, jeder mit einem Gewehr im Anschlag. Offenbar hatten sie schon am Eingang gelauert und sie beobachtet, seit sie den Tempel betreten hatten. Sie durchsuchten sie nach Waffen und nahmen Indy und Sallah die Pistolen ab.

Man stieß sie vorwärts in die Mitte des Tempels zu den anderen und befahl ihnen, die Hände über die Köpfe hochzuheben. Die Sultanssoldaten kehrten sich ihnen ihrerseits zu und gingen mit ihren Gewehren in Anschlag. Indy sah Elsa herumfahren und ihm ungläubig entgegenstarren. Der Mund blieb ihr offen.

Donovan kam ganz gelassen auf sie zu und verbarg seine Überraschung hinter einem breiten Lächeln. Er sah sie an, als empfange er Besuch von lieben Freunden, die gerade in der Stadt angekommen und bei ihm zum Essen eingeladen waren.

»Ah, die Jones-Boys! Und keinen Moment zu früh. Willkommen, alle miteinander, willkommen! Wir können Ihre Erfahrung und Ihr Wissen gut gebrauchen! Ich freue mich wirklich sehr, Sie alle noch am Leben zu sehen!«

»Sie kriegen den Gral niemals!« fauchte ihn Henry sofort an. »Der ist weit jenseits Ihres Verständnisses und Ihrer Fähigkeiten.«

»Seien Sie sich da mal nicht zu sicher, Dr. Jones!« Donovan sprach jetzt doch merklich durch die Zähne. »Der einzige Grals-Experte der Welt sind Sie ja nun auch nicht!«

Er bedeutete den Wachen, sie alle bis zur Treppe zu führen. Man stieß sie vorwärts und stellte sie vor den Sultanssoldaten in einer Reihe auf. Wie Zielscheiben in einer Schießhalle, dachte Indy.

Elsa kam nach vorne und ging zu Indy. »Ich habe nicht erwartet, dich jemals wiederzusehen.«

»Ich bin wie die falschen Pennys. Die tauchen auch immer wieder auf, was man auch macht.«

Donovan legte seine Hand auf Elsas Schulter. Er klang etwas ungehalten. »Wenn Sie bitte zurücktreten würden, Dr. Schneider.« Es klang, als habe er Zweifel an ihrer Zuverlässigkeit. »Lassen Sie Indiana doch etwas Platz!«

Doch Elsa ignorierte ihn und blieb, wo sie war. Sie starrte Indy an, als glaubte sie nicht, daß er lebendig vor ihr stand.

Indy sah weg. Das war nicht der Moment, alte Bekanntschaften aufzufrischen. Schon gar nicht diese hier.

»Dr. Jones«, sagte Donovan, »wird uns den Gral holen.«

Indy warf einen Blick nach oben zu den beiden enthaupteten Leichen und lachte. Der dritte Soldat war inzwischen auf halber Höhe der Treppe stehengeblieben und arbeitete sich bereits unauffällig schrittweise wieder nach unten, als sähe ihn niemand.

»Sie halten das für komisch, wie?« sagte Donovan. »Aber hier ist Ihre Chance, unsterblich zu werden – wenn Sie Erfolg haben. Was sagen Sie dazu, Mr. Indiana Jones?«

»In die Geschichte eingehen? Als was, Donovan? Als Nazimarionette wie Sie?«

Donovan musterte ihn kurz, und es war nicht recht erkennbar, ob belustigt oder ärgerlich. Doch dann lächelte er und schüttelte nachsichtig den Kopf, als halte er Indy für ein Kind, das etwas ziemlich Dummes gesagt hatte. »Die Nazis!« äffte er ihn nach. »Ist das Ihr ganzer Denkhorizont?«

Indy würdigte ihn keiner Antwort.

»Die Nazis wollen sich selbst in das Buch der Gralslegende einschreiben und die Weltherrschaft übernehmen«, sagte Donovan. »Bitte sehr, sollen sie. Aber Dr. Schneider und ich, wir wollen den Gral selbst. Den Kelch, der das ewige Leben verleiht. Hitler mag meinetwegen die Welt haben, aber er wird sie nicht ins Grab mitnehmen können.«

Er kam näher heran und schob sein eckiges Kinn vor. »Wenn er schon längst über den Jordan ist, trinke ich noch das Leben aus dem Gral!«

Damit zog er eine Pistole aus der Tasche und zielte Indy zwischen die Augen. Dann trat er einen Schritt zurück. »Der Gral gehört mir. Und Sie werden ihn mir holen!«

Indy lächelte ihn süffisant an. »Vergessen Sie da nicht Dr. Schneider?«

Donovan lächelte zurück. »Sie ist die Zugabe zum Gral. Tut mir leid für Sie.«

Indys Augen streiften Elsa. Sie stand einige Schritte hinter Donovan. Ihr Gesicht war zur Maske erstarrt – sehr schön, sehr sanft. Und sehr rätselhaft.

Donovan spannte die Pistole. »Los!«

Indy deutete gelassen auf die Pistole. »Was soll das? Wenn Sie mich erschießen, haben Sie doch nichts davon. Vor allem nicht den Gral!«

Donovan wußte, wie richtig das war, und einen Moment lang wußte er auch wirklich keine Antwort. Dann verengten sich seine Augen aber und schossen zwischen Henry und Indy hin und her, und sein Lächeln kam ganz langsam in sein Gesicht zurück. »Wissen Sie was, Dr. Jones? Ich bin völlig Ihrer Meinung. Sie haben absolut recht.«

Und damit wandte er sich demonstrativ an Henry und richtete die Waffe auf ihn.

»Nein!« riefen Elsa und Indy wie mit einer Stimme.

Doch Donovan schoß. Er traf ihn auf Armabstand in den Leib.

Henrys Hand fuhr an seinen Leib. Er taumelte und drehte sich zu Indy.

»Dad!«

Elsa stürmte nach vorne. Donovan hielt sie fest und stieß sie zurück. »Sie halten sich da raus!«

Henry brach in Indys Armen zusammen. Brody und Sallah eilten dazu, als Indy ihn vorsichtig auf den Boden bettete. Sallah stützte seinen Kopf, Brody kniete sich neben ihn nieder.

Indy riß seinem Vater das Hemd auf. Die klaffende Wunde

würgte ihn fast. Brody drückte ihm ein Taschentuch in die Hand, das Indy auf die Schußwunde preßte, vor allem, um die Blutung zu stillen, bis er sah, daß die Kugel an der Seite wieder ausgetreten war, wo es noch stärker blutete. Er sprach leise mit ihm und sagte ihm, es werde alles gut werden. Er konnte nur zu Gott beten, daß seine Hoffnung auch erfüllt würde.

»Stehen Sie auf, Jones!« befahl ihm Donovan.

Indys Kopf schoß förmlich herum. In seinen Augen blitzte Haß auf. Er sprang hoch, während sich Brody weiter um Henry kümmerte. Er überlegte kurz, ob er Donovan an die Kehle springen sollte, hielt sich aber dann zurück, als Donovan die Waffe wieder durchlud.

»Wenn Sie tot sind, können Sie ihn kaum mehr retten«, sagte Donovan und legte die Mündung seines Revolvers auf Indys Herz. »Die Heilkraft des Grals ist das einzige, was Ihren Vater noch retten kann.«

Er wartete einen Augenblick. »Glauben Sie mir etwa nicht? Jetzt ist es allmählich Zeit, daß Sie sich die Frage stellen, was Sie glauben.«

Henry stöhnte und hustete.

»Indy«, rief Sallah. »Es geht ihm nicht gut.«

Indy wandte sich um und kümmerte sich wieder um seinen Vater. Brody flüsterte ihm zu, daß Henry wirklich schwer verletzt sei. Indy nickte. Er wußte es ja. Er wußte es doch. Er hatte ja Augen im Kopf.

»Der Gral ist seine einzige Chance«, sagte Donovan mit einem kalten Lächeln. Er war sich seiner Sache sehr sicher. Indy hatte keine andere Chance. Er kam schon zur Vernunft.

Indy sah Brody an, der sagte: »Er hat recht. Der Gral kann ihn retten, Indy. Ich glaube es. Du mußt es auch glauben.«

Unter anderen Umständen hätte Indy nur gelacht. Aber jetzt ging es schließlich um das Leben seines Vaters. Er nickte Brody zu und griff in seine Tasche, um das Gralstagebuch herauszuholen.

Er wollte eben aufstehen, als Henrys Hand auf seinen Arm fiel.
»Denke daran... Der Atem Gottes.«
»Ich denke dran, Dad. Und ich hole den Gral. Für dich.«

Die drei Hindernisse

Indy umfaßte das Notizbuch und warf einen Blick die Stufen der Treppe hinauf. Er konnte den Torbogen ganz oben sehen, hinter dem es dunkel war. Er holte tief Atem und stieg langsam die Stufen hinauf, auf die beiden kopflosen Leichen zu.

Auf halbem Wege blieb er stehen.

Die völlige Stille war durch das Geräusch des Gewehrdurchladens der Sultanssoldaten durchbrochen worden. Es hallte durch den ganzen Tempel. Donovan hatte den Soldaten befohlen, ihn beim kleinsten Fluchtversuch zu erschießen. Und es war unübersehbar, daß sie seinen Befehlen bedingungslos gehorchen würden.

Er schlug das Notizbuch auf und blickte hinein. Das Licht war nur dämmrig, und die Schrift verschwamm ihm vor den Augen. Doch er mußte unbedingt einen Weg durch den Torbogen dort oben finden – dem »Atem Gottes«. Sein Vater lag unten am Boden und verblutete. Er mußte ihm helfen. Er mußte sich des Grals bemächtigen und ihn herbeibringen, so schnell es nur ging.

Verstandesmäßig war ihm klar, daß kein altes Kelchgefäß, welches auch immer, eine Schußwunde heilen konnte. Aber was spielte das jetzt für eine Rolle... Er hatte in seinem Leben schon die seltsamsten Dinge erlebt, die es alle eigentlich nicht geben konnte, und die doch geschehen waren. Schon möglich, daß die legendäre Heilkraft des Grals niemals bewiesen werden konnte, und unter normalen wissenschaftlichen Testbedingungen niemals wiederholbar war. Aber was konnte in seiner Lage ein Versuch schon schaden? Es mußte ja nur dieses eine Mal funktionieren.

Er stieg zwei weitere Stufen nach oben. Er hörte, wie unten sein Vater nach ihm rief. Er drehte sich um. Henry blickte mit schon glasigen Augen zu ihm herauf. Er murmelte etwas. Indy versuchte es zu verstehen. Sein Vater murmelte immer wieder denselben Satz.

»Nur der Büßer kommt vorbei.«

»Nur der Büßer kommt vorbei.«

»Nur der Büßer kommt vorbei.«

Indy wiederholte den Satz für sich selbst und stieg vorsichtig die restlichen Stufen hinauf. Die beiden Leichen lagen jetzt direkt vor ihm. Die obersten Stufen waren voller Blut.

Er ging noch einen Schritt auf den Torbogen zu. Dann noch einen. Er sah bereits den Gang hinter dem Bogen. Er blieb stehen. Er spürte, er war nur noch einen Schritt von seiner Enthauptung entfernt.

»Büßer... nur der Büßer kommt vorbei«, flüsterte er sich selbst vor. »Nur der Büßer kommt vorbei. Nur der Büßer kommt vorbei.«

Er sprach es wie eine Beschwörung, wie ein Gebet, und mit jedem Mal, da er es sagte, wurde ihm klarer bewußt, wo er sich befand und was um ihn herum war. Er war hier nicht einfach nur auf gewöhnlicher Suche nach Altertümern. Nein, die Suche seines Vaters war nun vollends zu seiner eigenen geworden. Wie hatte sein Vater vorhin noch gesagt, als sie durch die enge Schlucht gekommen waren? *Aber es war Galahad, der am Ende den Erfolg errang, nachdem dieser seinem Vater nicht gelungen war.*

Er erblickte ein riesiges Spinnennetz über dem Torbogen. Es war direkt vor ihm. Wieso sah er es erst jetzt? Keiner der anderen Männer war bis zu diesem Spinnennetz gelangt. Er wußte jetzt genau, daß zwischen ihm und dieser Spinnwebe nur noch der *»Der Atem Gottes«* war – was immer das auch sein mochte.

»Nur der Büßer kommt vorbei. Büßer... Büßer. Ein büßender, reumütiger Mann.«

Er setzte zum nächsten Schritt an, aber der schon angehobene Fuß blieb ihm mitten in der Bewegung in der Luft stehen. Wie ein überlebensgroßer Storch auf einem Bein in Ruhestellung. *Büßer. Reumütig. Der reuige Sünder ist demütig im Angesicht Gottes. Der reumütige Mann kniet vor Gott. Kniet!*

Er setzte den Fuß wieder auf den Boden und fiel auf die Knie. Er hatte es kaum getan, als das laute Luftrauschen über ihn wegzischte. Instinktiv ließ er sich flach zu Boden fallen, blieb eine Weile so liegen und rollte sich dann langsam auf den Rücken. Er blickte nach oben, und jetzt konnte er es sehen.

Ein rasiermesserscharfes Schwungpendel, das noch immer nur Zentimeter über ihm hin und her schwang. Es hing an zwei im Torbogen montierten Rollen. Vermutlich wurde das Pendel beim leisesten Luftzug ausgelöst, den bereits der Atem eines Menschen verursachte, und hielt wieder an, nachdem es sein Ziel getroffen hatte.

Das Pendel mußte sich wohl schon seit Jahrhunderten hier befinden, aber noch immer funktionierte es so perfekt, als stünde es unter programmierten Befehlen oder unter hypnotischem Einfluß. Bis hierher, dachte er, war dies auch verstandesmäßig durchaus begreifbar und akzeptabel. Es dauerte Jahrtausende, bis sich in absolut trockenem Wüstenklima etwas zersetzte oder auflöste. Er hatte mit eigenen Augen Tote gesehen, die jahrtausendelang unter trockenem Wüstensand begraben gewesen waren. Nicht einmal ihre Haut über den Knochen war verwest. Ihre Kleidung war noch völlig intakt, jeder einzelne Faden des Stoffes noch erkennbar, als sei er erst kürzlich gewoben worden.

Von einem der Laufräder im Torbogen hing ein Seil herab. Er robbte vorsichtig hinüber. Er packte das Seil und warf das Schlingenende über eine Speiche des ersten Rades. Sofort stoppte der Mechanismus, und die Messer blieben stehen.

Er war durch. Er hatte es geschafft. Er stand in dem Torbogen, mitten in der Spinnwebe, die an seinen Kleidern hängenblieb. Er gab Brody und Sallah ein Zeichen, daß alles in Ordnung sei. Er sah, daß ihm Elsa zulächelte. Sie schien sich zu freuen. Kunststück. Je weiter er kam, desto näher kam auch sie dem Gral.

»Wahre Liebe«, sagte er leise zu sich selbst, und es war halb Frage, halb Ironie.

Sein Blick begegnete einen Moment lang dem von Donovan. Er rieb sich den Nacken und wandte sich rasch ab.

***

Brody faßte Henry vorsichtig an der Schulter. »Er ist durch, alter Junge! Indy hat es geschafft!«

Henry nickte schwach, um kundzutun, daß er verstanden hatte. Brody sah jedoch, wieviel Mühe ihn allein dieses Kopfnicken kostete. Dann murmelte er etwas vor sich hin.

Brody sah Sallah fragend an, der noch immer Henrys Kopf hielt. »Was hat er gesagt?«

Doch auch Sallah schüttelte nur besorgt den Kopf. »Er ist nicht mehr bei klarem Bewußtsein.«

Henry murmelte wieder etwas. Diesmal verstand Brody wenigstens Bruchstücke davon. »Im lateinischen Alphabet... beginnt mit...«

»Ja?« Er beugte sich ganz dicht über ihn.

»...mit einem ›I‹.«

Brody wiederholte das. »Im lateinischen Alphabet beginnt es mit einem I. Gut. Aber was bedeutet es?« Er schüttelte hilflos den Kopf. Sallah hatte wohl recht. Henry war nicht mehr bei klarem Bewußtsein.

Er blickte nach oben zu dem Torbogen und wünschte Indy Glück. Dann sah er, wie Donovan und Elsa die Treppe hinaufstiegen. »Widerliche Intriganten und Schmarotzer«, knurrte er. »Widerlich.«

Henry richtete sich plötzlich etwas auf und sprach mit kratzender Stimme. »Das Wort Gottes... das Wort Gottes...«

»Nicht doch, Henry. Du darfst nicht sprechen«, sagte Brody.

Henry wurde von einer Schmerzwelle geschüttelt. Brody sah besorgt Sallah an. War es etwa schon soweit?

»Der Name Gottes...« lallte Henry. Dann entspannte er sich etwas, weil der Schmerz sichtlich abebbte. »Jehova«, murmelte er. »Aber im lateinischen Alphabet schreibt man Jehova mit I...«

Eine neue Schmerzwelle fuhr durch seinen Körper. »O je«, stammelte er danach und zog heftig den Atem durch die Zähne.

Sallah legte ihm eine Hand auf die Schulter und blickte sorgenvoll hinauf zum Torbogen. »Es ist alles okay, Henry.«

***

Indy zündete ein Streichholz an und hielt es nahe an das Notizbuch. Er übersetzte sich die Sätze aus dem Lateinischen. »Das zweite Hindernis. Das Wort Gottes. Nur in den Fußstapfen Gottes kommt er voran.«

Das Streichholz verlöschte.

Er stand in der Dunkelheit, blickte nach vorne und überlegte, was diese Worte bedeuten könnten. Er hoffte, das Hindernis rechtzeitig zu erkennen, wenn er es erreichte, um es lebend passieren zu können. Beim ersten der drei Hindernisse hatte er wenigstens die Erfahrung zweier vor ihm schon fehlgeschlagener Versuche nützen können. Von jetzt an aber tappte er buchstäblich im dunkeln.

»Nur in den Fußstapfen Gottes kommt er voran«, sagte er sich wieder vor und rekapitulierte den Text. »Das Wort Gottes... Das Wort Gottes.« Was konnte das bedeuten?

Er entzündete noch ein Streichholz und las den Rest des Absatzes. »Schreite voran in den Fußstapfen des Wortes. Im Namen Gottes. Jehova.«

Er hörte ein Geräusch. Er sah sich um. Donovan und Elsa folgten ihm. Sie standen direkt vor dem Torbogen und warteten darauf, was er als nächstes machte.

Parasiten.

»Nicht stehenbleiben, Dr. Jones«, rief Donovan mit Nachdruck. »Sie sind gerade erst am Anfang Ihres Weges.«

Indy rief sich ins Bewußtsein zurück, daß er allein seines Vaters wegen hier war. Es hatte keinen Pfifferling mit Donovan zu tun. Und auch mit Elsa nicht.

Er drehte sich wieder um und ging weiter durch den Gang, bis er zu einem Kopfsteinpflaster im Schachbrettmuster kam. »Pflastersteine.« Er erinnerte sich an das Wort aus dem Gralstagebuch. Auf der Seite mit den Diagrammen. *Pendel. Kopfsteine.* Und dann noch etwas von einer Brücke.

Er strich wieder ein Zündholz an und suchte im Notizbuch nach der Seite. Das Schachbrettdiagramm im Buch – es waren diese Kopfsteine! Genau wie im Diagramm trug jeder einzelne einen Buchstaben.

»Das Wort Gottes. Schreite voran in den Fußstapfen des Wortes Gottes. Jehova.«

Er trat prüfend auf das J. Und sein Fuß fiel plötzlich in ein Loch. Er hatte Mühe, das Gleichgewicht zu bewahren. Er richtete sich wieder auf und zog den Fuß heraus. Dabei spürte er etwas an seinem Knöchel krabbeln. Er schüttelte schnell heftig den Fuß und wischte eine faustgroße, haarige schwarze Spinne ab. Sie entfernte sich rasch den Gang entlang, eine plumpe, abstoßende Kreatur. Im nächsten Augenblick schrie Elsa auf.

Bei den Ratten unter der Bibliothek hat sie sich besser gehalten.

Er betrachtete sich das Diagramm noch einmal und schüttelte mißbilligend den Kopf, als er seinen Fehler erkannte. *Okay. Wach auf. Konzentriere dich bitte. Hier geht es nicht um unsere Sprache. Das hier ist Lateinisch. Und im Lateinischen beginnt Jehova mit I.*

Er entzündete ein weiteres Streichholz und suchte die Kopfsteine hastig ab. Dann sprang er von einem zum anderen und sagte bei jedem laut den Buchstaben. Als er auf dem O war, rutschte ihm der Fuß ab. Er trat mit auf den Stein mit dem Buchstaben P, der sofort nach unten durchfiel. Er schwankte, kämpfte um die Balance und ging über die letzten beiden Buchstaben. Er hatte es geschafft.

Er blickte nach hinten. Elsa und Donovan waren drüben bei den Kopfsteinen angelangt. Er würde sich hüten, ihnen Hinweise zu geben, doch Elsa hatte es auch so bereits begriffen.

Sie hatte gehört, wie er sich die Buchstaben laut vorgesagt hatte, und gesehen, auf welche Weise er über die Kopfsteine gegangen war.

Sie lächelte zu ihm herüber und begann über das Schachbrett zu hüpfen, als spiele sie Himmel und Hölle. »*I-E-H-O-V-A.* Jehova.«

Indy wischte sich Spinnweben vom Kopf, drehte sich um und ging weiter. Hinter ihm hörte er Donovan Elsa zurufen, weiterzugehen und Indy nicht aus den Augen zu lassen. Und daß er ihr direkt folge.

***

Sallah sah, daß es mit Henry rasch zu Ende ging. Er sprach nicht mehr mit sich selbst und bewegte sich auch nicht mehr. Sein Atem war kaum noch wahrnehmbar, so schwach war er bereits geworden.

Er fühlte ihm die Halsschlagader und blickte dann mit leichtem Kopfschütteln Brody an. »Ich glaube, er ist...«

»Nein. Er darf nicht sterben!« sagte Brody. Er warf einen Blick zur Treppe. »Ich gehe Indy nach. Er muß sich beeilen. Es ist keine Zeit mehr zu verlieren.«

Sallah blickte ihm nach, wie er die Treppe hinaufeilte. Er ist schon ebenso im Delirium wie Henry, dachte er. »Vater von Indy. Bleib noch eine Weile bei uns. Dein Sohn wird bald wieder da sein. Dein Sohn wird kommen.«

Er richtete, ein Gebet murmelnd, den Blick zum Himmel.

Eine Stimme. Henry. Er beugte sich über ihn und freute sich, daß Gott sein Gebet so prompt erhört hatte. »Was sagten Sie, Vater von Indy?«

»Du mußt glauben, Junge... du mußt glauben. Du mußt glauben. Glauben... mußt glauben.«

***

Indy stand am Rande eines Abgrunds. Er hielt sich an einem Felsen fest. Der Gang hatte hier abrupt geendet. Jenseits der Felsspalte befand sich eine dreieckig geformte Öffnung. In den Felsen darüber war ein Löwenkopf gemeißelt.

»Der Pfad Gottes.«

Er blickte nach oben. Über ihm war ein weiterer Löwenkopf. Er verglich mit dem Notizbuch. Nein, zu breit für einen Sprung. Niemand konnte so weit springen.

Die Seite mit den Diagrammen fiel ihm wieder ein. Er suchte sie und schlug sie auf. *Das Pendel. Die Pflastersteine. Die unsichtbare Brücke.*

Das dritte Diagramm hatte die Form eines Keils. Quer zur Keilspitze verliefen eine ganze Reihe gestrichelter Linien. Er studierte das eine Weile, ehe er das Buch wieder schloß.

Sinnlos. Es ergab keinen Sinn. Er glaubte nun einmal nicht an unsichtbare Brücken.

»Indy.«

Er drehte sich um, als er Brody im Gang hinten nach ihm rufen hörte. »Marcus?« rief er zurück.

»Indy, du mußt dich beeilen!«

Er lehnte den Kopf an die Felswand und schloß die Augen. Er konnte jetzt natürlich umkehren und zurückgehen, um seinen Vater sterben zu sehen. Oder er konnte springen, und hoffen... selbst, wenn es da nichts zu hoffen gab. Er sah sich plötzlich selbst, zehn Jahre alt, zusammen mit seinem Vater... Wie konnte sein ganzes Leben vor seinen Augen vorbeifliegen, wenn er noch nicht einmal gesprungen war...?

Sein Vater hatte ihm zum zehnten Geburtstag Pfeil und Bogen geschenkt und hinten im Hof eine Zielscheibe aufgestellt. »Stelle dich hinter diese Linie hier, Junior, und übe. Und wenn du soweit bist, das Schwarze zu treffen, hole mich. Aber nicht mogeln, hörst du? Bleibe hinter dieser Linie!«

»Ja, Sir.« Er war glücklich und aufgeregt gewesen, und mehr als alles andere lag ihm daran, seinem Vater zu gefallen. Er hatte den ganzen Nachmittag geübt, aber nicht ein einziges Mal ins Schwarze getroffen. Bei der Hälfte aller Schüsse verfehlte er die Zielscheibe sogar völlig und mußte sich dann die Pfeile aus dem Gebüsch am Zaun dahinter herausholen.

Die Sonne war schon tief gestanden, als sein Vater wieder in den Hof herausgekommen war. »Nun, Junior?«

»Ich schaffe es nicht, Dad!« Die Tränen waren ihm in die Augen geschossen. Er war wütend und frustriert. »Ich kann das Schwarze einfach nicht treffen. Es ist zu weit weg.«

»Nein, das ist es nicht, Junior. Es ist nicht zu weit weg. Dein Problem ist, du glaubst nicht daran. Wenn du daran glaubst, daß du es schaffen kannst, dann schaffst du es auch. *Glaube, Junior. Glaube!*«

Er hatte sich gewehrt. Mit glauben allein schieße er bestimmt nicht besser. Da hatte sein Vater den Zeigefinger erhoben. »Du darfst kein Zyniker werden, Junior. Zyniker sind furchtsame Menschen, die nichts zuwege bringen.«

Und er hatte den Bogen sinken lassen und auf das Schwarze der Zielscheibe gestarrt. Ein übers andere Mal hatte er sich vorgesagt, gut, er glaube, er könne treffen. Er hatte den Bogen gehoben, um ihn zu spannen. Doch seine Zweifel waren sofort wiedergekommen, und er ließ den Bogen wieder sinken.

Ich glaube. Ich glaube. Ich glaube, daß ich das Schwarze treffen kann. Ich treffe es. Ich kann das Schwarze treffen. Ich glaube. Ich treffe es.

Und er traf tatsächlich...

Er öffnete die Augen. Die Erinnerung an diese Geschichte von damals war so klar und deutlich, als sei er noch immer zehn Jahre alt. Er blickte über die Felsspalte hinweg auf die andere Seite hinüber. Als er erwachsen geworden war, hatte er sich die Sache als reinen Zufall erklärt. Jetzt aber war keine Zeit mehr, die Macht des Glaubens in Frage zu stellen. *Glaube ich nicht, dann werde ich auch nicht springen. Anders jedoch geht es nicht. Ich kann es schaffen. Ich glaube es.*

Er steckte das Notizbuch in die Innentasche und visierte die Öffnung im Berg auf der anderen Seite der Felsenspalte. Und er sagte sich pausenlos vor, er glaube. *Glaube ich nicht, dann werde ich auch nicht springen. Sobald ich glaube, springe ich auch.*

Er wischte seine Zweifel beiseite und konzentrierte sich intensiv darauf, zu glauben. Er wiederholte es sich pausenlos, bis er spürte, daß sich dieser Glaube in ihm zu verdichten und zu formen begann. Er atmete tief durch. Und immer schneller. *Ich kann es schaffen. Ich kann es. Ich schaffe es.*

Er duckte sich vor dem Abgrund, sammelte jedes letzte Quentchen Kraft in sich, lief an, schnellte sich ab und sprang wie ein Löwe.

Es war ein kräftiger Sprung, der beste, zu dem er imstande war. Trotzdem war er natürlich bei weitem zu kurz. Der Spalt war zu breit.

Er starb jetzt, das war klar. Und trotzdem wußte er eigenartigerweise genau, daß er nicht sterben würde. Und dann landete er bereits auf Händen und Knien.

Er blickte nach unten und erkannte, wo er war. Kaum mehr als einen Meter unterhalb des Ganges, durch den er gekommen war, befand sich ein Felsvorsprung. Aber warum hatte er ihn zuvor von oben nicht gesehen? Wo er doch offensichtlich die ganze Zeit schon dagewesen war.

Er beugte sich etwas zurück und versuchte, diesen Vorsprung hier aus der Perspektive seines Standortes von vorhin zu betrachten. Etwas war in der Tat ungewöhnlich an dieser Felsenformation. Es war genial. Der Simsvorsprung hier war bemalt. Und zwar so genau, daß er exakt mit den Felsen dreißig Meter tiefer übereinstimmte. Von seinem vorigen Standort sah es so aus, als sei hier überhaupt kein Vorsprung. Eine perfekte Tarnung, solange man nicht sprang.

Er lachte laut heraus. Er hatte »geglaubt« und tatsächlich das Unmögliche gefunden. *Die unsichtbare Brücke.* Hätte er nicht daran geglaubt, daß er es überleben konnte, wäre er nie gesprungen. Und hätte die Brücke nie entdeckt...

Er stand auf, schwankte kurz und sah zurück zur anderen Seite. Dort standen jetzt Elsa und Donovan mit staunend aufgerissenen Augen. Es war geradezu komisch. Von ihrem Standort aus mußten sie glauben, er stehe mitten in der Luft.

Er folgte vorsichtig dem Sims, der wie ein sanfter Hügel leicht anstieg und unter dem Kopf des Löwen endete. Er befand sich nun genau unterhalb der Öffnung, die in den Felsen hineinführte.

Es fiel ihm wieder etwas ein. Der Löwe war eines der Symbole auf der Suche nach dem Gral. Der fünfte Grad des Bewußtseins. Er versinnbildlichte Führungskraft, Tatendrang und den Drang zu hohen Zielen.

Er hatte alle drei Hindernisse überwunden! Ein hohes Ziel war erreicht! Jetzt konnte er weiter und den Gral finden!

Doch das Gefühl verließ ihn nicht, daß er trotz allem das schwierigste Hindernis noch vor sich hatte.

Er blickte sich noch einmal um, ehe er weiterging. Elsa hatte sich Kieselsteine und Erde aufgehoben und warf sie über die Felsplatte auf die unsichtbare Brücke.

Blitzgescheite Frau. Blitzgescheit und gefährlich.

Der Gang wurde enger und niedriger, je weiter er kam. Mehrere Male stieß er sich oben den Kopf an und schrammte mit den Schultern seitlich an den Fels. Schließlich kam er nur noch kriechend voran. Doch auch dies half bald wenig. Auch so stieß er sich bald den Kopf an.

Wenn das so weitergeht und immer noch niedriger und enger wird, muß ich bald zum Karnickel werden, zum Donnerwetter.

Auch die Dunkelheit legte sich über und um ihn wie ein dicker Mantel.

Er fühlte seinen Weg nur noch mit den Fingern und drang so weiter in die Finsternis vor. Wenn nun irgendwo am Ende dort vorne nur einfach eine Wand war, was dann? Hatte er die drei gefährlichen Hindernisse dazu überwunden, herauszufinden, daß es schlicht gar keinen Gral gab und statt dessen lediglich einen toten Stollen im Berg? Doch es war keine Zeit für solche Scherze. Sein Vater lag im Sterben.

Er stieß mit der Stirn an. Er befürchtete das Schlimmste und fühlte mit ausgestrecktem Arm nach vorne und um sich. Er tastete die Wände ab, um sich ein Bild von der Form des Tunnels machen zu können. Er endete nicht, sondern machte eine Kurve. Langsam arbeitete er sich weiter voran und bemerkte einen schwachen Lichtschimmer.

Er kroch noch drei oder vier Meter weiter. Vor ihm war jetzt irgendwo ein Licht. Er kroch rascher. Das Licht wurde heller und kräftiger. Er mußte blinzeln, als plötzlich greller Sonnenschein in den Tunnel hereinfiel. Als er sich durch eine enge Öffnung zwängte, stolperte er aus dem Tunnel hinaus ins Freie. Linde, leichte Luft umfächelte ihn. Seine Augen gewöhnten sich rasch wieder an das Tageslicht.

Er wischte sich die Jacke ab und streckte Arme und Beine aus. Er befand sich in einem anderen Tempel. Er war kleiner als der erste. Sofort erregte ein Altar in der Mitte seine Aufmerksamkeit. Er war mit violettem Tuch verkleidet. Auf ihm standen ein Dutzend Kelche verschiedener Größe, einige aus Gold, einige aus Silber, einige mit wertvollen Edelsteinen besetzt, einige schlichter. Doch alle funkelten und glitzerten. Der Anblick raubte ihm den Atem.

Er wußte, er war am Ziel.

Er ging vorwärts, um es sich näher betrachten zu können. Dabei entdeckte er einen weiteren, etwas kleineren Altar an der Seite. Und noch etwas anderes. Eine Gestalt in einer Tunika und einer gestrickten Kopfbedeckung kniete mit dem Rücken zu ihm vor diesem kleineren Altar.

Er näherte sich. Die dünnen, knöchernen Hände des Mannes waren gefaltet, der Kopf im Gebet gesenkt. Die Haut der Finger war papierdünn, durchscheinend und zeichnete die Form der Gebeine nach. Er kam noch näher. Ein Lichtstrahl schien genau auf das Kreuz, das auf die Tunika des Mannes aufgestickt war.

Er begriff, wen er vor sich hatte: den dritten Gralsritter. Den einen Bruder, der hiergeblieben war, um den Gral zu hüten.

Er beugte sich vor und blickte dem Ritter ins Gesicht. Seine Augen waren geschlossen. Die ausgetrockneten Lippen standen leicht offen, als wolle er eben etwas sagen. Bemerkenswert an dem ganzen Gesicht waren die dichten, weißen Augenbrauen und eine große Nase. Der ganze Körper war von der Zeit und der Wüste ausgedörrt und vertrocknet, aber ganz erstaunlich gut erhalten. In weitaus besserem Zustand als die gruseligen Überreste des Bruders dieses Ritters in den Katakomben von Venedig.

Er beugte sich zu ihm vor und runzelte die Stirn. Einen Augenblick hatte er den Eindruck gehabt, als habe er einen Lidschlag des

Ritters gesehen. Er lächelte und schüttelte den Kopf über sich selbst. Vor dem Ritter brannte indessen auf dem Altar eine Kerze. Deren flackernder Lichtschein spielte ihm wohl diesen Streich.

Dann begriff er erst. *Eine brennende Kerze! Wie das denn? Wer hat sie angezündet?*

Er blickte auf und sah sich suchend im ganzen Tempel um, ob ihn vielleicht jemand beobachtete. »Tja, mein lieber alter Ritter, wer hat wohl die Kerze angezündet, he?«

Und da hob der Ritter plötzlich den Kopf.

Indy fuhr in völliger Verblüffung zurück. »Was zum Teufel...?«

Er glaubte seinen Augen nicht zu trauen. Der Ritter stand langsam auf und hob dann mit beiden Händen ein mächtiges Schwert. Noch ehe Indy recht begriffen hatte, was geschah, fuhr das Schwert pfeifend durch die Luft. Der Ritter schwang es rasch und geschickt. Seine Spitze schlitzte Indy das Hemd auf und durchtrennte den Gurt seiner Gürteltasche, so daß sie zu Boden fiel.

Er sprang zurück, als er den Ritter das Schwert heben und zu einem Hieb gegen ihn schwingen sah. Doch diesmal war es zuviel. Dem Ritter fehlte die Kraft zu einem zweiten Schwertstreich. Er verlor die Balance und taumelte rückwärts gegen den Altar. Das Schwert fiel laut klirrend auf den Felsboden.

Indy half dem Ritter auf. Er war steinalt, besaß aber dennoch eine ganz unübersehbare Vitalität, die seine Augen funkeln ließ. Er machte den Mund auf, brachte aber kein Wort heraus. Er schien irgendwie nicht zu wissen, wie er beginnen sollte. Schließlich brachte er ein dumpfes Stöhnen hervor.

»Ich wußte, Ihr würdet kommen«, sagte er schließlich und betrachtete Indy, als vergliche er ihn mit einem Bild seiner Vorstellung. »Doch mich hat meine Kraft verlassen. Ich ermüde jetzt so leicht.«

»Wer sind Sie?« fragte Indy langsam.

»Ihr wißt, wer ich bin. Ich bin der letzte der drei Brüder, die einen Eid geschworen haben, den Gral zu finden und zu beschützen.«

»Das war vor mehr als achthundert Jahren!«

»Eine lange Wartezeit.«

Indy lächelte nachsichtig. Kein Zweifel, ein etwas seniler alter Knabe. »Aha. Und wann also war der erste Kreuzzug?«

Zuerst glaubte er, der Alte habe ihn gar nicht gehört. Doch dann antwortete er: »Im Jahre unseres Herrn 1095, des Konzils von Clermont. Verkündet von Papst Urban II.«

»Und wann endeten die Kreuzzüge?«

Der Ritter sah ihn mit leichtem Tadel an. Es erinnerte ihn lebhaft an seinen Vater. »Sie sind nicht beendet. Vor Euren Augen steht der letzte Kreuzfahrer.«

Indy nickte. Aber er hatte eigentlich keine Zeit, hier Befragungen abzuhalten. Er mußte vielmehr handeln. Wenn dieser Bursche hier echt war, dann konnte dieser Gral auch seinen Vater retten!

Er hörte Stimmen aus dem Tunnel und wollte sich eben umdrehen, als der alte Ritter die Krempe seines Filzhutes anfaßte. »Ihr seid seltsam gekleidet für einen Ritter.« Und er betastete auch Indys Lederpeitsche.

»Ja, ich bin… nicht direkt ein Ritter.«

»Doch, ich glaube, Ihr seid einer.«

Indy zuckte mit den Schultern.

»Ich bin auserwählt worden als der tapferste und würdigste. Mir wurde die Ehre zuteil, den Gral zu hüten, bis ein anderer Ritter käme, der mich im Zweikampf überwindet.« Er hob das Heft seines Schwertes. »Ich reiche es Euch, der Ihr mich bezwungen habt, weiter.«

»Hören Sie, lassen Sie mich erklären. Ich muß mir von Ihnen den Gral ausborgen. Sehen Sie, mein Vater…«

»Keine Bewegung, Jones!«

Er fuhr herum. Donovan zwängte sich eben aus dem Tunnel herein und richtete die Pistole auf ihn.

»Rühren Sie sich nicht vom Fleck.« Donovan sah sich um, erblickte den Altar mit den Kelchen und ging sofort hin. Elsa, die hinter ihm durch den Tunnelspalt gekommen war, folgte ihm sofort.

Donovan blickte den Ritter an, die Waffe noch immer im Anschlag auf Indy. »Okay, welcher ist es?«

Der Ritter tat einen Schritt vorwärts und richtete sich zu ganzer Größe auf, als er Donovan anfunkelte. »Ich bin nicht mehr der Hüter des Grals.« Er nickte Indy zu. »Dieser da ist es, der auf alle Herausforderungen antworten muß. Ich helfe weder, noch verhindere ich irgend etwas.«

Donovan grinste Indy an. »Der hält mich nicht auf.«

»Dann wählet weise!« riet ihm der Ritter. »Denn so wie Euch der wahre Gral das Leben bringt, so wird es Euch der falsche nehmen.«

Indy machte eine grimmig lächelnde Geste zu Donovan. »Bedienen Sie sich, Donovan. Viel Glück auch.«

Elsa ging näher zum Altar. »Sehen Sie ihn?« fragte Donovan sie atemlos.

»Ja.«

»Welcher ist es?«

Elsa nahm ihren Hut ab und hob dann vorsichtig einen funkelnden Kelch hoch, der mit glitzernden Edelsteinen in allen Farben besetzt war. Donovan riß ihn ihr sofort förmlich aus der Hand und hob ihn ins Licht. »Oh, ja. Und er ist noch schöner, als ich ihn mir je vorstellen konnte. Und jetzt gehört er mir!«

Indy erwartete, daß Elsa heftig protestierte. Doch sie blieb völlig still. Das Gesicht des Ritters war verschlossen und verriet nichts.

Donovan sah einen Taufstein und trug den Gral dorthin. Elsa folgte ihm.

Indy erinnerte sich: Der Legende nach wurde einem Unsterblichkeit verliehen, wenn man Wasser aus dem Gral trank.

Donovan bewunderte den Kelch noch einmal. »Kein Zweifel, der Kelch des Königs der Könige. Und jetzt gehört er mir!« Er füllte ihn mit Wasser und hielt ihn mit einer Hand hoch. Er blickte Indy und den Ritter triumphierend an. In der anderen Hand hielt er noch immer den Revolver. In seiner Aufregung hatte er freilich vergessen, weiter auf Indy zu zielen.

»Auf das ewige Leben!« sagte er und trank in langen Zügen. Dann ließ er den Kelch bis auf seine Brust sinken. Seine Augen waren geschlossen, und über sein Gesicht breitete sich ein seliges Lächeln aus.

Indy hätte ihn in diesem Augenblick attackieren können, um ihm den Kelch zu entreißen. Doch irgend etwas gebot ihm, zu warten und einfach zuzusehen.

Er mußte nicht lange warten.

Donovans Augen wurden plötzlich groß. Die Hand, in der er den Kelch hielt, begann zu zittern. Er wandte sich ab und beugte sich über den Taufstein. Sein Gesicht verzerrte sich schmerzvoll. Er begann am ganzen Leib zu zittern. Dann fiel ihm der Revolver aus der Hand.

Mit Mühe stemmte er sich wieder hoch und taumelte auf den Altar zu. Wenige Schritte davor blieb er stehen, unfähig zu jedem weiteren Schritt. »Was... passiert... mit mir?« stammelte er.

Sein Gesicht verzog sich zu einer bizarren Maske. Seine Haut zog sich zusammen und wurde faltig. Als er sich zu Elsa umwandte, sah er bereits zerbrechlich und alt aus. Seine Hand umklammerte den Kelch noch immer. Seine Augen schienen in seine Wangen zurückgesunken zu sein. Sie lagen wie trockene Steine in ihren Höhlen.

Er stürzte auf sie zu, und seine Hände krallten sich in ihre Schultern. »Was... geht... hier vor?«

Sie schrie auf und versuchte ihn wegzustoßen, während er immer wieder die gleiche Frage wiederholte, wobei seine Stimme mit jeder Sekunde schwächer und brüchiger wurde. Das rapide Altern seines ganzen Körpers war deutlich mitanzusehen. Sein Haar wuchs lang und wurde grau und schütter. Sein Gesicht sank ein. Seine Haut schälte sich.

»Nein. Nein. Nein. Nein. Nein. Nein«, flüsterte er in panischem Entsetzen. Er schüttelte den Kopf. Hautfetzen flogen ihm davon.

Elsa kreischte in Panik.

Donovans Fingernägel rollten sich auf. Seine Augen wurden milchig. Was von seiner Haut noch übrig war, wurde braun und ledrig und spannte sich über seinem Gesicht, bis sie platzte und in Fetzen herabhing.

Dann sank er zu Boden, nichts mehr als ein vom Alter bereits geschwärztes Skelett aus grauer Vorzeit.

Indy hastete zu Elsa und zog sie von den noch immer zuckenden Überresten fort. Er stieß gegen den Hügel von Gebeinen und Kleidern, und Donovans skelettierter Arm zuckte, sank in sich zusammen und zerfiel zu Staub.

Elsa klammerte sich an Indy und verbarg ihr Gesicht an seiner Brust. Sie schluchzte. Plötzlich fuhr ein eisiger Windhauch durch den Tempel und erstarb dann langsam wieder. Indy starrte über Elsas Schulter hinweg auf das Häuflein Staub, das eben noch Donovan gewesen war. Als sie sich wieder etwas beruhigte, ließ er sie los und wandte sich mit einer unausgesprochenen Frage auf den Lippen an den Ritter.

»Er hat eine schlechte Wahl getroffen«, sagte der alte Ritter achselzuckend, als bedeute ihm Donovans Tod wenig. Er hatte ihn ja immerhin gewarnt.

Indy sah Elsa an, hob Donovans Revolver auf und steckte ihn ein. Dann ging er hinüber zu dem Altar. Seine Gedanken waren wieder bei seinem Vater, der dort unten im Sterben lag, in seinem Blut, mit seinen Schmerzen.

Er stand vor den Kelchen, atmete mehrmals tief durch und blickte in die Ferne. Ein Gefühl vollen Bewußtseins durchdrang ihn. Er fühlte sich leicht. Er schloß kurz die Augen, um sich zu konzentrieren, sagte sich vor, daß er es schaffen werde, daß er den richtigen Gral auswählen werde, den einen, der seinen Vater heilen konnte.

Er öffnete die Augen und ließ seinen Blick über die Reihe der glitzernden und juwelenbesetzten Kelche gleiten. Er verhielt schließlich bei einem, der anders war. Es war ein ganz einfacher Kelch, der verglichen mit den anderen glanzlos war. Er hätte nicht sagen können, warum, aber eben dieser Kelch schien ihm der richtige zu sein. Auch wenn er sicherlich keinen Stempel trug, der dies aussagte.

»Ist es dieser?« fragte Elsa.

»Es gibt nur einen Weg, es herauszufinden.«

Er nahm ihn und ging mit ihm rasch hinüber zum Taufstein, füllte den Kelch mit Wasser daraus und trank, nachdem er noch einmal tief Atem geholt hatte. Dann wartete er einen Augenblick, ob sich irgend etwas ereigne. Ob auch er die letzten Sekunden seines Lebens vor sich sähe. Doch er verspürte gar nichts. Weder zum Besseren noch zum Schlechteren.

Doch dann verschleierte sich ihm auf einmal der Blick. Es schwindelte ihn. Er zwinkerte mit den Augen und preßte sie dann zu. O Gott. Er hatte falsch gewählt.

Seltsamerweise konnte er nach wie vor sehen. Es war allerdings eine andere Art zu sehen. Der Kelch in seiner Hand wuchs und verwandelte sich. Er bekam Flügel, einen Kopf, einen Schnabel. Er wurde zum Adler, der seine großen Schwingen ausbreitete und sich in die Luft erhob. Es war der Adler aus seiner Vision in New Mexiko. Der Adler, der die sechste und letzte Stufe des Bewußtseins auf der Suche nach dem Gral versinnbildlichte.

»Indy?«

Als er Elsas Stimme hörte, blinzelte er mit den Augen und schüttelte den Kopf. Der Kelch war noch immer in seinen Händen. Er blickte Elsa an. Ihr fragender Blick sagte ihm, daß sie seine

Vision nicht miterlebt hatte. Dann wanderten seine Augen zu dem Ritter, der wissend lächelte. »Ihr habt klug gewählt.«

Mehr Bestätigung benötigte er nicht. Er wartete auch keine Sekunde länger. Er schlüpfte sofort in den Tunnel und kroch durch ihn zurück. Er machte so schnell, wie es mit dem wassergefüllten Kelch in seiner Hand nur ging. Er hatte Angst, irgendwo seitlich oder oben mit ihm anzustoßen und das Wasser zu verschütten. Und er hatte Angst, nicht schnell genug zu sein, um seinen Vater noch lebend zu erreichen. Als der Tunnel wieder höher wurde, begann er, zuerst noch geduckt, danach aufrecht, zu laufen.

An dem Sims über dem Abgrund der Felsenspalte verhielt er kurz. Erde und Steine lagen deutlich sichtbar auf ihm. Und jetzt war auch erkennbar, daß es nicht nur ein Vorsprung war, sondern tatsächlich eine Brücke, die sich über den ganzen Abgrund zwischen den beiden Löwenköpfen erstreckte. Jetzt war es leicht. Er ging rasch über die Brücke und trug den Gral vor sich her.

Er eilte in Gedanken an seinen Vater immer schneller und ließ in seiner Aufmerksamkeit etwas nach. Er war gerade mitten auf der Brücke, als er mit dem rechten Fuß auf der Erde und den Kieselsteinen, die Elsa geworfen hatte, ausglitt. Das Bein rutschte ihm weg, er taumelte nach vorne und dann zurück. Der Gralskelch schwankte bedrohlich über dem Abgrund. Und eben als er seine Balance wiederfand, rutschte er auch mit dem anderen Fuß und fand sich ganz banal auf seinem Hinterteil wieder. Wunderbarerweise waren aber nur wenige Tropfen des Wassers aus dem Kelch verschüttet. Er rappelte sich vorsichtig wieder hoch und ging weiter auf die andere Seite.

***

Brody stand oben auf der Treppe und blickte immer wieder sorgenvoll zwischen Sallah und Henry unten und dem dunklen Gang oben hin und her. Noch immer war nichts von Indy zu sehen. Und daß Henry es nicht mehr lange machte, war offensichtlich.

»Marcus!«

Er blickte in den Gang. Indy kam auf ihn zugeeilt, und er hatte den Gralskelch in der Hand! Er bekam große Augen, und sein Gesicht hellte sich auf. Er trat beiseite, als Indy an ihm vorbei und die Treppe hinab stürmte.

Brody wollte ihm eben nacheilen, als er fast mit Elsa zusammenstieß, die hinter Indy hergehastet kam. Als er die Treppe hinuntergelaufen war, kniete Indy bereits neben seinem Vater. Die Soldaten des Sultans hatten ihn umringt. Brody bahnte sich seinen Weg durch sie, als wären sie bereits völlig belanglos. Sie waren jetzt in der Tat führerlos und sahen nur noch aus reiner Neugier zu.

Brody kauerte sich mit hinunter und half Sallah, Henrys Kopf zu heben. Indy setzte seinem Vater den Kelch an die Lippen. Henry war zu schwach, um die Augen öffnen zu können. Indy flößte ihm das Wasser ein, aber es rann Henry nur zu beiden Seiten wieder aus dem Mund.

»Komm, Dad, trink. Mach schon. Bitte, trinke!«

Brody sah ihn angstvoll an. Indy war besorgt. Er mußte etwas unternehmen. Er beugte sich vor und half Indy, Henrys Mund zu öffnen. Henrys Kehlkopf bewegte sich nun. Er trank tatsächlich! Er hatte wenigstens einige Schlucke des Wassers getrunken. Daran zweifelte er nicht.

Indy entfernte nun den provisorischen Verband über Henrys Wunde und goß auch auf sie etwas Wasser. Gleich danach flößte er ihm wieder etwas ein.

Dann konnten sie nur noch warten.

***

Indy war sich ganz sicher: Der Atem seines Vaters kräftigte sich. Er beugte sich über ihn und horchte ihm den Herzschlag ab. Er war gleichmäßig und deutlich. Es war fast sichtbar zu erkennen, wie Henrys Bewußtsein zurückkehrte.

Dann flatterten seine Augen. Sie richteten sich zuerst auf Sallah, dann auf Brody, dann auf seinen Sohn. Und am Ende blieben sie auf dem Gralskelch ruhen.

Indy lächelte ihm zu. Er war sich sicher, daß sein Vater jetzt außer Gefahr war. Wenn er selbst auch jede Menge Schwierigkeiten voraussah, seine skeptischen Kollegen davon zu überzeugen, daß einfaches Wasser aus einem alten Kelch seinen Vater geheilt habe. Und natürlich würde es auch jede Menge Zweifel und Kontroversen über den Gral selbst geben.

Wenn schon. Er wußte es jedenfalls. Und das allein zählte. Er hatte die Schönheit und Wundertätigkeit des Grals am eigenen Leibe erfahren. Während dieser Erlebnisse hatte sich sein Zynismus in Zweifel verwandelt und dieser in Erleuchtung und Erwachen.

Die Aufgabe war erfüllt, und damit näherte sich auch der Letzte Kreuzzug seinem Ende.

»Hallo, Dad. Du kommst bald wieder auf die Beine. Ich glaube es. Ach, ich weiß es.«

Aufgabe erfüllt

Henrys Hand zitterte, als er nach dem Gral griff, jetzt jedoch aus Aufregung, nicht mehr aus Schwäche. Sein Gesicht hatte wieder Farbe angenommen, und seine Augen waren wieder weit offen, klar und lebhaft. Man hatte ihm seine Wunde frisch verbunden. Sie blutete nicht mehr und schien ihm auch keine großen Unannehmlichkeiten mehr zu bereiten. Mit Sallahs Hilfe hatte er sich sogar schon auf die Ellbogen hochstützen können.

Als Indy seinem Vater mit Stolz den Gral reichte, hörte er Geklapper hinter sich. Er fuhr herum. Die Soldaten des Sultans ließen ihre Waffen fallen und wichen angstvoll zurück. Ihre Neugier hatte sich in blanke Furcht verwandelt. Sie wollten nicht länger den Magier bewachen, der diese Wunderheilungen vollbrachte. Wie von einem Gedanken beseelt, flohen sie plötzlich gemeinsam aus dem Tempel.

Bis auf wenige nahmen die Nazisoldaten sofort mit Geschrei und Schußdrohungen ihre Verfolgung auf. Doch es nützte wenig, sie rannten weiter. Sallah nützte die Situation am schnellsten. Während die zurückgebliebenen Nazisoldaten ihren Kameraden noch nachriefen, ging er rasch auf den ihm am nächsten Stehenden zu, schlug ihm das Gewehr nach oben weg, griff es sich und hatte es auch schon im Anschlag.

»Waffen weg!« kommandierte er, und als einige zögerten, rief er noch einmal: »Und Hände hoch!«

»Tut, was er sagt!« fuhr Elsa sie an.

Sie zögerten noch immer, aber nicht mehr lange. Dann legten sie ihre Waffen weg und hoben die Hände.

Freilich bemerkte Sallah nicht, daß noch einer der Nazis da war, der sich im Hintergrund gehalten hatte und jetzt hinter Elsa stand. Doch als er eben nach seiner Pistole griff, hechtete ihm Indy bereits an die Beine und umklammerte ihn. Der Nazi wand sich und richtete seine Waffe auf ihn. Eine Sekunde, ehe er schießen konnte, schlug ihm Elsa die Pistole aus der Hand.

Indy richtete sich verwundert auf einem Knie auf und blickte Elsa ganz verblüfft an. Diesen Augenblick nützte der Nazi sofort aus und versetzte ihm einen Boxhieb. Indy knirschte mit den Zähnen, zog die Brauen zusammen, griff sich den Nazi am Kragen und versetzte ihm einen direkten harten Haken, der ihn so umwarf, daß er liegenblieb. Indy stand auf und lächelte Elsa zu. Er wußte wirklich nicht mehr, was er von ihr halten sollte. Das war auf der einen Seite mehr als ein Beweis ihrer Doppelzüngigkeit, aber nun hatte sie ihm sogar das Leben gerettet!

Ihr zufriedener Blick verwandelte sich aber schon im nächsten Moment in Schrecken. Ihr Mund ging auf und zitterte. »Vorsicht, hinter dir!«

Er wirbelte herum. Gerade noch im letzten Moment, ehe der Nazi, der schon wieder hochgekommen war, mit einem langen, gefährlich aussehenden Messer auf ihn einstechen konnte. Doch auch Sallah war bereits zur Stelle und hatte ein Gewehr auf den Mann im Anschlag. »Fallen lassen!« rief er. Nach einem Blick auf den Gewehrlauf und dann auf Sallah gehorchte der Nazi.

Indy griff sich das Messer und stieß den Mann weg. »Rüber zu deinen Genossen, los!«

Dann sah er wieder zu seinem Vater hin. Als Sallah ihn alleingelassen hatte, um ihm zu Hilfe zu kommen, war er aufrecht sitzen geblieben, den Gral an seine Brust gepreßt. Er wollte ihn fragen, wie es ihm gehe, doch Henry starrte mit verzückten Augen an ihm vorbei, einen entrückten Ausdruck im Gesicht.

Was war nun los?

Er drehte sich langsam um. Auf der Treppe stand der Gralsritter.

»Ich kenne Euch«, rief ihm Henry zu. »Ja, ich kenne Euch!«

»Waren wir Waffenbrüder?«

»Nein, aber ich kenne Euch aus den Büchern. Ihr seid der dritte Gralsritter, der zurückblieb. Aber ich verstehe es nicht. Ihr hattet doch den Gral! Warum seid Ihr dann so alt?«

Der Ritter kam die restlichen Strufen herab. »Viele Male wurde mein Geist unsicher, und ich ertrug es nicht, aus dem Gral zu trinken. So wurde ich allmählich alt – ein Jahr für jeden Tag ohne Trank. Doch jetzt werde ich endlich ehrenvoll abgelöst, sintemalen dieser tapfere fahrende Ritter hier erschienen ist, meinen Platz einzunehmen.«

Indy blickte von dem Ritter zu seinem Vater, sein Unbehagen machte sich Luft. »Augenblick. Dad, hier liegt ein Mißverständnis vor. Ich habe doch nicht...«

»Er ist kein fahrender Ritter«, sagte Henry bereits, »sondern nur mein verlorener Sohn, der ein unreines Leben geführt hat. Er ist der Ehre, die Ihr ihm verleihen wollt, nicht würdig.«

Indy nickte lebhaft. »Richtig. Ein unreines Leben.«

»Völlig unwürdig. Mein Sohn, tu etwas Würdiges und hilf deinem Vater auf.«

Henry setzte den Gral ab und legte einen Arm um Indys Schulter.

»Bist du sicher, daß du das riskieren willst, Dad?«

»Selbstverständlich. Außerdem fühle ich mich mit jeder Sekunde besser.«

Brody kam helfend auf die andere Seite, und zusammen zogen sie Henry vorsichtig hoch. Indy hoffte, seines Vaters Erholung sei nicht nur ein Strohfeuer infolge des Anblicks des Grals und seines Glaubens, daß dieser ihn heilen könne. Er wollte, daß es eine echte Heilung war.

»Seht ihr?« Einen Augenblick noch hatte Henry zu kämpfen, doch dann stand er sicher und reckte sich auf. »War doch gar nicht schlecht, wie?«

»Bist du sicher, daß es dir gutgeht, Dad?«

Henry runzelte die Stirn und hatte wieder einmal diesen Blick, als sei sein Sohn noch immer ein Kind, das einfältige Fragen stellt. »Wie oft muß ich dir noch sagen, Junior, daß Glauben Realität schafft. Ich glaube – ich *wußte* –, daß der Gral mich heilen würde, und er hat es getan. Er hat es getan.«

Nach allem, was er heute bereits erlebt hatte, sah Indy keinen Grund mehr, daran zu zweifeln. Wieder kam ihm in den Sinn, was der alte Indianer zu ihm gesagt hatte, als er von der *mesa* herabgekommen war und ihm die Sache mit dem Adler erzählt hatte. *Jetzt weißt du, daß du die Kraft in dir hast, alles zu erreichen, was du erstrebst, wie groß die Hindernisse auch sein mögen.*

Adler und Gral... Ritter und Indianer. Das ging alles ineinander über. Sein Vater war jedenfalls am Leben, und sie beide verstanden sich besser als je zuvor.

Er sah zu, wie der Ritter näher kam und Henry in die Augen blickte.

»Bist du es dann vielleicht, Bruder? Bist du der Ritter, der mich ablöst?«

»Leider nein. Ich bin nur ein Gelehrter.«

Der Ritter deutete auf Brody. »Oder bist du es, Bruder?«

»Ich? Ich bin Engländer!«

Der Ritter sah verwundert aus und ging zu Sallah, der die verbliebenen Naziposten abseits zusammengetrieben hatte und in Schach hielt. Er legte ihm die Hand auf die Schulter und war offensichtlich davon überzeugt, daß er in ihm endlich seine Ablösung gefunden habe. »Dann werdet Ihr also die gute Wacht halten!«

Sallah begriff nichts. Er sah Indy hilfesuchend an.

»Er sagte: ›Gute Wacht‹.«

Jetzt nickte Sallah dem alten Mann lebhaft zu. »Okay. Ich wünsche auch Ihnen eine gute Nacht.«

Indy bückte sich, um Henrys Hut, Krawatte und Uhr aufzuheben. Er erstarrte mitten in der Bewegung, als er aus den Augenwinkeln sah, wie Elsa die Gelegenheit beim Schopf ergriff. Sie war mit zwei schnellen Schritten beim Gral, nahm ihn mit beiden Händen und hielt ihn hoch. Sie blickte auf ihn wie in Trance. Ihre Augen waren so auf den Kelch fixiert, daß er endlich begriff: Nichts auf der ganzen Welt war dieser Frau wichtiger als der Gral. Weder er noch ihr Führer, noch irgend jemand sonst. Sie war einfach besessen von dem Gral.

Der alte Ritter lenkte ihn noch einmal ab, als er vor ihn trat. »Wozu sind dann alle diese seltsamen Ritter gekommen«, fragte er etwas hilflos, »wenn nicht, um mich herauszufordern und abzulösen?« Er schüttelte verständnislos den Kopf und entfernte sich, während Indy aufstand.

»Dafür natürlich, Narr!« rief Elsa dem Ritter hinterher. Sie preßte den Gral an sich und rannte zum Ausgang des Tempels, wo sie anhielt und wie eine Silhouette vor der Spätnachmittagssonne stehenblieb. Es mußte ihr plötzlich klargeworden sein, daß sie draußen in der Wüste, ganz allein, nicht sehr weit kommen würde.

»Wir haben ihn doch. Kommt, gehen wir!«

»Niemals!« rief der alte Ritter. »Niemals darf der Gral diesen Ort hier verlassen!«

Er wandte sich an Indy und Henry. »Der Preis für die Unsterblichkeit ist, für immer hierzubleiben.«

Henry sah hinüber zu Elsa. »Hören Sie auf ihn. Er weiß es. Wenn Sie den Gral von hier fortschaffen, wird er nichts weiter sein als ein altes Gefäß.«

»Ich glaube ihm nicht!«

»Tretet nicht über diese Schwelle!« warnte sie der Ritter.

Elsa drehte sich jedoch um und ging demonstrativ einige weitere Schritte auf den Ausgang zu.

»Sie wird es teuer zu bezahlen haben«, sagte der Ritter gelassen.

»Warte!« rief Indy und lief Elsa nach. Noch stand ihm lebhaft Donovans Schicksal vor Augen. »Elsa, warte! Bleib stehen!«

Sie hörte nicht, wollte nicht hören und näherte sich bereits der breiten Metallschwelle im Boden des Tors. Sie war von dem Gral nicht nur wie hypnotisiert, sondern buchstäblich besessen. Sie starrte ihn unverwandt an.

»Elsa!« Er erreichte sie gerade noch und packte sie am Arm.

Sie blickte ihn mit ihren unglaublich blauen Augen an, und augenblicklich regte sich etwas in seiner Brust.

»Er gehört jetzt uns, Indy!« sagte sie ganz ruhig. »Uns. Verstehst du denn nicht? Dir und mir! Niemand sonst ist noch von Interesse. Donovan ist tot. Wir werden ihn vor dem Führer in Sicherheit bringen.«

Er schüttelte entschlossen den Kopf. »Nein. Er bleibt hier.«

Mit einem plötzlichen Ruck und völlig unerwarteter Kraft machte sie sich aus seinem Griff frei. Sie barg den Gral an sich wie ein Kind sein Spielzeugtier, trat entschlossen über die Schwelle und ging rückwärts aus dem Tempel hinaus.

Es dauerte nur einen kurzen Augenblick, bis ein grollendes Donnern, das ebenso zu spüren wie zu hören war, unter dem Tempel emporstieg. Die Wände der Schlucht begannen zu zittern. Staub wirbelte auf, als Steine herabzufallen begannen und die Schlucht einbrach.

Elsa fuhr blaß vor Schreck herum und rannte in den Tempel zurück. Indy sprang hastig zur Seite, als der Boden unter seinen Füßen bebte. Als er sich umwandte, sah er, wie eine der großen Ritterstatuen wankte. Die Säulen barsten. Er wich aus, als sich einer der Kapitellsteine löste, herabfiel und vor seinen Füßen zerschellte.

Henry hatte vor den herabstürzenden Steinen die Arme schützend über den Kopf emporgerissen. Brody fiel hin, als der Boden unter ihm wankte. Sallah griff sich beide und zog sie fort, gerade als eine der Säulen umstürzte – genau dorthin, wo beide eben noch gewesen waren. Der Ritter flüchtete inzwischen eilig die Treppen hinauf und in den Gang hinter dem Torbogen, um zurück in sein inneres Heiligtum zu hasten.

Indy bedeutete allen, sich ins Freie zu retten. Sein Blick fiel wieder auf Elsa. Sie stand wie versteinert mit aufgerissenen Augen und starrte eine der schwankenden Tempelsäulen an. Die Erde bebte wieder, genau da, wo sie stand. Sie taumelte und verlor das Gleichgewicht. Der Gralskelch fiel ihr aus den Händen.

Und er rollte von ihr fort bis zu einem Erdriß, der sich plötzlich mitten durch die Eingangsschwelle und quer über den Boden des Tempels öffnete. Elsa rappelte sich in Panik hoch und stand genau über der sich zusehends verlängernden Erdspalte, ein Bein hüben, eines drüben. Ein anderer Erdriß öffnete sich quer zu dem ersten im Tempelboden. Henry wankte wie eine der Säulen, und Brody taumelte wie ein Betrunkener neben ihm. Sallah und Indy standen beide starr da und wußten nicht, wohin sie sich wenden sollten. Hinter ihnen bemühte sich der alte Ritter noch immer, die große Treppe ganz hinaufzugelangen.

Die Wachmannschaften versuchten in Panik den Ausgang zu erreichen. Sie sprangen über die Erdspalte, über der Elsa noch immer wie angewurzelt stand. Jetzt entschloß sie sich, ihre seltsame Stellung zu beenden. Doch genau in dem Moment, als sie ganz auf eine Seite wechseln wollte, warf sich dort der Boden auf. Sie suchte verzweifelt mit den Händen nach einem Halt.

Die Wachmannschaften waren in derselben Bedrängnis. Sie waren schon fast beim Ausgang gewesen, als sie der neue Erdaufbruch abrutschen und in die Erdspalte fallen ließ. Ihre Schreie hallten noch nach, als sie bereits in der Tiefe zu Tode gequetscht waren.

Elsa hing noch an einem Steinbrocken, der aus der Seite der aufgerissenen Erdspalte ragte. Unter ihr lag der Gral auf einem Felsen im Erdriß. Doch statt nach oben zu klettern, um dem Abgrund zu entkommen, ließ sie sich auf einer Seite hinab, um nach dem Kelch zu greifen.

Indy sah, in welcher Gefahr sie schwebte, und rannte zu ihr. Er schob sich bäuchlings bis zu ihr vor und streckte die Arme aus, während er ihr zurief, seine Hände zu fassen. Ihre Finger berührten sich nur. Er schob sich noch ein Stück vor und bekam nun ihre beiden behandschuhten Hände zu fassen. Er zog, was er konnte, doch es reichte nicht. Er rutschte vorwärts.

»Junior, Junior!« schrie Henry.

»Indy!« rief auch Sallah.

Während Indy zog, zerrte Elsa eine ihrer Hände frei und griff damit nach unten zu dem Gralskelch, der bereits gefährlich am Rande des vorspringenden Felsbrockens hin und her rollte und jeden Augenblick in die grundlose Tiefe stürzen konnte. Sie erreichte ihn gerade mit einer Fingerspitze, bekam ihn aber nicht zu fassen.

»Elsa!« schrie Indy. Er krallte sich mit seiner freien Hand an einem Steinbrocken fest.

»Ich kriege ihn«, keuchte sie atemlos. »Ich schaffe es.«

Die Hand, mit der er sie hielt, begann zu rutschen. Sie streckte sich immer mehr nach dem Kelch und hatte ihn fast, als ihr der

Handschuh von den Fingern glitt. Sie hing jetzt nur noch an dem Handschuh, dessen anderes Ende Indy hielt. Mit den Händen berührten sie sich nicht mehr. Und der Handschuh begann sich zu dehnen und fing an zu reißen.

»Indy!« Jetzt bekam sie es doch mit der Angst. »Bitte, laß nicht los!«

Der Handschuh riß weiter.

»Elsa!«

Er ließ den Stein los und versuchte, ihr Handgelenk zu fassen zu bekommen. Doch es war zu spät. Ihre Finger lösten sich. Sie fiel rückwärts in den Abgrund hinab, in das tiefe, schwarze Loch in der Erde, während ihr Todesschrei in den Tempel hinaufhallte.

Indy rutschte vorwärts und hieb die Hand in zorniger Verzweiflung in die offene Erde. Er mußte sich bezwingen, ihr nicht nachzuspringen. Er war fast schon selbst in das dunkle Loch gerutscht, als ihn Hände wie Schraubstöcke an den Fußknöcheln packten.

»Indy!« rief Sallah hinter ihm. »Ich hab' dich. Ich zieh' dich raus!«

»Warte!« Er griff nach dem Kelch, doch es reichte nicht ganz. »Laß mich noch ein klein wenig hinunter!«

»Bist du verrückt, Indy?« knurrte Sallah, der ihn mit Anstrengung hielt. Seine Beine gaben schon nach und rutschten zentimeterweise vorwärts, aber nicht, weil er wirklich die Absicht hatte, Indy zum Kelch hinabzulassen.

»Noch eine kleine Idee!« keuchte Indy.

»Nein, Indy. Bitte!«

»Junior, komm sofort hier rauf!« bellte Henry hinter Sallah.

»Ich kriege ihn! Ich kann ihn kriegen!«

»Indiana!«

»Ja, Dad?« Es war das erste Mal, daß sein Vater ihn jemals bei seinem richtigen Namen genannt hatte.

»Laß ihn«, sagte Henry ruhig.

Indy gab es auf und schob sich mit Sallahs ziehender Hilfe rückwärts nach oben. Die Erde, die er abrieb, polterte auf den Gral hinab. Er blickte einmal kurz nach oben, und als er den Kopf wieder wendete, sah er den Kelch von dem Stein in den tiefen Abgrund fallen, Elsa hinterher.

Sallah zog noch einmal kräftig und stöhnte laut, als er Indy endgültig über die Erdspalte hochzog. Indy blieb noch eine Weile liegen und starrte in die grundlose Tiefe, welche Elsa und den Gral verschlungen hatte. Der entsetzte Blick in ihrem Gesicht, als sie den Halt verlor und hinabfiel, hatte sich in sein Gedächtnis eingebrannt. Hätte er ihr gesagt, was sein Vater zu ihm gesagt hatte, nämlich den Gral einfach sein zu lassen und heraufzukommen, hätte er sie noch retten können.

Henrys Hand legte sich auf seine Schulter. Seine Stimme war drängend. »Komm jetzt. Wir müssen machen, daß wir hier wegkommen!«

Indy nickte und nahm seinen Hut. Er blickte noch einmal in den Abgrund und stand dann auf.

Sallah bahnte ihnen den Weg. »Wo ist Marcus?« rief Henry.

»Hier bin ich«, antwortete Brody von irgendwoher in der Nähe.

Immer mehr Trümmer fielen rings um sie herunter. Indy versuchte seine Schuldgefühle zu unterdrücken. Die Gewißheit, daß er Elsa hätte retten können, wenn er nur etwas energischer gewesen wäre, nagte an ihm. Immerhin stand er in ihrer Schuld. Sie hatte ihm das Leben gerettet, als sie dem Soldaten die Waffe aus der Hand geschlagen und ihn auch vor der zweiten Attacke gewarnt hatte. Aber er hatte sich nicht revanchiert.

Andererseits wußte er selbst, daß sie ihren Tod selbst verschuldet hatte. Sie war davor gewarnt worden, mit dem Gral den Tempel zu verlassen, und hatte nicht darauf gehört. Er konnte nichts mehr machen. Es war besser, diese Schuldgefühle sein zu lassen und lieber sein eigenes Leben zu retten. Sie selbst, das glaubte er zu wissen, hätte es so gewollt.

Er folgte den anderen und sah, daß sein Vater stehengeblieben war und auf die Treppe starrte. Dort stand der alte Ritter, nur knapp neben der Erdspalte. Staub und Steine wirbelten um ihn herum, doch er schien es überhaupt nicht zu beachten.

Dann hob er wie zum Abschied die rechte Hand. Es war, als wolle er sagen, daß der Letzte Kreuzzug nun endlich zu Ende sei und der Gral für immer in Sicherheit. Indy sah durchaus einen Sinn darin. Es war ihm jetzt klar, daß der Gral mehr war als nur ein sehr alter und geheiligter Kelch. Mehr sogar als seine Wunderwirkung, Unsterblichkeit zu verleihen; mehr auch als seine heilende Kraft.

Er selbst hatte das ambrosianische Wasser aus dem Kelch getrunken und dessen Bedeutung verstanden. Es war die Essenz eines höheren Bewußtseinsstandes, der in ihm war – wie in jedem, der sich die Mühe machte, nach ihm zu trachten. Er gelobte sich, fortan das Beste aus dem Verständnis und Wissen, das er erworben hatte, zu machen.

Henry lächelte dem alten Ritter nickend zu.

»Komm jetzt, Dad.«

Er zog seinen Vater am Arm mit sich hinaus ins Freie, während überall große Stein- und Felsbrocken herunterkrachten und die letzten Säulen barsten. Die Wände begannen bereits zu brechen, aus den Erdspalten stiegen heiße Dampffontänen auf. Er war sich trotzdem ganz sicher, daß sie es schaffen würden. Sie hatten bisher alle Fährnisse überstanden, da würden sie auch den Rest unbeschadet hinter sich bringen.

Sie waren draußen auf den obersten Stufen vor dem Eingangstor. Indy warf einen letzten Blick ins Innere des Tempels und glaubte, den alten Ritter noch immer unverändert und regungslos auf der Treppe oben stehen zu sehen.

»Henry, Indy! Nun kommt endlich!« rief ihnen Brody zu. Er saß draußen vor dem Tempel bereits im Sattel eines Pferdes. »Ich weiß den Weg. Schnappt euch Pferde und folgt mir!«

Und Brody gab seinem Pferd die Sporen, daß es stieg und losgaloppierte, einmal im Kreis um sie herum, wobei es fast Sallah umrannte. Brody hing hilflos im Sattel, doch schließlich bekam er das Pferd unter Kontrolle und galoppierte die enge Schlucht hinaus.

Henry schwang sich kopfschüttelnd auf eines der Pferde. »Wir sehen besser zu, daß wir ihm nachkommen. Er hat sich schon in seinem eigenen Museum verirrt.«

»Ich weiß.«

Henry machte eine Geste. »Nach dir, Junior!«

»Ja, Sir«, sagte Indy lächelnd. Es spielte keine Rolle mehr, wie ihn sein Vater nun nannte oder nicht. Die Suche war vollendet.

Für Henry, und ganz besonders für ihn selbst.

Er gab seinem Pferd die Zügel und galoppierte hinter Brody her.